有爱的青春陪伴者

联夏——著

天津出版传媒集团
天津人民出版社

图书在版编目（CIP）数据

观叶 /联夏著. -- 天津 : 天津人民出版社,
2023.5
ISBN 978-7-201-19229-1

Ⅰ. ①观… Ⅱ. ①联… Ⅲ. ①长篇小说—中国—当代
Ⅳ. ①I247.5

中国国家版本馆CIP数据核字(2023)第050736号

观　叶
GUAN YE
联夏　著

出　　版　天津人民出版社
出 版 人　刘　庆
地　　址　天津市和平区西康路35号康岳大厦
邮政编码　300051
邮购电话　022-23332459
电子信箱　reader@tjrmcbs.com

责任编辑　玮丽斯
特约编辑　雪　人
装帧设计　颜小曼　唐卉婷

制版印刷　长沙鸿发印务实业有限公司
经　　销　新华书店
开　　本　880毫米×1230毫米 1/32
印　　张　9
字　　数　251千字
版次印次　2023年5月第1版 2023年5月第1次印刷
定　　价　42.80元

目/录

contents

目/录
contents

第一章 / 意外的重逢与那些过往

1

周二的时候，温叶的闺蜜吴子衿把她约了出去说是要通知她一件大事。

“我周末要去相亲了。”吴子衿从包里掏出一小袋湿纸巾擦了会儿手，“我还打算从律所辞职。”

温叶问：“为什么？”

“Boss（老板）给我发了请柬。”那是吴子衿的顶头上司，也是她多年的暗恋对象。

温叶了然。

吴子衿并不打算把辞职的话题继续下去，她点开一张图片，把手机推到了温叶面前。

“昨晚回家，我妈把她朋友的儿子推给了我。我看了看照片，感觉还不错。”

温叶简单地扫了一眼，说：“挺好的。”

吴子衿扬了扬下巴，什么也没说。

同往年阴雨绵绵的九月相比，今年异常闷热，气象局连发了几日的高温预警。

柏油路冒着热气，温叶打开遮阳伞，眯上眼睛，观察草坪上的爬虫，试图迷惑旁边的人，进而只把她当作一个 1 ∶ 1 的仿真蜡像。

说实话，这么尴尬的场面确实是她没有预想到的。

温叶甚至觉得，吴子衿将计划看 live（现场）的她骗来陪着相亲，又临阵脱逃，再把她和自己的相亲对象一起丢在这里已经不算什么了。

毕竟在这种情况下，碰上她大学时单方面断交的学长，才最让人措手不及。

温叶望向面前正在寒暄的两位。

“……”

有没有意外可以带走她？

她想消失。

远处的主舞台换了一个朋克乐队登场。

工作人员在前排带动气氛开火车，巨大的 PVC 材质透明气球被人群甩到了离他们不远的地方，气球反射太阳光，温叶趁机压低伞沿。

像是注意到了她的小动作，章述把手插进口袋，问：“你们在约会？”

“不是。”温叶说。

相亲对象陈天浩开口道：“我来相亲。”

温叶瞥了陈天浩一眼，补充解释自己说的话：“我陪朋友相亲。”

陈天浩没想太多：“我来介绍一下。这是章述，我们的方案主创。”

章述搭上他的肩膀：“不用，我们之前认识。”

陈天浩：“你们是？”

“校友。”章述说。

“那你们先聊？”陈天浩看了下移动厕所，拿手指比画出一个小人在走路的样子，“我去方便一下。”

趁着他们讲话的间隙，温叶掏出手机给吴子衿发了两条信息。

温叶：【见鬼了。】

温叶：【我碰到了章述。】

还没等到回复，身旁的人咳嗽了一声，将她的注意吸引。

章述今天穿着做旧的黑色短袖跟牛仔裤，还搭配了显眼的克罗心项链和淡黄色平光眼镜，除了把头发剪短了不少之外，好像没什么变化。

“来音乐节相亲，还真新鲜。”

“我是来陪朋友相亲的。”她重申了一遍。

“那你朋友呢？”

“有事先走了。”

他点了点头。

像是一拳打到了棉花上，温叶就知道，不能期待这个人会给出什么好的反应。

温叶开始没话找话：“你什么时候回的国？”

章述把眼镜取下来戴到了头顶上：“我回国有一段时间了，最近在参与北流公园酒店的翻新工作。”

“我现在在读研二。”

“嗯，我知道。”

主舞台上的乐队退场，黑色的幕布遮上，两侧的LED屏转而播放起赞助商投放的房地产广告，温叶抬头看着章述，不懂该开口跟他说些什么。

好在章述指了指她的手机，提醒她：“你好像有电话进来。”

温叶看了手机屏幕一眼，是吴子衿。

“我昨天开组会把手机设成静音忘记调回来了，”温叶停顿了一下，“那我接个电话？”

“你接吧。”章述自觉地走远了一些。

温叶把手机举到耳边：“喂。”

“在公园里碰见章述了？”

“嗯，”温叶压低声音，“碰到了。”

吴子衿问："他不是刚回国吗？"

"我也不太清楚。"

"什么？"吴子衿说，"你的声音好小。"

"我晚点再跟你说。"

对面的人很好奇："别啊。"

温叶想都没想就挂断了电话，抬起头，发现面前有一群人从她的视线里穿过。

越过他们，她偷偷望向章述。

章述手腕上也戴着双日票的紫色手环。看着他朝自己走过来，温叶在想昨天怎么没见到他。

回到温叶面前，章述把闪烁着来电提醒的手机递给她看了一眼："刚刚也是吴子衿？"

过了一会儿，温叶才反应过来怎么回事："你别理她。"

"那怎么行。"章述把电话接了起来，脸上的坏笑似乎在问她"你们在打什么鬼主意"。

"吴律，好久不见，"他故意顿了顿，"你怎么知道我现在跟温叶在一起？"

温叶上前走了几步，试图在嘈杂的背景音下听到吴子衿在电话那头又讲了什么。

"我们正在叙旧呢，"章述注视着温叶，"行，改天见面聊。"

章述把电话挂断，温叶问他："她跟你说了什么？"

"没什么。"章述把手机收回口袋，视线落在她的包上，"原来你还留着。"

这是当年她和章述一起买的帆布包。

章述又往她的方向走了一步。

温叶攥紧包带，有些乱了阵脚。

准确地说，她一直不太懂得怎么应付这个学长。

温叶并不是一个笨拙的人，但面对章述时她总会露怯。

他肩宽腿长，五官更是恰到好处的俊朗，睫毛下还长着一双褐色的眼睛，那眼睛里仿佛藏了一泓春水，温叶看着看着一不小心就掉了进去。

温叶不断地打着腹稿，努力地游向岸边，希望能在章述说下一句话之前把这件事糊弄过去。

“这是什么？”章述把她胡乱塞进包里的T恤抽了一点出来。

温叶松了一口气：“SYN乐队的T恤，想等会儿去厕所换上。”

“你喜欢他们？之前好像没听你说过。”

“我们也很久没联系了吧。”

上岸了。

温叶突然感觉自己占了上风，她把T恤从章述手里扯回来塞进包里：“不换了，我们去树荫下等陈天浩吧。”

章述站在原地不肯动：“温叶，你真的很喜欢糊弄我。”

温叶推了推他：“走啦。”

2

走到树荫下，温叶把遮阳伞收回包里，章述凑上前问她一会儿打算怎么回去。

温叶抬头看他：“打车或者坐地铁。”

“我等会送你吧。”

温叶点了点头，远远地看着他走到主办方开设的吸烟区。

那是一间透明的玻璃房子，里头人不多，章述开门走进去，倚靠在一面墙上。天边的落日和香烟上的火星相呼应，章述板着一张脸，配合上他的黑色上衣，温叶感觉他偷偷和月亮做了什么交易，随时能从口袋里掏出一把枪把太阳消灭。

简直比基努·里维斯更“黑客帝国”。

温叶收回视线。以前她总爱笑章述满脑子里都是一些乱七八糟的形容词，风马牛不相及的事物总能被他硬生生地安排到一起。

没想到这么多年过去，她也学会了这个胡扯的本事。

主舞台的黑幕揭下，换上了温叶喜欢的乐队。他们乐队只有三个人，贝斯手孙青和习惯出来活跃气氛，在一大段的抒情铺垫之后，鼓声响起。

和朋克乐营造的氛围不同，SYN 乐队的现场更柔和。前排的听众举起手随着节奏摇晃，就像是微风吹过麦田，在这种浪漫的情境下，温叶不由自主地回想起了很多事情。

章述：【晚上有空吗？】

温叶回头望了一眼，看见章述在玻璃房里冲着自己挥了下手，手机被他抓在手上，亮度调得很高，似乎正停留在微信的聊天界面上。温叶想了会儿，如实告诉他。

温叶：【有。】

章述：【带你去个地方？】

温叶：【去哪儿？】

温叶仿佛能看见章述狡黠地对着屏幕眨了眨眼睛：【秘密。】

下一秒，他又发了一条消息进来：【你会喜欢的。】

厕所排队的队伍很长，陈天浩出来后发现他们并没有在交谈，温叶看着舞台，章述低头玩着手机，除了一起站在树下之外，就像是两个陌生人。

“不好意思，久等了。”陈天浩说。

章述把手机揣回口袋：“没事。”

陈天浩问他：“你今天开车来了吗？”

章述说：“开了。”

“我妈让我今晚回家吃饭。”陈天浩的语气有些犹豫，“你们一起走方便吗？”

“方便。”温叶说，“你有事就先走吧，不要紧的。”

听到肯定的答复，陈天浩才放心跟他们道别。

在他离开之后，台上的 SYN 乐队也唱了歌单上的最后一首歌。为了更好地诠释灵魂乐，吉他手背上风琴，带动观众拍手伴奏。

温叶站在章述身旁，转身问他：“你还在玩乐队吗？”

“不玩儿了。”

“为什么？”

“找不到合适的机会。”

“那还挺遗憾的。”温叶顿了下，看着远处正在谢幕的舞台，“学长，我们也走吧。”

出于工作的缘故，章述对北流公园还算熟悉，他带着温叶去往停车场，停车的位置有些偏僻，看起来像是职工专用的车位。

夕阳已经彻底落下了，章述走到一辆SUV前，帮温叶把副驾驶座的车门打开。

“你换车了？”温叶问。

“嗯，”章述告诉她，“大学那辆是我妈的。”

车内没有什么特别的装饰，但置物盒里乱七八糟地放着很多东西，温叶环视了一周，忍不住把那一团耳机线拿了起来，像解九连环一样专心地寻找破解方法。

章述扫了她一眼：“你饿了吗？”

将打结的地方解开，温叶把恢复原貌的耳机线放回原位：“不饿，下午我跟子衿在美食街吃了很多东西。”

章述征求她的意见：“那我直接带你过去？”

温叶点点头：“好。”

看着章述随手把手机丢到储物槽里，温叶不小心瞥见两条微信发了进来。

S：【好！】

S：【我们画仓见。】

今年的雨季比以往来得更晚一些，开上高架桥，温叶在车窗上看到雨水打落的痕迹。

“好像下雨了。”温叶说。

章述转着方向盘："是吗？"

温叶拿出手机看了一眼天气，软件贴心地标出几个城区的降水情况："南屏这边还好，不过道航在未来三小时都会下暴雨。"

"没事，"章述说，"我后备厢有伞。"

窗外的街景越发熟悉，温叶大概猜到了目的地："回学校？"

正好碰上一个红灯，章述趁机转头朝温叶笑了一下，依旧卖着关子。

驶入道航区，雨也变得更大了。车载音响放着 Bill Withers 的《Just the two of us（就我们俩）》，章述时不时会跟着哼唱几句。

道城大学附近的路况不佳，侧门门口的几个小坑迟迟没有修缮，从那延伸出的小路围绕着学校错乱交织，通往市中心、酒吧街、小吃广场。

读研之后，温叶就很少到学校周边闲逛了。原先她跟朋友们都喜欢跑到正门外的航山饭店吃饭。每到饭点，排队的人很多，他们会坐在门外的塑料板凳上等号，然后相互耍赖，直到有人愿意跑去路边拿奶茶外卖。

章述把车停到了画仓酒吧旁边，她转头看着当初的耍赖大王，回想起刚刚意外窥见的那条消息。

"到了，你等我一下。"章述打开后备厢，说完话就跑了出去。

温叶扭头望着他在车尾把雨伞撑开，走到副驾驶座旁。

他把伞撑在外面，小心翼翼地把车门打开："出来吧，别拿包了。"

"画仓"的老板是道大校友，美术创作方向的艺术硕士，原先想开一间画廊，但市场不够景气，灵光一闪又改成了一家酒吧。画仓一楼放置着一个大约三十平方米的圆形舞台，每晚都会有不同的驻唱乐队进行演出，乐队成员多为附近大学的学生。

今天周六，店里还是如同往时那般热闹，温叶扫了一眼，发现一楼剩下的位置不多。

章述同她走上楼梯，站在 207 包厢的门口，扭头对着她说："你来开门吧。"

温叶搞不清楚他在密谋什么，那个微信名为“S”的人并不能在他们交叉的朋友圈中对上号。

“我总不会害你。”章述继续说。

看着他认真的样子，温叶半信半疑地推门走进去。

包厢里有不少熟悉的面孔，画仓酒吧二楼的隔音做得很差，楼下的声音全都跑进了耳朵。章述原来乐队的键盘手下意识地扯起嗓子跟人交谈，而刚刚散场的SYN乐队也坐在旁边。

SYN乐队的贝斯手孙青和打量着他们：“章述，你怎么才来？”

章述一本正经道：“我们刚下班。”

孙青和笑了笑，也没有揭穿。章述和在场的朋友打了声招呼，又低头看向温叶，问她要不要喝点什么。

温叶摇了摇头，在她大一的时候，“SYN”已经不怎么在学校里活动了。虽然早就听说过画仓周四的驻唱乐队是圈内新秀，但她当时忙着转专业，也就错过了他们大放异彩的校园乐队时期。

“‘SYN’原来也是音乐协会的，”章述跟她解释，“所以我们还算熟悉。”

“谢谢你。”温叶凑近章述说。

章述笑了起来：“不客气。”

今天驻唱的是一个日系摇滚乐队，主唱把歌词打到了LED屏幕上，让大家跟着一起合唱ONE OK ROCK的《Wherever you are（不管你在哪里）》。四年前，温叶也在KTV里听过章述唱这首歌，那是2012年巡演横滨场的版本，当时章述还用蹩脚的日语学着主唱在间奏时跟观众说的话。

像是有心电感应，前奏刚刚响起，章述就转身问她觉不觉得这首歌很耳熟。

温叶点点头，顺着这个话题跟他聊了下去，直到老板醉醺醺地径直朝章述走来。他把怀里的威士忌打开，和章述说了一句“好久不见”，还让章述跟自己喝一杯。

章述站起来回绝他：“我今天开车了。”

温叶觉得自己应该是被楼下闹哄哄的气氛给感染到了，她拍了拍章述，站起来凑到他耳边：“没事，我会开车，我不喝酒。”

章述一愣，边傻笑，边接过了老板递来的酒杯。

坐回座位，温叶贴在玻璃上看着楼下的人，其实大学期间她也来画仓捧过章述的场。温叶听着他和乐队的成员们谈起大学在音协的五年，谈起当年组建而后因为毕业解散的乐队。

虽然错过了“SYN”，但当年章述作为道城大学里小有名气的校园偶像也是非常耀眼的。

3

散场的时候将近凌晨五点，章述帮其他人叫好代驾，跟着温叶慢悠悠地走到画仓酒吧门口。他把车钥匙递到温叶手上，拎起衣领闻了一下自己身上的味道，说：“等会儿把车窗都打开吧，我怕开空调会熏到你。”

温叶突然起意，问他：“想不想回道大逛逛？”

“假如碰上蛇和老鼠，我可不会英雄救美。”

“你好胆小。”

“你不懂。”章述为自己辩解，“你是没在通宵自习室里被老鼠追着跑过，这么大一只呢，”他比了一个鸡蛋的大小，“别提有多吓人了。”

“后来呢？”温叶从手机壳里拿出饭卡，往正门的通道闸上刷。

“后来？还能有什么后来，从那时候起我就再也没有去过通宵自习室自习。”

温叶憋着笑，门卫室旁的空调外机正在排放热气，门卫大爷低头小憩。道城是典型的亚热带气候，不过好在现在是深夜，一阵风刮过，吹散了热气，吹落了停留在树上的水滴。

温叶低头看着它们在自己面前坠落，然后迈开腿跨了过去。

从正门往里走三百米就到了道城大学的文化广场，温叶望向章述，想起大一社团招新时，她就是在这里，碰见他被音乐协会的人起哄着在立麦前唱歌。

当时街道的两旁都是社团搭起的伞棚，舞蹈社在街头表演，管弦乐队击打军鼓吸引新生，章述就在这种强烈对比下唱完了整首歌。

“I see the crystal raindrops fall（我看见水晶般的雨滴落下），”章述看着地面的积水，突然唱起了这句歌词，“我原来还在这里唱过歌。”

温叶装作毫不知情：“为什么？”

“当时音乐协会招新，”他随手指向路旁的绿化带里的花，“这是什么花？”

温叶告诉他：“是三色堇。”

章述不置可否地“哦”了一声。

“说起来，”温叶说，“我大二的时候还被偷了一盆三色堇。”

章述愣了愣：“这都有人偷？”

“我怀疑小偷是看上了我的花盆，那是我跟吴子衿去陶艺工作室亲手做的，特别好看。”

章述笑着反问：“是吗？”

在他清晰的印象中，那个花盆被温叶用真石漆在原有的基础上叠涂了好几层，灰扑扑的，像是误入温室的史前文明，放在化石旁边都能以假乱真。

为了附和温叶，章述总能痛快地说出很多违心话，但回想起那盆三色堇，他还是很难称其为好看。

“当然是了，”温叶语气恶狠狠的，“你别想借机质疑我的审美。”

“我可没有。”章述问，“那你抓到小偷了吗？”

“没有。”温叶说，“Let it go（算了吧）。”

“你还看得挺开。”

温叶看了他一眼说：“我什么都看得很开。”

校园里只有他们还在闲逛，昏黄的路灯将影子拉得很长，章述总觉得自己应该从她的话中觉察到什么，但又什么信息都捕捉不到。灌木丛传来“沙沙”的响声，一只老鼠飞快地从面前跑过，思绪被打断，章述下意识往后退了两步。

温叶笑着："你还在怕老鼠？"

章述现在倒是理直气壮："我还怕老鼠很奇怪吗？"

"不奇怪。"温叶想了想，抓起他的手腕往回走。

章述把手抽出来，打开散场前去一楼吧台问酒保要的罐装啤酒，委屈道："你看不起我。"

"我没有。"温叶望着他叹了一口气，她可不想和醉鬼讲道理，"你是不是喝醉了？"

章述俯身凑了过来。跟他自己说的不同，他身上没有半点酒气，反倒是清清爽爽的洗发露的味道。

"我很清醒，"章述说，"你就是嫌我胆小。"

"你在密室里当坦克吓NPC（非玩家角色）的时候胆子可不小。"

章述的指尖沾到了一些啤酒沫，温叶从包里掏出餐巾纸递给他。章述接过餐巾之后望着她："还不是因为某人人菜瘾还大。"

温叶理亏："应该不是我吧。"

"那就当是我吧。"章述笑了笑，"继续逛逛吧，我也没这么害怕。"

道城位于南方，道航区又靠近市郊，晚上蚊虫老鼠活跃。温叶对它们的感情也称不上喜欢。她说："我明天还要赶图，我们改天再来吧。"

章述问："真的还有机会吗？"

温叶莫名其妙："一定有。"

章述抢过她的卡把通道闸刷开："那我再信你一次。"

温叶哭笑不得："我什么时候骗过你了？"

"很多时候。"他帮温叶把驾驶座的车门打开，自己绕到另一边上车，"对了，阿廉跟我说，你大四的时候和男朋友分手了？"

"阿廉"全名叶知廉，是章述乐队的鼓手，和温叶在一个班。

温叶可不记得自己还有过一个男友："什么？"

章述想了会儿，说："好像叫梁云。"

温叶说："他不是我男朋友。"

"哦。"

章述托着腮，一动不动地望着前方。

温叶说："当时他在追我。"

章述问："那为什么……"

"章述你好八卦。"

"关心关心我的女性友人。"他把座位往后调了一点。

温叶随便找了一个借口："可能是我跟土象星座合不来。"

"我呢？我是水瓶，是什么象星座？"

"你是风象，"温叶顿了顿，想到风象内部高达100%的速配率，"我也是。"

章述拿出手机在必应上搜索着星座的相关信息。

"其实也不是因为这个，我们不太聊得来。"

温叶转头看向章述，发现他正疑惑地盯着自己，说："你可是很健谈的人。"

"但健谈并不代表着我能同意他的全部观点，去做他想让我做的所有事。事先声明，我并不是想要讲他的坏话，只能说到毕业那个节点，大家难免会因为毕业去向的问题产生分歧。"

温叶决定收起玩笑的心思，好好跟章述解释这个事情："当时支教保研的名单还没公布，他觉得我应该脚踏实地一些，专心备考，别去当音乐节的校园代理。他也没错，我知道他是为了我好。可我喜欢的事情就一定要去做，我不想后悔。"

章述喝了一口啤酒，问她："那你后不后悔跟他……"他停顿了下，像是在找适合的形容词，"绝交？"

"不后悔。我现在有很多朋友，也曾经有过很多朋友。今年过年回家的时候，我在书柜里发现了一盒子的小纸条，上头乱七八糟的内容很多。

"我那天坐在地板上想了很久，犹豫要不要拍张照片发给他们。可想想还是算了，我不知道他们现在的生活步调如何，但我明白我们渐行渐远的原因。在共性和吸引力消失之后，我是没有办法把任何一个人留在身边的。所以我最多只会觉得遗憾，大多数人的离开都不会让我感到后悔。”

“那我呢？我们也四年没怎么联系了。”

温叶没想到章述会这么问，她故意忽略掉了他的问题：“你家是不是前面这个小区？”

“是。”章述说，“当时我回道大看你们的毕业展了。”

“叶知廉跟我说过。”

章述有节奏地敲击易拉罐罐身：“我没想到你会在致谢里加上我的名字。”

温叶打着转向灯，趁拐弯偷偷看了章述一眼，说：“学长，你帮了我很多，我反倒后悔没有主动跟你联络。”

章述晃晃脑袋：“这么说来，我还挺特殊的。”

“嗯，亦师亦友吧。”温叶很坦诚地说。

章述盯着她看了一会儿，又猛地避开，望向窗外：“到了，停在这里就好。你开着我的车回家吧，太晚了不安全，等明天我醒了再去找你拿。”

温叶把车停在路边，看着章述拿上啤酒罐晃悠悠地下车往小区大门走，她正打算离开的时候发现章述又折了回来。

章述敲了敲玻璃，让温叶把车窗摇下：“温叶，你很有天赋，”他感觉自己的舌头在打结，“我是说，能跟你在同一个行业真好。”

可能这会儿章述是真的醉了，温叶有点意外他会突然跟自己说这些，她看着他，不知该做何反应。

章述挥手：“晚安，到家了给我发个消息。”

温叶点头：“好，学长晚安。”

章述用鼻子哼哼了两声，转身往小区门口走去，就这么消失在了黑夜和朝阳交织的清晨。

4

温叶大二转专业的这件事也不知道是谁告诉章述的，她只记得当时自己刚从一食堂里出来，一辆很招摇的玛莎拉蒂就停到了她的面前，她看着驾驶室的车窗慢慢降下。

“听说你刚转来我们学院？”章述把放在副座驾上的纸袋递给她，“这是我大一大二的笔记，你有空可以看看，应该能帮到你。”

还没来得及开口说话，章述就踩着油门走了，伴随着他车后排朋友的口哨声，温叶至今也搞不清楚章述的意图。

温叶租住的一居室离章述家不远，只隔着松屏和东梧两个路口。把车停在楼下的沙池边，温叶边上楼边打字。

温叶：【我到家了。】

章述回复得很快：【好。】

给章述报完平安，温叶发现吴子衿在凌晨给她发了很多消息和语音。

吴子衿：【温叶你在哪里？】

吴子衿：【我到你家了。】

吴子衿：【[链接]这不是危言耸听，女人没有朋友会有多可怕！】

楼道里的灯还在跟朝阳暗自较劲，温叶的手机被战争不幸波及，回复的内容刚打到一半，手机便闪着呼吸灯宣示电量告急。

把手机揣回口袋，温叶推开房门，看见吴子衿从厨房里拿着起瓶器出来，温叶问她：“你怎么了？”

“我刚刚递交辞呈了。”吴子衿站在桌边，费力地拔着酒瓶上的软木塞，“喝吗？”

温叶帮她找出一个酒杯：“不喝了。”

吴子衿凑上前闻了闻：“但你身上怎么有股酒味？”

“我刚从画仓回来。”温叶问她，“你怎么了？”

吴子衿给自己倒了一杯起泡酒，糖渍树莓和烘焙饼干的香气一下子涌了出来。

“我又见到了何修远的未婚妻。”

温叶：“那位无限权益合伙人的女儿？”

“嗯，其实也跟她无关，我只是发现，哪怕换了带教律师，我还是没有办法跟何修远继续共事。”吴子衿说，“当然，我也正好想换个工作环境。”

温叶拍了拍吴子衿的肩膀，不知道该说什么话去安慰她。

温叶一直觉得自己不太擅长关心人，说不出什么动听的话，生病了无非就是“多喝水快睡觉”，心情不好了就使劲讲自己的糗事，只要把对方逗笑了自己也会跟着开心。

但吴子衿碰上的难题并不在她能够解决的范畴之内，爱实在是太过神奇，又实在是太难以捉摸。

坐在地毯上，温叶静静地听吴子衿讲何修远是如何从邻居家哥哥变成她喜欢的人，再变成了她的上一任带教律师。

最后吴子衿叹了一口气：“毕竟他都三十五岁了。”

温叶不禁掰开手指头数了数，她发现何修远早就到了适婚的年纪，而吴子衿也从模拟法庭的最佳代理人变成了普普通通的律师助理。

还记得年初的时候，她和吴子衿在松屏百货碰到叶知廉，叶知廉看着她说：“你没变，就是瘦了点。”

吴子衿冲着叶知廉傻笑，还问他：“那我呢？”

“还是一样的傻。”

吴子衿大概是听懂了他的弦外之音，也没反驳，张开嘴只回了个“谢谢”。

陆陆续续又谈了许多，时间将近早晨八点，她们才有了睡觉的打算。温叶把空调调高一摄氏度，钻进被窝，和吴子衿并排躺在一米二的单人床上。

听着吴子衿均匀的呼吸声，温叶的脑子里突然放起走马灯，就像是回到了四年前的秋天，回到了当时的学生宿舍。

第二章 / 明天的天气是多云转晴

1

起床之后，温叶发现屋里只剩下她一个人。吴子衿把被子叠好放在床尾，还将茶几上的酒瓶和食品包装袋收拾干净一并带走了。

章述：【起床了给我回个电话。】

这是她在中午收到的微信。

温叶把对话框退了出去，给吴子衿发消息：【你去哪儿了？】

吴子衿隔了一段时间才回复她：【我回律所了。】

温叶：【？】

吴子衿：【回去办离职手续，希望这几天就能把工作交接清楚。】

吴子衿：【你醒了就去吃点东西吧。】

吴子衿：【我没事，不用担心。】

又在床上坐了一会儿，温叶才彻底清醒过来，她有点不敢相信这是在梦中，还是已经回到了现实。

她打开章述的朋友圈，发现他回国之后更新得很频繁，像是不定期地在网络上留下踪迹，故意让有心人能找到他在哪里。

温叶愣了愣，像是想起什么，连忙操控界面退出到隐私设置，把章述从“不看他（她）的朋友圈和视频动态”的列表里移除出来。

章述大多时候不如昨天晚上好说话，不会轻易让人占到嘴上便宜。

大学时期，有人说他是陈章贸易的公子哥，也有人说他是画仓酒吧的幕后老板，他不辟谣，所以什么讲法都有。

而他也确实相貌过人，加上漫不经心的行事态度，无论站在哪里都会给人一种纨绔子弟、不学无术的初印象。

温叶和章述刚有交集那会儿，他就经常穿着夸张的破洞裤，戴着一堆烦琐的配饰，还留了一头可以扎起的长发，整个人看起来吊儿郎当的。

但他的心思活络，或者说他总有办法将自己的胡言乱语圆回来，善于活跃气氛，稍微跟他有过一点接触的人又会给予他正面评价。

熟了之后，吴子衿开始为自己草率认定的初印象找补，她想了半天，说可能这就是艺术家吧，今后会拿普利兹克奖的那种。

温叶突然觉得喝多了将醉未醉的章述有点可爱，他比清醒的时候坦诚了许多，那副游刃有余的傲慢也随着杯中酒见底而隐藏了起来。

想到这里，她在通讯录里找到章述，给他拨了一通微信电话。

但是她还没来得及张口，就听见章述在对面闷闷地笑：“你刚睡醒吗？”

温叶怀疑有人使用帽子戏法把昨晚那个可爱的章述变不见了，她把手机从耳边拿下来，仔细看了一眼现在的时间。

——18：25。

她心虚地说了一句：“是又怎么样？”

章述暗示：“学妹，到饭点了。”

温叶开始装傻：“嗯？”

“我饿了。”

“学长，你这是什么意思？”

他摊牌："我饿了，你快来接我。"

谁先挑明谁是输家，温叶满意地打开免提，趿着拖鞋往厕所走去："你等会儿，我还要洗漱一下。"

"正好，你先别挂电话，"章述那边传来翻动纸张的声音，"我有事跟你说。"

她把手机放在洗漱台上："我要刷牙了。"

"嗯。"

"会很吵。"温叶再次提醒他。

章述说："没事。"

看对面也没有要暂停的想法，温叶拿起电动牙刷，往上面挤了牙膏。

"你昨晚说今天要画图，是要交作业还是做项目？"

"作业。"

"急着交吗？"章述又问她。

"不算急。"

"那你有空，能不能来帮我看看植物配置？"章述的语气自然到就像他们从来没有断联过，"我想改方案，但是对景观规划设计不太了解。"

导师布置的任务不算太难，但也称不上简单，距离最后期限还有很长一段时间。看着镜子里的自己嘴角翘起，温叶发现自己还是很乐意被他麻烦。

听到她肯定的答复，章述笑了笑，在厕所这个狭窄的空间里，所有声音都会被放大，温叶感觉有股湿热的鼻息打在自己的后颈，然后听见他说："就不打扰你了，我一会儿把施工图发到你的邮箱，其余的等我们见了面再说。"

明知道对方看不见她，但温叶还是故作镇定地接起了一杯漱口水："一会儿见。"

挂断电话，温叶背上了装图纸专用的托特包，把车开到章述的小区门口等他。

没等太久，温叶就看见章述刷开门禁走了过来。他站在车旁打量了她一会儿，像是发现什么新鲜事：“温叶，你这是要去上班吗？”

温叶问他：“我们不是要讨论施工图？”

章述忍俊不禁：“但今日的主题是好好吃饭。”

从车上下来，温叶借着商店橱窗的玻璃观察自己，又用余光瞟了几眼章述。他今天倒是穿得很休闲，白色印花 T 恤加上黑色五分裤，仿佛是一个还在读书的毛头小子。

这点穿衣风格上的差别让温叶觉得自己占了大便宜。

不知道是巧合还是察觉到了她的心思，章述帮她把车门拉开，微笑着说：“老板您请。”

章述把车开到了北流公园旁的南栅市场，他熟络地跟停车场管理员打了声招呼，然后带着温叶朝主街走去。

大学上实践课的时候，温叶来过这里做园林植物认知实习。

那时南栅刚归入北流公园风景区统一管辖的范围，一楼的店铺还在关门整改，现在重新开业，大多店家都已经做起了文创的生意。

面前的流水潺潺，北流河的一条分支由此经过。

穿过檐廊，拐进民居间的一条小巷，不临河的建筑比主街残破许多，却也独有江南水乡的一番风韵。

温叶走在前面，抬头望向身旁的马头墙。

章述提醒她：“昨天刚下雨，这里青苔比较多，小心别摔跤。”

温叶点了点头，低下头仔细看着脚下的石板路：“没想到你也会来这种地方。”

这句话倒是没有附加上任何揶揄的意味，温叶作为一个历史建筑爱好者，对于这些古街古巷很有好感。

道大有个探险社，会以市区为范围，探索那些曾经投入使用但又被废弃的建筑。温叶慕名参与过几次外出活动，但发现探险地点大多是烂尾楼一类没有生活痕迹的地方。

而面前是白墙黛瓦，亭台楼阁。

两侧还有靠墙停放的自行车，悬挂在铺面前的玻璃风铃，历史与现代错乱，总是这么迷人。

听完她说的话，章述觉得好玩："你到底在脑子里给我编排了什么人设？"

"你想听吗？"温叶眨了眨眼睛。

"你可以说说。"

"吊儿郎当、不讲道理的乐队主唱，"温叶停顿下来观察他的反应，"当然这只是最开始的印象。"

章述问："然后呢？"

"熟了之后就觉得你是个很聊得来，并且喜欢日行一善的有趣学霸。"

章述笑得更夸张了："我怎么就日行一善了？"

"你把笔记丢给我的时候，我觉得你简直是个大善人，救我于水火之中。"

"是吗？"他把双手插回了兜里。

2

他们刚认识那会儿，温叶大二，作为学生会文体部的负责人之一，正在筹办校园歌手比赛。而章述大五，他五年制的本科生活即将结束，他的乐队"图书馆卡号 K0312"面临解散，成员们都铆足了劲想要夺冠。

章述的手气一直不算好，决赛抽到的表演次序为 2 号。

校学生会办的活动一般由多个部门协作，灵活度不高，简单的调度问题都会被放大成部门之间的问题，单就麦克风的增减也需要层层申请。而在比赛当天，次序 1 号的乐队临时加了很多民乐乐器，大礼堂预备的麦克风不多。为了有时间凑话筒，学生会只能把章述他们的比赛次序从 2 号提前到了开场。

章述气不过，跑来后台理论。

当时现场很嘈杂，幕布紧闭，观众入场的喧闹声和音协亲友团起哄的声音一并传进了温叶的耳朵里，温叶打断了章述："我来负责这个问题。"

他面无表情地说："你最好真的能负责。"

温叶又盯着他看了一会儿，转身拿过主持人的话筒作为学生会代表上台向观众鞠躬致歉。她希望大家能给予掌声鼓励，以此减小换次序对于他们的影响。

下台之后，叶知廉把章述拉到一旁："不就是一场比赛吗？"

"况且调次序这种决定哪是一个干事长就能做的。"叶知廉想了想，偷偷告诉他，"温叶刚转来我们班，老李担心她跟不上进度，让她办完决赛就退出学生会。"

叶知廉的话音刚落，章述就看见温叶匆忙地从后台通道的另一头跑了过来，站在他们面前，又对着他们说了一句"对不起"。望着温叶湿漉漉的漂亮眼睛，章述有些手足无措。

说到底，借笔记只是章述表达歉意的方式，他没有温叶想象的这么心地善良。

其实章述也觉得自己这样过于别扭，他竟然连句道歉的话都不愿意说，非得用这种奇怪的方式去间接表达。

叶知廉安慰他，说这是冒着傻气。

傻气不含贬义，在他看来，这是一种可爱的赤诚。

傍晚的风簌簌作响，住在这里的小孩拿着风车在狭窄的过道里来回奔跑。章述朝着前面的一栋没有招牌的小店抬了抬下巴："到了。"

"这里是？"

"一家私房菜菜馆，"他语气夸张，"五食堂的川菜阿姨开的。"

温叶愣住："不是传说五食堂特别难吃吗？"

"谁跟你说的？"他推着温叶往里走，"你这种住在富人区的大小姐，当然体会不到川菜馆的好，阿姨可是建筑学院全体男生心中的女神。"

"富人区"是道城大学里一个约定俗成的说法，指靠近一食堂的八栋女生宿舍楼。与五食堂不同，一食堂有着很多饭店进驻。

温叶顺着章述的话说了下去：“我们富人区的嘴可是很挑的。”

“一定不会让你失望。”

推开门进去，温叶发现这里室内的装潢就与其他川菜馆截然不同。

整体的装修风格与江南民居相呼应，却又在其中揉入了一些川渝的特色。

“这里，”温叶指着一堵隔断墙，“好眼熟。”

“这家店是我还在读本科的时候，跟舍友一起帮阿姨设计装修的，你应该是在我的草稿里见过。”

温叶恍然大悟地点了点头。

“章述？”阿姨从厨房里出来喊着他的名字，“这是温叶？二楼的老位置给你留着了，直接上去就行。”

温叶勾勾手让章述过来，小声问：“你之前跟阿姨介绍过我？”

章述转身从旁边的置物架上拿起菜单，温叶看不见他的神情，只听见他小声回了一句：“算是吧。”

江南民居多为二层楼，上下的结构不同，走上二楼，踩着木板，温叶发现老位置是一个靠窗的卡座，透过窗就能看见北流江对岸的半岛。

附近高楼林立，北流半岛却还处在未开发的阶段，一眼望去只能瞧见一片青果榕和违规搭建的铁皮屋。

章述把菜单推到她的面前：“过段时间北流半岛就要招标了。”

“你们公司会参与竞标吗？”

“这个不会，但下一个会。”章述像是在跟她打哑谜。

“什么意思？”

“过段时间我就要跳槽了，现在的公司还不够资质参与。”

把可乐罐拉开，他将一根吸管像投掷标枪一样丢了进去，吸管随着二氧化碳气体的上冲而起起伏伏。

打开菜单，温叶看着肉骨茶图片旁边标的“热”字：“这真的是川菜馆吗？”

章述压低声音：“忘了跟你说，这家川菜馆，只有肉骨茶好吃。”

感觉他们像是特务在接头，温叶也压低了声音配合他：“真的好吃吗？你可别骗我。”

“好吃。”

“跟我之前在新加坡吃的味道一样。”

“我什么时候骗过你。”

“……”

分明隔着一张桌子，但章述说话的时候，温叶总感觉身上有什么东西在挠着她的痒痒。

夜幕降临，江岸昏黄的路灯，让她莫名其妙地陷入了一种被裹挟的状态，以至于让她想要开口问问章述，他们等会儿能不能一起去北流江江岸走走。

八点刚过，一场大雨不约而至，温叶还没来得及说出口的邀约也就此夭折。

章述在她的对面格外悠闲：“怎么办啊？我们都没带伞。”

他说的话跟做的事倒是一点都不匹配。

温叶把碗里的汤喝完，又看了一眼窗外：“雨还挺大的。”

章述夹起最后一块排骨想要放进她的碗里。

温叶摆摆手，表示自己已经撑得不行了。

“等会儿我去问问阿姨有没有伞。”他把排骨一口塞进了嘴巴，嘟嘟囔囔地问，“大小姐吃得还满意吗？”

温叶摇头晃脑：“我爱五食堂。”

章述看着她笑了起来：“还是不要爱了，一楼确实不太行。”

温叶托起下巴跟着笑：“你吃饱了吗？”

“吃饱了。”章述站起来，伸手拿过温叶的托特包，“走吧，我先送你回家。”

“先？你一会儿还要去哪儿？”

“老板让我回公园酒店看看情况。”

“我能不能跟你一起去？”

章述站在比温叶低一层的楼梯回头看她：“下暴雨女生去工地可不安全。”

说完，他走到阿姨面前，问她能不能借他们一把雨伞。

温叶跟在后面慢悠悠地下到一楼，在她环顾四周的时候，发现置物架上还摆了一张五个人的合照，凑前去看，照片中的章述正举着一个扳手冲镜头傻笑。

“别看了，当时我好傻。”他伸手把相框反扣在架子上。

“不傻。”温叶拿出手机，飞快地拍了一张照，她开始转移话题，“阿姨有雨伞吗？”

“只有雨衣，还是单人用的。”章述在一旁把雨衣展开穿上，又开始臭美，“我觉得我这样都比拿着扳手帅。”

温叶退后几步给他拍了一张全身照，递到他的面前：“你觉得呢？”

他毫不迟疑：“扳手照先下一城。”

不过说实话，显眼的荧光黄色出现在他身上也并不奇怪。章述的四肢很修长，身高在一米八五左右，他站起来的时候雨衣下摆堪堪到了脚踝的位置，阻断了温叶想要像花童拉婚纱一样在章述身后给他提雨衣的念头。

章述走到门口，招招手让温叶过来，然后把她也罩进了雨衣里。

章述搂过她的肩膀，把手机电筒打开递到她的手上，说：“注意脚下。”

在这个时刻，温叶感觉自己被雨衣上的塑胶味和淡淡的草木花香团团包围。

“小心，这里有台阶。”章述的手又收紧了一些。

那股草木花香好像离她更近了一些，温叶问他：“你今天喷香水了吗？”

“没有，”章述告诉她，“我不喜欢喷香水。”

看着脚下的石板变得平整，他们拐回了北流市场主街。

“感觉闻到了什么香味。”

"是吗？"他拉开领口闻了闻，"可能是衣物留香珠吧，我妈让我每次洗衣服都丢一把进去。"

没走几步，章述突然停下来，把头缩进了雨衣里。

他凑得很近，盯着温叶的眼睛："你很喜欢这个味道？"

宽大的单人雨衣像是一个天然的屏障，尽管外面雷声轰鸣，可温叶还是清楚地听到了她自己心跳的声音。

温叶把他的脸推开："好好带路，不然就换我了。"

章述轻轻地笑了一声，从雨衣领口把头伸了出去。

手机电筒的光打到石板路上又折射回来，这段路好像比白天的时候长了许多，以至于她会不断开小差，尝试去辨析刚刚出现在章述脸上的每一分神情。

3

等章述还雨衣回来，温叶已经恢复到了好整以暇的状态，车外一片漆黑，引擎声微微作响，她给自己系上安全带，低头看着手机。

"你现在住哪儿？学校还是……"

那股草木花香又回来了。

"松屏路路尾的邮局职工院。"

章述伸手打开副座驾前的手套箱，从里头拿出零钱递给停车场管理员："我小时候在那里住过一段时间。"

温叶点头："我原来听你提起过。"

"为什么想要住在那里？"章述问她。

"之前我在附近找了一个实习，内宿的话，我每天要花费两个小时通勤。"

"现在呢？辞职了吗？"

"嗯。"温叶说，"正好年底也要开始准备毕设了。"

章述调了调后视镜，借着余光他还能看见温叶紧抿的嘴唇，问："很紧张？"

“没有，就是我一直没能把课题确定下来。”

“还有时间。”他停顿了一下，“改天要不要带你在邮职院里面逛逛？刚搬走没几年，我对那里应该还算熟悉。”

温叶一口答应了下来：“虽然已经住了几个月，但我只去过东区的游泳池。”

“小时候放了学我就会跑到那里，”碰到红灯，章述停下车，“我可是泳池的 King（王）。”

温叶笑了出来。

章述转头看她：“真怀念啊，那会儿无忧无虑的。”

温叶好奇：“难道你现在会顾虑很多吗？”

“我现在就很顾虑，”章述把手放回方向盘，踩了一脚油门，“比方说，刚刚那样会不会有些唐突。”

温叶收起手机看向他，分明没有流露出一丝别的情绪，好整以暇的人变成了他。

温叶摇摇头：“没有，我没多想。”

“那就好。”章述伸手打开车内广播，交通电台正在播放天气预报，温叶清楚地听到明天的天气是多云转晴。她抬头望了一眼，头顶是成片的乌云，还伴随着雷电，但不知道为什么，她总觉得现在已经开始转晴了。

温叶洗漱完躺在床上跟吴子衿转述这段话的时候，吴子衿说：“这是因为你心情好。”

“是吗？”

“难道你心情不好吗？”

她说不清楚。

温叶伸手拿过 AirPods（蓝牙耳机）戴上，打开相册看今天拍下的照片。

合照里，章述已经把长发剪短了，刘海被汗水打湿乱糟糟地贴在额前，身上的白色 T 恤还被蹭了好几道灰。

像是时空穿越回了四年前的校运会，当时他也是这副模样跑过3000 米的终点。

其实，章述并不擅长长跑。

之所以会去参加校运会，也不过是在班级抓阄的时候，被她拉去玩了一整天的狼人杀。

校运会的那天，不知道是谁走漏了风声（大家都猜是叶知廉故意的），把音乐协会的人都召集起来，站在跑道外的大本营给章述加油。

在不得不逞英雄的情况下，他最后还是自暴自弃地走了好几圈，并且不忘冲着场外发出古怪笑声的叶知廉比了个中指。

"你怎么不说话了？"吴子衿问她。

温叶回过神："我刚突然想起一件事。"

"什么事？"

"我好像好久没玩狼人杀了。"

"就这？"吴子衿顿了下，"说实话，你觉得你现在跟章述的关系暧昧吗？"

"我感觉还好，"温叶说，"毕竟之前我们也是这么相处的。"

吴子衿的看法不同："但你们原来就已经足够暧昧了。"

"是吗？"

"可谁能想到你们不仅没在一起，还在章述出国后断了联系。"

温叶没有说话。

"当然，那时候确实发生了很多事情，我也不确定你们之间是不是存在着什么误会，"吴子衿说，"但假如对象是章述的话，我觉得你不妨勇敢一点。"

温叶翻身抱过抱枕："再说吧。"

挂断电话，温叶和吴子衿约了第二天见面。

这一觉温叶睡得不太好，楼上一直传来挪动重物的声音，搞得她的梦也断断续续。

清晨物业洒扫的声音响起，草草吃过早饭，温叶打算着手绘制植物配置的相关图表。

酒店建在北流公园边缘的一座湖心岛上，考虑到地基等因素，建筑以防风防震的两层独栋别墅为主。

需要重新设计的是酒店庭院内的一片绿地，结合周边关系，她把景观打造的重点放在了庭院入口。

章述提供的信息很多，绘制的过程不算艰难。

趁着打印机还在工作，温叶跑到阳台发了会儿呆。

今天的天气不错，连日的降水驱散了夏末的闷热，她打开窗户，感受穿堂而过的风。

邮局职工院在市中心附近，房龄高。

因为要拆迁重建，所以这套一居室的租金并不昂贵。

搬家的时候，温叶拜托了几位好友帮忙。安置好行李，大家挤在阳台上，眺望着远处的广告灯箱，庆祝她重获凌晨的用电自由。

往事如同前几日的大雨兜头泼来。

吴子衿的电话来得及时，阻断了她想要继续回忆的念头。

收拾好东西，推开房门，温叶碰见邻居上楼。

她跟对方打过几次照面，但只知道他叫陆继杨，据说是在证券公司工作。

楼梯口狭窄，陆继杨侧过身让她们通过。

温叶顺便打了一声招呼："下午好。"

他点了下头，没有说什么。

等走远了，吴子衿才挽着温叶的手臂小声吐槽："你的邻居有些沉默寡言。"

温叶表示赞同："不过我们确实也不太熟。"

吴子衿两步作一步地跳下台阶："但他长得挺斯文的，是妈妈们会喜欢的类型。"

"是。"温叶告诉她，"周末的时候，经常有阿姨上门问他需不需要帮忙介绍对象。”

“嗯？”吴子衿顿了下，“相亲啊。”

温叶转头看了一眼吴子衿，若无其事地打开车门，让对方先坐进里面。

后排的位置很宽敞，但吴子衿还是凑到了温叶身边：“你会不会觉得我特别像那种‘恋爱脑’，结果爱而不得，还要开启自毁程序，非得把自己的生活变成一团糟才行。”

“我不会。”温叶坦诚地告诉她，“这是一件很正常的事。”

吴子衿伸手抱住她：“温叶，谢谢你啊。”

温叶笑出来：“没事。”

吴子衿掏出手机，划拉了几下屏幕：“我们等会儿去——”

她还未说出口的话被一通电话生生打断，温叶眯起眼睛，警惕地盯着屏幕上跳动的头像。

是一片萧瑟的海。

远处还亮着一盏猩红的夜灯，让人不太舒服，却又指不出异样。

接起电话，吴子衿一声不吭地听对方讲了好久，温叶发现她的脸色慢慢变差，听见她对着电话那头的人说：“你原来不是这样的。”

吴子衿：“我很冷静，辞职这件事情我也考虑了很久，不管你订不订婚我都会离开律所。现在我已经有能力为自己做的所有决定兜底了，”她深吸了一口气让自己镇静下来，“何修远，别管我。”

温叶听出了她的言外之意。

在吴子衿漫长的暗恋史中，她一直很抗拒说出任何能展现出他们关系亲疏的称呼。

“何修远”这三个字承载不了任何上层建筑，何修远就是何修远。

可以是邻居，是代称，是陌生人。

好在吴子衿擅长自我疗愈，当她们结束购物坐进咖啡厅里的时候，温叶只感觉自己刚从前线侥幸逃生。

“你好，点单。”吴子衿举起手招呼服务生过来，问温叶，“你喝什么？”

温叶艰难地坐起来看了一眼菜单：“冰美式。”

“两杯冰美式，谢谢。”

温叶说：“感觉大学体测跑800米都没这么累。”

“你跑800米不都是走路的吗？”吴子衿问她。

温叶靠在沙发上刷朋友圈：“只有大四走过一次，那时候测完另几项发现自己已经及格就不想再跑了。”

吴子衿问：“那你最后800米多少分？”

“零分。”温叶顿了下，“我走了五分钟，最尴尬的是，我还听到体育老师在旁边大喊‘同学加油’。”

吴子衿看了一眼手机：“陈天浩也在附近，叫他过来一起吃饭吗？”

温叶说：“我都行。”

吴子衿说：“那我让他过来了。”

温叶下意识地问：“章述跟他在一起吗？”

“我帮你问问啊。”吴子衿拿起手机，对面回得很快，“陈天浩说他不知道，但他估计章述应该还在公司里加班。”

温叶点头：“哦。”

“反应这么小？”

温叶反问：“不然呢？”

吴子衿开始有心情揶揄她：“不关心一下你的直系学长？”

温叶把手机反扣在桌面上：“我们不是一个系的，他是建筑，我是园林。”

“是吗？”吴子衿故意摆出一副事不关己的样子，“不过，章述来不来我都无所谓啊，反正我也没有这么想见他。”

温叶看着她笑了笑，没有接茬。

但在十分钟后，温叶还是偷偷给章述发了微信：【你现在在哪儿？】

章述：【在公司拉模。】

温叶：【吃饭了吗？】

章述：【我刚刚叫了外卖。】

温叶：【好。】

章述：【？】

温叶：【没事了。】

温叶：【拜拜。】

她想了想又加了一句：【努力工作！】

屏幕对面的章述在回完一串“……”之后，盯着手机越发觉得莫名其妙。

同事给他递了一袋饼干，问：“你怎么对着手机发呆？”

章述把手机收回口袋里：“收到了几条奇怪的信息。”

同事又问：“是垃圾短信吗？”

章述笑起来：“当然不是。”

4

晚餐选在一家火锅店。

陈天浩来的时候，温叶和吴子衿正对“毛肚到底需要涮多久”展开一系列的探讨。

温叶阐述正方的观点：“我们正统火锅派坚信‘七上八下’原则。”

虚假的养生人士吴子衿提出反对意见：“我妈转发的公众号推文说，毛肚至少涮够三分钟才能杀死寄生虫，所以三分钟为最佳时长。”

陈天浩把手机和车钥匙放在桌面，坐到吴子衿旁边问：“你们在说些什么？”

吴子衿帮陈天浩倒了一杯水：“陈天浩，你一般吃毛肚涮多久？我个人觉得三分钟这个时间比较好，你觉得呢？”

她给足了暗示。

“可是我觉得‘七上八下’听起来也不错。”温叶夹起一片毛肚给他做示范。

陈天浩拿起茶杯喝了一口，言简意赅：“我不吃下水。”

“你怎么不早说。”吴子衿报复似的夹了一筷子鸭肠丢进锅里，“你想吃什么，自己看着点。”

“那我再加两碟麻辣牛肉。”陈天浩拿起手机扫了点单程序，“章述等会儿来吗？”

吴子衿不忘记下套：“你问温叶。”

“应该不来吧，”温叶看了她一眼，“他好像还在公司加班。”

陈天浩卷起袖子：“你们都是章述的朋友？”

温叶点头：“算是。”

陈天浩抓到了重点：“算？”

“嗯？”温叶顿了下，语气轻松道，“在音乐节之前，我们很久没联系了。”

“这样啊。”陈天浩对他们之间的关系没有想要深究的兴趣，他转向吴子衿，“你下班还挺早的。”

吴子衿说：“只是今天早。”

“你问我在哪里的时候刚过六点钟。”

“我昨天辞职了。”

陈天浩好奇：“为什么？”

“不为什么，趁着法考过了，想换一个更适合自己的工作环境。”吴子衿没有多做解释，闷头和碗里的花椒较劲。

火锅店的工作人员都格外热情，拿着水壶经过，主动帮他们添了汤底，撤了垃圾。

暗恋这件事不好受，温叶对此也算深有体会。

方才的话题被打断，她看见吴子衿偷偷松了一口气。

陈天浩调好蘸料：“其实我觉得——”

温叶装作不经意地打断他：“吴子衿，帮我拿下漏勺。”

“给。”吴子衿抬起头，又突然眯上眼睛，“温叶，后面那个人是不是你的邻居？”

温叶转头看去，确实是陆继杨。

他的对面还坐了一个女生，穿着红色的吊带裙，长发披肩，做了延长甲的手指一直“咚咚咚”地敲着桌面。

陈天浩放下筷子：“你们要过去打声招呼吗？”

吴子衿摇了摇头："不去。"

熟悉温叶的朋友都知道，她是一个边界感很强的人。不会为了维系表面关系而和谁假装亲昵，更不会轻易地让人进入自己舒服的范围。除去邻居的身份，她跟陆继杨就是两个毫无交集的陌生人。在这种私人的场合碰上，自然没有上去打招呼的打算。

"也是。"陈天浩点头表示赞同，"兴许他们私下约会也不希望被人打扰。"

隔壁桌刚翻了台，服务生领着新客人进来。

火锅店的环境算不上安静，有些时候温叶还要凑上前才能听清他们在说些什么。

不过在十分钟之后，陆继杨那边的动静大到足以盖过所有声音。

那个女生指着陆继杨鼻子破口大骂："陆继杨，这是你欠我的！"

吴子衿说："看起来不太像是情侣约会。"

陈天浩莫名其妙地感慨："年轻人可真有活力。"

吴子衿问他："这跟活力有什么关系？"

陈天浩反问回来："你现在难道还有精力再去跟别人这么声嘶力竭地吵架吗？"

"没有了。"吴子衿靠在椅子上回忆了片刻，"工作之后我发现很多事情都变得无所谓了，'他爱不爱我'或者'怎么才能融入小团体'这些之前会特别在意的问题已经不再是生活的全部。"

温叶感觉她话里有话。

"当然，我也不是觉得在公共场合这样不留情面地呵斥对方、让对方难堪是一件值得赞扬的事，我只是佩服年轻人还有能这样情绪外露的勇气。"陈天浩说得很委婉。

但温叶和吴子衿都明白他想要表达的意思。

情绪外露、敢爱敢恨都很勇敢。

但勇敢不一定就是对的。

陈天浩话刚说完，陆继杨对面的女生又抄起桌面上的茶杯向陆继杨丢了过去。

吴子衿蹙了一下眉，起身打算为陆继杨打抱不平。

温叶把她拦下，转向陈天浩问："陈老师可以过去帮个忙吗？"

陈天浩顿了下，大概猜到是怎么一回事，说："你就别学他们叫我陈老师了。"

吴子衿嬉皮笑脸："去吧，陈老师。"

"陈老师"这个外号是章述告诉温叶的，章述解释，这是因为他们同事在校内网翻到了陈天浩先前扮演老师的小品视频，还说等自己找到了视频文件就会转发给她。

交涉有些困难，但好在到了整点，工作人员照例表演起川剧变脸。

演员在台上耍着花枪，台下的人却各有心思。

不知达成了什么共识，那位女生拎起背包离开了餐厅。

陈天浩带着陆继杨回到她们面前。

"Hello，"吴子衿向陆继杨挥了下手，"我们下午碰见过。"

温叶解释："我跟朋友也在这里吃饭。"

"好巧。"陆继杨用纸巾将脸上的水渍擦干，"谢谢你们，我就先走了，不打扰了。"

陆继杨离开之后，他们又开启了新的话题。

陈天浩的学校也在道大附近，住在大学城里总能找到一些共同回忆。他们聊了很久，说到画仓和小吃广场的红柳木羊肉串。临走的时候，吴子衿掏出手机扫描桌上的付款码，她把手机递给他们："好像付不了。"

"刚刚有位先生已经买好单了。"一位路过的服务生告诉他们。

吴子衿猜测："陆继杨？"

陈天浩说："我估计是。"

温叶拿起小票，看了一眼他们消费的总金额，在"邮职院 8 栋"的群聊中找到了对方："我等会儿在微信上转给他。"

好友申请陆继杨同意得很快。

温叶：【我是群聊"邮职院 8 栋"的 502 号房温叶。】

温叶：【微信转账472元。】

他马上把钱退回：【当是我谢谢你。】

简单扫了一眼，温叶就把对话框关掉了。

吴子衿碰巧看到，问："你不回复吗？"

"帮他忙的是陈老师，"温叶说，"不是我。"

"那怎么办？"

温叶眼睛一转："明天中秋节，抽空把我妈寄给我的月饼给陆继杨送过去，反正我也不爱吃五仁叉烧。"

"什么五仁叉烧？"陈天浩帮吴子衿拎着购物袋走在前面，"你们都住在哪儿？我送你们回去。"

"没什么，吴子衿说提前祝你中秋快乐。"温叶打开手机查看公交车的到站信息，"你送吴子衿吧，我家离这里很近，自己去搭公交车就行。"

吴子衿上前挽住她的手臂："我陪你等车，你明天不回学校吧？"

温叶说："不回，怎么了？"

吴子衿憋着坏："没什么。"

车站椅上坐满了人，松屏百货位于中心城区，来往的班次很多。

不到一会儿，温叶就踏上了公交车，隔着车窗玻璃跟他们挥手道别。

吴子衿：【到家了跟我说一声。】

看到信息，温叶冲她点了点头，用口型说了一个"好"。

车辆慢慢驶远，吴子衿抽走陈天浩的手机，对着他的脸解了锁："借我用一下。"

陈天浩警惕地问："你要干什么？"

吴子衿顾不上跟他解释。

陈天浩凑上前，发现手机页面正停留在他和章述的微信对话框。

陈天浩：【章述，你也在松屏百货？】

章述：【？】

陈天浩：【不是你吗？】

章述：【？】

陈天浩：【原来不是啊，刚刚吃饭，我看见温叶跟一个背影很像你的人说了好久的话。】

章述：【？】

第三章
/
和她，在停电的这一天

1

不到八点，温叶就被一阵敲门声吵醒，她睡眼惺忪地从床上坐了起来，站在门口问了一声：“谁？”

“是我。”

温叶走上前把门打开，当看见章述拎着一袋早餐，笑着对她说“早上好”时，误以为自己回到了四年前。

那个时候，温叶为了不打扰混寝宿舍里其他专业的舍友，喜欢跑到通宵自习室里画图，等到六点再晃悠悠地去一食堂吃早餐。

在那里碰见章述的概率也很高，他总是戴着发带和无框眼镜，穿着拖鞋和居家服，意识模糊地和她打招呼。

温叶从鞋柜里翻出一双一次性的男士拖鞋放在地上：“我不好。”

章述走到沙发前坐下，他摇了摇手里的纸袋：“一起吃早餐吗？”

“学长，”温叶转身望了他一眼，“可我现在更想回床上睡觉。”

章述把早餐摆到茶几上：“假如是一食堂的虾饺呢？”

“我吃。”温叶挣扎着跑进厕所，不忘问他，“你昨晚是不是又通宵了？”

章述走过来倚在门口：“你怎么知道？”

“你的黑眼圈很明显。”温叶弯腰从浴室柜里拿出新的毛巾，“先用热毛巾敷一下，等会儿再去冰箱里拿冰袋。”

章述把浸满热水的毛巾盖在眼睛上，温叶通过镜子借机观察着他，她自顾自地补充：“我前段时间去牙科诊所拔了智齿，他们送了我好多冰袋。”

章述突然叫她：“学妹。”

温叶问：“怎么了？”

章述说：“你好勇敢。”

温叶哭笑不得：“这关勇敢什么事？”

章述把毛巾拿了下来，张开嘴凑到她的面前：“你看，我的智齿已经长了好多年了，但我一直不敢去拔。”

温叶拿起电动牙刷：“其实不痛的。”

章述转身走出厕所，刚刚还稍显局促的空间一下子变得宽敞了许多。这套房子的墙板很薄，隔音不算太好。温叶听见冰箱柜门打开的声音，随后章述的声音也一并传了过来：“那你下次陪我去吧。”

还没来得及回应，一阵敲门声把他们的对话叫停。

温叶毫不客气地差遣他：“学长，帮我开一下门。”

章述应了声“好”，从厨房出来，上前把门打开。一个完全陌生的面孔站在门外，他把手插进口袋，想问对方是谁。

像是察觉到了他的意图，对方自报家门：“我是隔壁 503 的住户，请问温叶在吗？”

章述告诉她：“有人找你。”

温叶从厕所里探头出来，她有些意外：“陆继杨？”

“父母给我寄了很多月饼，”陆继杨把一袋月饼递到温叶面前，“之前的事，谢谢你。还有，中秋节快乐。”

章述知道温叶在这种事上不会扭捏，他说了句“谢谢”，隔着她接下袋子。

"中秋节快乐。"温叶从玄关置物台上拿起一盒月饼，"我正打算给你送过去。"

陆继杨摆摆手："你们吃吧，我还有事就先走了。"

看着陆继杨帮他们关上了门，章述拎住那袋月饼晃了晃："我自作主张了。"

"没事。"温叶回到厕所抽出一张洗脸巾，"继续推辞也没意思，反正今年还有很多节日可以还礼。"

"我帮你看看下一个是什么节，"章述装模作样地拿出手机，"你猜是国庆还是重阳？"

温叶配合他："我猜是国庆。"

"真聪明！"章述坐到沙发上，跷起二郎腿，"他是你朋友？"

"邻居。我们昨天吃饭碰见他跟人吵架，陈老师就过去帮忙解了围。"温叶走到冰箱前问他，"你想喝点什么？家里有果汁、豆奶……还有牛奶咖啡。"

温叶的停顿让章述想起了什么，便说："牛奶咖啡。"

当初学院开毕业去向经验分享会的时候，温叶为了等他，跑到了阶梯教室的后排看《求婚大作战》打发时间。做完宣讲，章述坐回她身边，向她借耳机一起看了两集。

其实章述已经不太记得具体情节了，但在模糊的印象中，好像有一集的故事是以牛奶咖啡展开。

当时他觉得每集的标题都很有意思，"进了甲子园就可以结婚吗""有牛奶咖啡就能结婚吗"诸如此类。

温叶确实也是想起这部电视剧了。

但她只是突然发现自己跟男主角有点相似，兴许正如吴子衿所说，之前的她错过了很多跟章述更近一步的可能。

章述把一次性木筷掰开递到她的手上："好久没吃食堂的早餐了。"

"我也是。"温叶接过筷子，"你怎么知道我家在这里？"

章述说："吴子衿告诉我的。"

温叶看着他："所以你一大早跑过来就是为了跟我吃早餐？"

"想跟你讨论一下公园酒店植物配置的问题，我之前跟你说过的，"他打了一个哈欠，"而且，我还想顺便见见你。"

温叶愣了愣。

恍惚中，她看见充满电的扫地机器人离开充电槽往他们的方向径直跑来。

纤维扫过地板发出簌簌的声音，就好像交响乐突然在她面前响起，她站在台下，仰头发现乐团四周围着无数块毛玻璃。声音可以通过介质传播，但她看不到演奏者脸上的一丝情绪。

其实温叶在感情方面并不迟钝，每当章述说出这种话她都能剖析出好几层意思。

可在温叶想要做出回应的时候，章述又会快速地转移话题，让她搞不清楚他是因为害怕尴尬，还是只是一时兴起。

"温叶，你听到了吗？"章述问她。

温叶回过神："什么？"

章述重复自己刚刚说过的话："我说，等公园酒店翻新工作结束之后，我会跟着老谢出差，考察各地的临江半岛。"

温叶问："老谢？"

章述跟她解释："上《建筑概论》的教授，谢德林，我会跳槽到他的公司。"

温叶夹起最后一个虾饺塞进嘴里："谢教授的烁林设计？我之前也考虑过要不要给烁林的实习岗投简历，但感觉他们更侧重建筑方面，对景观设计的需求不大。"

章述把手表解下，放在桌面："我改天去问问人事。不过听说老谢正在和你们园林的一个教授谈合作，假如那个教授同意，烁林应该也会注重发展相关领域的业务。"

温叶问他："你知道是哪个教授吗？"

"我也不太清楚，只是听我舍友提过一句。"章述起身收拾桌面上的垃圾，“我一起帮你问问？”

温叶点了点头，和他一起把桌面清空：“麻烦你了。”

章述从公文包中拿出笔记本电脑，摇摇头：“不麻烦。”

他的话音刚落，温叶的手机就响了起来，电话另一头的快递员让她出门签收一封挂号信。

章述看了一眼时间：“不然我先睡一下？你一个小时后叫我。”

温叶点头说好，她开门出去，看见快递员已经走到了四楼拐角。

在签收表上填写自己的相关信息，温叶接过对方递来的牛皮纸信封。这是杂志社寄给她的样刊，书籍边角受到撞击有些变形。书里刊登着她研一时参加设计比赛的获奖作品，二等奖，成绩不好不坏。

转身回到室内，温叶发现章述已经靠在沙发上睡着了。

这套房子是西南朝向，下午西晒，上午却十分阴冷。而老房子的空调又是时冷时热，看着章述穿的短袖短裤，温叶想了想，还是抄起手边的毛毯给他盖了上去。

温叶把杂志放进书柜，放轻脚步，走到书桌旁坐下，边看着打印出来的图表，边在心里打着小算盘。

她计划周末去宜家购置一张新的折叠沙发和一双四十三码的男士拖鞋。租住了几个月，这是温叶第一次觉得这套房子是如此局促，居然没有长长的回廊或者足够的地方放置橘色壁灯。之前有段时间，他们四个人喜欢跑到五教顶层的空教室自习，那层教室后面有段很长的走廊把整层楼都连接起来，走廊上还用着老式的灯泡，忽明忽暗，在远处看像是变了色的鬼火。

楼下传来的关门声让温叶思绪回笼，她伸手把抽屉扯了出来。抽屉很深，里头塞满了杂物。拨开稿纸，在寻找削笔刀的途中，她突然摸到了一个玻璃瓶，拿起来晃了晃，还能听见金属和玻璃碰撞的声音。

这是章述之前送给她的吉他拨片。

其实她收到过章述送的很多礼物，无论是便宜的，还是昂贵的，都有。

但温叶最喜欢的是他刚学吉他时用的拨片，磨损得很厉害，还有点脏，看着总能让她联想到很多东西。

假借路演之名，温叶和章述帮着叶知廉一起策划过一场表白。

当时他们从小酒吧走回学校，最终选定了校门口那片不怎么被养护的草坪作为路演地点。

“你可以在路演的结尾，捧着一束玫瑰花向她表白。”章述建议道。

温叶和叶知廉异口同声：“你好土。”

叶知廉向他解释：“假如她不喜欢我，当众表白只会让彼此都很难堪。”

章述把双手插进口袋，也没有反驳。

“你这样成功过吗？”温叶问他。

章述反问：“我还需要跟人表白？”

叶知廉凑了过来，小声告诉温叶：“章述确实是没表白过，他单身至今。”

章述从车上跳了下来，臭着一张脸：“那你们说该怎么办？”

叶知廉想了想：“我觉得要为对方留足进退的空间。”

温叶把章述撇在一边：“还要创造那种在喧闹的环境下两个人心照不宣的感觉。”

章述忍不住插嘴：“什么意思？”

温叶转头冲着章述笑了笑，没做多余的解释。

叶知廉表白的那天是情人节。

趁着乐队接线调音的时候，温叶被章述带着在人群中来回穿梭，给到场的观众分发音协提前准备的饼干和糖果。直到临近熄灯，乐队的主唱才换成叶知廉。章述下场走到温叶身边，一起看着叶知廉对那个德语系的女生唱了德文版的《月亮代表我的心》。

不知道过了多久，温叶睁开眼睛，发现窗外又飘起了雨，之前给章述盖上的毛毯也被披到了她的身上。

意识到刚刚不过是一场梦之后，温叶趴在桌子上，偷偷观察章述的动态。窗帘紧闭，室内光线昏暗，他紧抿着嘴唇，神情严肃，像是彻底进入了工作状态。

温叶故意发出些声音告诉章述她醒来了：“现在几点了？”

章述拿起手表看了一眼：“下午三点。”

温叶问：“我没说梦话吧？”

章述被她按下了“停止工作”的开关，笑着说：“你还会说梦话吗？”

“我乱说的，”温叶伸了一个懒腰，“我睡觉很老实。”

他拿着手机走了过来，把刚刚拍的相片放到她的面前：“确实很老实。”

看着屏幕上的照片，温叶起身，打算抢走手机。

章述大概是会读心术，他退后几步拉开距离。温叶没站稳，顺势往前倒去，站在一旁的章述连忙伸手抱住她。

距离突然拉进，屋外大雨滂沱，他们两个人仿佛又一同躲进了前天的那件雨衣。

章述好像能让周围一切与他无关的事物失去效用，哪怕她在家里点着香薰蜡烛，他身上的那股草木花香还是会绕过香薰的重重包围，径直窜进她的鼻子里。

手机屏幕发出的幽幽白光照在他们脸上，章述眼下的乌青已经消失，那双褐色的眼睛含情脉脉，温叶看得有些心猿意马。

章述轻轻咳了一声，温叶像兔子一样从他怀里跳了出来，光着脚跑到厨房里拿冰可乐。她摸了摸额头，觉得自己大概需要借助外物镇定一下。

章述坐回沙发，把电脑关上，拍了拍他旁边的位置：“过来坐。”

温叶折回厨房，多拿了一听可乐才走过去。

“给你听我最近在学的歌，”章述往温叶手上递了一边耳机，“《La Vie en rose》，中文名《玫瑰人生》。”

《La Vie en rose》是法国女歌手 Edith Piaf 的代表作，章述法语说得很蹩脚，但他知道怎么使用声乐技巧，缓解口语的生涩。

章述边选歌边和她说：“我为了唱这个还练了一个月的小舌颤音。”

温叶问：“你之前学德语的时候没练过吗？”

章述顿了一下，说：“但凡我当时能学有所成，我也不会去美国留学了。”

温叶被他逗笑：“可阿廉还唱德语歌表白成功了。”

章述假装恍然大悟，他拿起手边的牛奶咖啡，模仿着《求婚大作战》的标题：“原来学会了小舌颤音就可以结婚。”

说完，章述按下了播放键，耳机里传来他唱的《La Vie en rose》，温叶看着他的嘴唇在上下开合，再和上爵士乐曼妙的鼓点。她突然希望可以凭空出现一个精灵，让时间永远停留在这刻。

2

“今年第9号台风‘鲨鱼’于15日16时30分前后在我省溪竹市沿海登陆，登陆时强度为台风级。”

章述看着本地新闻，后知后觉地问：“今天是15号？”

温叶打开抽屉：“是。”

温叶的家在知州，那是一个内陆城市。上大学之前，温叶对台风的概念还很模糊，虽然地理课本上标明了不同风级的差异，但这依旧是离她生活很遥远的东西。

后来道城全市放台风假，本地的舍友叫上她们，用胶带在窗贴上“米”字。

台风过后，温叶透过粘胶的痕迹看向窗外，看着满是落叶的街道、东倒西歪的自行车还有被风吹断的香樟树枝，她对于台风的好奇由此变为了敬畏。

章述接过她刚拿出来的胶带：“我来吧。”

温叶扶住椅子，看着章述不费什么力气就碰到了天花板。

章述说：“其实不用这么担心。”

温叶问：“什么？”

“担心玻璃被砸碎。”章述把胶带伸到温叶面前，让她用帮忙剪断。

温叶举起剪刀照他指示的位置剪了一刀：“这是我舍友教我的。”

章述抬手把胶带抻平：“我原先在这里住了十几年都没碰见过这种情况。”

温叶想了会儿，说：“那别贴了，”她把章述从凳子上拉了下来，“你家在哪儿？”

章述指着窗外：“就在前面那栋楼。”

温叶说：“看来我们还是邻居。”

“可惜我妈六年前就把房子给卖了。”章述看了一眼时间，正好是饭点，“你想不想跟邻居去尝尝他小时候最爱吃的卤肉饭？”

温叶问：“现在吗？”

“嗯。”章述点头，“很近，就在西区。”

温叶凑近玻璃看了一眼，风依旧很大，但雨比下午的时候小了不少。

距离居民楼不远的地方新种了一棵榕树，它在风雨中有些摇摇欲坠，叶子被刮落，吹到了五楼，正好在窗外盘旋。

章述从伞筒里挑了一把直杆的高尔夫伞，这是温叶在学生集市上买的文创产品，道城大学的校徽正以变体的形式印在伞面上。

章述把它举到面前，仔细看上头的小字：“道城大学建校九十五周年？”

温叶扶着鞋柜弯腰换鞋：“五年前买的。”

章述把伞套去掉：“今年就要一百周年了。”

“嗯。”温叶点点头，“前段时间，王诚主任还问我能不能当学院校友交流会的主持人。”

章述问她：“那你答应了吗？”

“还没有，我感觉自己不太会应付这种场合。”温叶从置物盘上拿起一串钥匙，没头没尾地问道，“怎么办？”

章述看着她笑了起来：“什么怎么办？”

“我该怎么回绝主任？”温叶转身将家门反锁。楼道不是全密闭的空间，雨滴被风吹了进来，她看见拐角处还有一摊积水。

章述问："你知道男主持人是谁吗？"

温叶跟在他后面："好像还没定下来，不过主任说他正在尝试联系孙青和学长。"

下到一楼，章述伸手将伞撑开："我帮你问问孙青和？但是校庆那段时间他应该在筹备乐队的冬季巡演。"

温叶走进伞下："去年国庆，我回知州的时候顺便去看了他们的现场。"

风忽大忽小，章述把伞面向前微微倾斜，带着温叶抄了一条居民楼之间的近道。一楼住户的雪纳瑞看见他们从窗边经过，低声吠叫了一声，章述侧着身走出通道："其实15届毕业晚会那天他们也在画仓。"

温叶把头发撩到耳后，凑近了章述一些："你刚刚说什么？"

"没什么。"章述指了指，"到了，就在前面。"

西区离温叶住的地方有一定的距离，她知道这边有几家居民开的快餐店，却一直没有来过。单位住宅和商品房不同，街坊邻里可能就是一起上班的同事，小孩们的关系也会相对熟络一些。之前温叶就经常听章述提起小时候的大院生活，他会翻墙、会爬树，就连门口保安都拿他没有办法。

望着远处突然飞走的麻雀，温叶在想它是不是要奔走相告多年前的一方恶霸已经还乡。

章述低头看她："你在笑什么？"

"没什么。"温叶扫了一眼，附近的店面上都没有卤肉饭的招牌，她赶紧岔开话题，"让我猜猜是哪家，李叔美食？"

"不是。"章述走向一家门口摆满水果的小店，"猜不到吧？"

温叶说："确实猜不到。"

穿过狭小的回廊，章述坐到一张塑料长椅上，他掏出手机扫描桌上的二维码点餐，温叶看见神秘人"S"又给他发了几条微信消息。

S：【你怎么知道？】

S：【主任确实找我了，不过我们年底都很忙，应该回不去。】

章述把手机摆到温叶面前："孙青和回我了，"他想了想，又向温叶提议，"这样吧，你先别拒绝，你看我行不行？我来做你的搭档。"

隔壁房间传来翻炒卤肉的声音，温叶撑起下巴看他，他认真的样子让她突然有些期待："行。"

"那我等下给主任打电话。"章述从老板那里接过碗筷，"你尝尝。"

温叶用勺子把卤肉拌开，每粒米饭上都浸满了酱汁："真的很好吃。"

"你要加小菜吗？"章述提议，"加点葱花会更好。"

温叶把碗推到章述的面前，指使他帮忙舀一勺葱花。店里的人不少，邻桌坐了两个穿着高中校服的男生，他们把手机摆在桌面上，正在回顾 LPL 夏季赛的决赛，温叶被解说兴奋的声音吸引了注意，险些错过物业群里发的信息。

物业小刘：【@全体成员：受台风"鲨鱼"影响，我院变压器断裂，导致东区部分楼栋停电。现供电所维修人员已到现场进行抢修，预计两个小时后恢复用电。给您的生活造成了不便，烦请谅解。】

物业小刘：【@全体成员：麻烦车牌号为"航 AZ1007"的车主联系我一下。】

"家里停电了。"温叶舀起一勺米饭放进嘴里，又看了一眼手机屏幕上的车牌号，"章述，我记得你的车牌号后两位数也是 07？"

"嗯。"他起身到冰柜那里拿了两瓶汽水，玻璃瓶碰在一起发出了不小的声音，"航 AZ1007。"

温叶点开物业头像，把手机递给章述："物业让你联系她。"

"什么事？"收到物业发来的信息，章述顿了下，"我好像把车停到我家以前的车位上了。"

和他对视了一眼，温叶转头看着面前的两碗卤肉饭："那我们打包回去吃？"

"不好意思。"他的声音听起来很抱歉。

"没事。"温叶向老板要来两个打包盒，将米饭都倒了进去，"太荣幸了，我居然要跟学长一起吃烛光晚餐。"

章述揉了下她的脑袋，没有说话。

温叶拿起立在墙角的雨伞："我们走吧。"

走到店外，他们才发现雨势渐长，道城像是掉进了海里。

大雨可以算是最浪漫也是最不浪漫的天气，多少缠绵悱恻的爱情故事由雨产生，但又有着数不尽的悲剧跟雨脱不开关系。

大四的时候，温叶在年级大会上偷看叶知廉的考研专业书，书上以话剧《雷雨》为例，解析综合艺术，那里写着这么一句话："剧中的人物，都有着雷雨之前低气压的躁动的心态。"而现在，天边同样是惊雷乍起，她站在章述的伞下，反倒觉得格外自在。

温叶伸手拢了拢被风吹乱的长发，起了开玩笑的心思："假如现在往我身上打一束光，我都能直接扮演梅超风。"

章述很快接茬："那我就是九阴白骨爪的第一受害人。"

温叶跟着笑了起来。

东区和西区有一定的高度差，车道坡度很大，章述带着温叶走到绿化带旁，这那后面有一条很隐蔽的楼梯。早年修建的楼梯扶手有些老化，章述走到靠近栏杆的那边，换了另一边手撑伞："不过相比于金庸，我可能更喜欢古龙。"

"我也是。"温叶转过身看他，"高二的时候，我还躲在被窝里，打着手电筒，熬夜看完了整本《绝代双骄》。"

温叶最开始知道这个故事是在2005年，因为张卫健和谢霆锋共同主演的电视剧《小鱼儿与花无缺》。

导演王晶对原著做了很多改编，但当时只有十岁的温叶哪看得出那些快意恩仇，她只觉得坏人可恶、好人可怜。在电视台播到小仙女被吸干内力、衰老而死的那天，温叶趴在床上哭了一晚。这种感觉就像是肯德基突然下架了田园脆鸡堡和儿童套餐，小时候的她，还会因为喜欢的人或事物离开自己的生活而难过。

3

走下楼梯，坡底有一片放置运动器材的沙池，秋千被风吹得高高荡起。

再往前几步，温叶望见那辆熟悉的 SUV 正停在一棵榕树底下。章述用钥匙打开车门锁，把伞塞进她的手里，冒雨跑了过去。

高尔夫球伞的伞面很大，它兜住了突然刮来的风，伞面向后倒，温叶勉强握牢伞柄，尽可能让自己不要太狼狈。

章述把车挪到了附近的临时停车位，他推开车门钻回伞下，跟温叶一起到车位主人面前说了句抱歉。

因为停电，狭窄的楼道更显逼仄，章述在楼梯口甩了甩雨伞，温叶打开手电筒走在前面。

她盯着脚下的路："说起来，我小时候一直不明白'点到为止'是什么意思，每天晚上看着电视剧也总在想那个点究竟在哪儿？会不会是擂台边上的一个红点呢？"

章述把伞收好："我当时还觉得武林大会不靠谱，都没有裁判出来罚人红牌下场。"

"江湖果然是太险恶了。"温叶转过身看他，在灯光下，他衣服上的水渍十分显眼，"你怎么被淋成这样？"

章述拎了拎领子："没事，一会儿就干了。"

"会感冒的。"温叶摸了上去感受湿度，"我爸妈暑假来看我的时候，好像还留了一套衣服。出门前我开了热水器预热，你等下去洗个澡然后换上吧。"

"好。"章述注视着她，"听你的。"

四楼的住户在过道里摆了一个鞋架，还停着一辆 14 寸的儿童自行车，敞开的奶箱里放着一个空的玻璃奶瓶，上头印有畜牧场的名字。

温叶帮忙把奶箱关上，带着章述绕开自行车，走向楼梯拐角。

一转弯，温叶就看见有个人正坐在楼梯上："陆继杨？你怎么在这里？"

陆继杨伸手挡着手电筒的光线，温叶把手机移开。

"忘记带钥匙了。"他向他们解释，"我正在等房东阿姨过来开门。"

温叶拧开门锁，金属碰撞的声音被黑夜放大，她回头望了章述一眼，才对着陆继杨说："那你要不要来我家坐一会儿？"

看着温叶推开门走进室内，章述突然想起来他们之前也一起经历过这样一个停电的晚上。

当时道城大学正在扩建，宿舍区总是跳闸断电。那天从排练室出来，章述给温叶打了一个电话，问她想不想到田径场逛逛。

田径场的人很多，小卖部前还排着长龙，章述跑去买了两盒冰柠檬茶，温叶把他拉到跑道旁的观众席坐下。

第二天就是五一假期，道城已经入夏，温叶并起五指给自己扇了扇风。

"假期有什么打算？"章述问她。

"我订了明早的动车票回知州，你呢？"

"周六乐队在小酒吧有告别演出。"章述喝了一口柠檬茶，"我原本想邀请你去看。"

温叶一愣："那我现在退票。"

"不用。"章述站了起来，夏夜晚风吹乱他的头发。早在冬天的时候，章述就把长发给剪掉了，过了几个月，当时扎手的寸头终于留到适中的长度。他背向照明灯，朝着温叶伸出一只手，"走吧，我带你去排练室，我现在唱给你听。"

这不是温叶第一次到音乐协会的排练教室，更早之前，拍摄校园歌手比赛宣传片的时候，她就到过这里。

学工处分配给每个社团的办公室都不大，十几平方米的小房间里挤着一套架子鼓和一台双层的键盘。隔壁教室正在排练莎士比亚的《哈姆雷特》，尽管墙面上贴了黑色的吸音棉，但那句"To be or not to be, that's the question（生存还是毁灭，这是一个值得思考的问题）"，温叶还是听得格外清楚。

把新送来的桶装水换上，伸手打开饮水机下方的小柜，章述发现最后几个纸杯被其他人拿去装了烟灰。

温叶坐在一旁的椅子上，冲他举着手里的柠檬茶："我还不渴。"

章述点了点头，弯腰给电吉他连上音响线。

他们乐队的成员不多，一些现场不易执行的乐器都需要提前采样，制作音色伴奏来达到预期效果。但因为鼓和贝斯不在，章述也就没有播放，只用了吉他进行伴奏。

两首歌结束，隔壁也演到《哈姆雷特》的结尾片段，哈姆雷特举起毒剑向叔父克劳狄斯刺去，随后金属落地的声音就传了进来。

“我大一的时候选修过《莎士比亚戏剧鉴赏》。”温叶说。

“听起来很有意思。”

“我们的结课作业还是表演课本中的任意一幕。”

“那你演了什么？”章述问她。

“《麦克白》里的女巫。”

章述开玩笑：“那么这位女巫能不能也预言一下我的未来？”

“不能，女巫嘴里可没好话。”温叶拿起架子上的拍立得，“这是你的？”

章述说：“嗯。”

温叶问：“我们是不是还没有拍过两个人的合照？”

“好像是的。”章述接过相机，“那我们用这个拍。”

章述单手将拍立得举了起来。拍照时他们凑得很近，他弯腰揽过温叶的肩膀，将整个画面填满。温叶故意把这张相纸留给章述，还特地为他找了一些麻烦：“你记得在扫描之后把文件发给我。”

章述一口答应了下来，又跑去隔壁教室向人借了支铅笔：“我们是不是应该在上面写一句话？”

温叶的目光落在窗外，远处的宿舍区一片漆黑，她拿过笔在相纸上写：

和温叶，在停电的 4 月 30 日。

原本还在工作的玄关灯，趁着停电的时间开始休息，温叶点燃摆在茶几上的香薰蜡烛，对着陆继杨说：“你随便坐。”

陆继杨坐到餐桌旁：“谢谢。”

章述放下的打包盒，跟着温叶走进卧室，他反手把门掩上：“你跟他熟吗？”

温叶将找到的衣服塞进他手里：“不算熟。”

他把衣服放在一边：“那我等下再洗。”

“没事的。”温叶凑上前，看见章述发梢的水珠一直在往下掉，他好像变成了被雨淋湿的狗狗，她坦白说，“我不希望你感冒。”

章述抓了抓头发，决定乖乖听话：“假如他有什么奇怪的举动就大声告诉我。”

“好。”温叶打开房门，推着他向前走了几步，“正对着花洒，左手边的是热水。”

章述走进浴室，温叶坐到椅子上，借着烛光打量陆继杨。他正在低头回复信息，温叶松了一口气，看起来他们都没有要和彼此寒暄的打算。

汽车从楼下开过，前照灯把整条过道照亮。

雨水在灯光下现了形，让人能清楚地看到它的移动轨迹，它被拍打到了玻璃窗上，然后曲折蜿蜒地朝四处流去。

“你们还没吃晚饭吗？”陆继杨收起手机，抬头问她。

温叶反应过来：“还没，你呢？”

“吃过了。”陆继杨指着厕所，“他是你的哥哥？”

温叶不想解释，下意识地点了头，伸手给他递去一杯常温的水。

陆继杨说：“你们长得很像。”

“是吗？”

“你们的鼻子和脸形很像。”

温叶顺着他的话问：“那你有兄弟姐妹吗？”

“有，但是不怎么联系了。”他停顿了一下，像是接下来的内容难以开口，“温叶，你是不是在横云待过一段时间？”

“你怎么知道？”

“我听居委会阿姨提起过。”陆继杨又再解释，“我是横云人。”

温叶把打包盒掀开，问他介不介意自己现在吃饭。看见陆继杨摇了头，她才说道：“我之前跟着学校支教团到那里待了一年。”

“横云县二中？”

“嗯。”

台风“鲨鱼”还没有消减的意思，窗外狂风骤雨，玻璃窗被吹动发出了不小的声响。

章述从浴室里出来，走到温叶身边，拉开椅子坐下。

温叶转身看他，落水的老虎变成了猫，刚洗完澡，他的脸还有些红，整个人看起来热气腾腾的。

“你们在聊什么？”章述问。

温叶告诉他：“陆继杨念的初中正好是我支教的学校。”

“还挺巧的。”章述拿起浴巾擦头发，“你怎么不等我一起吃？”

温叶把打包盒盖上：“我太饿了，哥哥。”

章述向来高攻低防，他不自然地看向温叶，甚至开始质疑自己的耳朵：“什么？”

她冲着他眨了一下眼睛。

他又问：“哥哥？”

“哥哥。”温叶凑到他耳边，她说话时的气息还能吹动他耳郭上的细小绒毛，“陆继杨说我们长得特别像，还以为我们是亲兄妹。”

章述愣了愣，烛台将烛光映在他们的脸上，照得温叶的眼睛湿漉漉的，漂亮得不行。

前段时间家庭聚餐，刚上大学的表妹抱着手机玩了一晚上的乙女游戏，章述在旁边看着她因为男主角给“我”取了一个昵称而面红耳赤的时候，没想到自己此时此刻也会变得这么窘迫。

没等章述彻底反应过来，坏蛋温叶伸手拿过他的晚餐：“我拿去进去帮你用燃气加热一下。”

章述故作镇定地望着温叶走去厨房，清了清嗓子问陆继杨：“你是在附近工作？”

“我刚辞职。”陆继杨拧开矿泉水瓶，“我猜你也是做金融的？”

章述摇头："不是。"

温叶端住一个瓷碗出来，瓷碗的样式很中式，单色釉连枝纹，里头的卤肉还保持着漂亮的油光。她把碗筷放到章述面前，接着他们的话题："他是做设计的。"

"嗯，"章述说，"她也是。"

说完，不远处突然炸开一道闪电，像是错乱交织的树木根茎被印在天上，强光在他们眼前晃了晃。

大概是巧合，随后"滴答"一声，玄关处的吊灯也跟着亮了起来。

章述起身按下开关，俯身把香薰蜡烛吹灭。

在明亮的白炽灯下，温叶终于找到机会观察穿着父亲衣服的他。父亲不瘦，但好在章述肩宽，码数XXXL的衣服穿在他身上也并不违和。

为了适应灯光，陆继杨眯起眼看手机："房东阿姨到了，她让我下楼去拿钥匙，谢谢你们收留我。"

章述跟着陆继杨走到门口，从窗外刮进来的风把长袖衬衫吹得鼓了起来，他扯了扯衣角："陆继杨，我跟你一起下去，我到车上拿个东西。"

没走几步，他又转头看着温叶："等我回来，我洗碗。"

他们出门之后，温叶走到阳台往楼下看。

来电了，暴雨却没有一点要消停的迹象。榕树的树冠被风吹得向一边倒去，地面上散落着被折断的树叶和树枝，章述拎着一个芋泥紫色的包装袋，关上汽车后备厢，向楼道走来。

还在读本科的时候，微博刚刚兴起。

作为时尚弄潮儿，章述很喜欢在上面分享自己的翻唱视频，说一些絮絮叨叨的话。

和他相互关注的那个晚上，温叶大致浏览了一遍，内容都很有趣。章述本身就心思活络，无论是对于社会时事还是生活日常，都有着自己的一套表达方式。

温叶清楚地记得，是在大三的寒假期间，章述回家之后，每天都在微博上抱怨和洗碗相关的事情。

@ 不是樟树：假如可以的话，今后我愿意和一个洗碗机共度余生。

@ 不是樟树：每次洗碗想象成帅哥戏水会不会好受一些？

还有她印象最深的一句。

@ 不是樟树：主动洗碗是我表达爱意的最高级形式。

4

雨水沿着屋檐落下，温叶把手伸到窗外，接过了一捧雨。

刚认识的那会儿，她和章述站在大礼堂的西侧门，浪费了十分钟的时间去谈论天气。毕竟他们都喜欢下雨天，听到叶知廉把它定义为坏天气，还会异口同声地抱不平。

仔细回忆一下，他们确实有着很多相同的喜恶。

每次走进厨房，看见洗碗池里头的碗，她也会忍不住叫苦。

——主动洗碗是我表达爱意的最高级形式。

好像，她也是这么认为的。

放在阳台的风信子被雨水打湿，温叶关上窗，把花盆从架子上拿了下来。

花盆上印有英文标志，温叶忽然想起吴子衿曾经喜欢的一位外国模特。那位男模特在国内的知名度不高，但在微博异常活跃。

为了更好地“安利”路人，吴子衿拜托温叶帮忙校对过几篇长难句很多的翻译稿，其中有一篇，他谈论到了自己对于家务的看法。

在他眼中，主动承担家务是爱的一种体现，而伴侣之所以是伴侣，也是因为会在大事上不断地给予对方帮助，和在小事上相应地向对方示弱。

温叶抱着花盆往室内走，听见锁芯转动，章述就这么开门进来和她打了一个照面。

章述把雨伞放到阳台：“这是什么？”

温叶告诉他：“风信子。”

他仔细打量了一会儿：“怎么跟我印象中的不太一样？”

“这只是花苞，”温叶说，“它们过段时间才会长出来。”

章述伸手把纸袋递给她，他望向陆继杨送的那盒月饼意有所指：“我也给你准备了。”

温叶接过：“酥皮月饼？”

“嗯。”章述说，“我妈推荐的。”

温叶打开包装，挑选了不会出错的凤梨口味：“我们等会儿一起尝尝？”

章述望着她说好。

“对了。”温叶拉着他走到书桌前，桌面堆满了课本和稿纸，一旁的打印机闪着红光显示墨量不足，她切断电源，抽出一沓文件，“你看看，这是我做的点状图和片状图，植物名录表在……”她翻了翻书桌，“在这里。”

“你一会儿把文档也发给我？我现在传过去问问他们的意见。”章述对着图表拍了几张照片，“学妹，你还在用原来那张银行卡吗？”

温叶疑惑：“哪张？”

章述说：“学生会给音协报销活动经费的那张。”

温叶打开电脑传文件：“还在用。”

章述问：“那到时候我让财务把钱转到这张卡上？”

“嗯。”温叶突然想到了什么，抬起头来看他，“你还有我银行卡的卡号？”

“之前存有，一直没删。”章述坦荡的语气让温叶试探不出任何讯息，他把手机收回口袋，“邮件我收到了，我去洗碗。”

章述走向厨房，温叶的视线越过他的肩膀，看向他身后的窗户，尽管现在门窗紧闭，开着空调，但室外的雨声还是透过缝隙传了进来。

温叶端着一个酥皮月饼跟了过去，礼盒里配有金属材质的刀叉，月饼被她均等地分成了四份。

厨房的灯泡瓦数不高，狭窄的空间让温叶错以为这里是一个岩洞中的巢穴，他们两只小动物正在暴雨天里抱团取暖。

倚靠在门框上望着章述的背影，温叶挑起一块月饼放入嘴中，酥脆的外衣将内馅包裹，口感丰富得难以形容。

章述把洗洁精挤到百洁布上：“味道如何？”

“挺好吃的，”温叶停下来措辞，“像是在吃裹了蛋挞皮的凤梨酥。”

章述忍不住笑：“你的形容词还挺多。”

“那是。”温叶走上前，故意挤到他旁边洗手，“好贤惠哦。”

章述哼了一声，也往她那边靠，就像是在争夺地盘的幼儿园小朋友。

比体型，温叶自然落了下风，她洗好手，索性恶人先告状：“章述，你也太幼稚了。”

“对，我幼稚。”温叶也没想到章述会一口承认下来，他伸手到她面前，“那么麻烦大朋友帮我挽一下袖子。”

温叶愣了愣，连忙拿过纸巾把手擦干净。

解开章述手腕上的纽扣时，温叶触碰到了他干燥的、炽热的皮肤。他站在她面前，将灯光挡在身后，她抬起头还能从他瞳孔里看见自己的倒影。

“温叶。”章述突然叫她。

“我在。”她回过神，将他的袖子卷到手肘。

“我好像一直没把那张拍立得的扫描件发给你。”

“嗯？”温叶也想起了这件事，“你不信守承诺。”

章述关掉水龙头：“糟糕，被发现了。”

温叶开玩笑地握起拳，往他上臂捶去。

章述把洗好的碗筷摆上沥水碗架，伸手抓住她的手腕：“这是什么？一记粉红小猪手？”

温叶把手抽出来，恶狠狠地说：“是升龙拳。”

“好好好，是升龙拳。”章述掏出手机将照片传给她，“看微信。”

温叶点击下载原图，用双指放大了他们的脸，回忆纷至沓来：“我都不记得自己摆着这副表情了。”

章述凑到她身边：“很可爱。”

“是吗？”

“至少我是这么觉得的。”章述走到窗户前把窗帘拉开，雨势还是大，地势低的地方都蓄着一摊积水，“对了，主任刚刚给我回了消息，他说可以。”

温叶打开手机日历，在十一月五日添加事件提醒：“没想到我们两个还有搭档主持的一天。”

“我也是。”章述的声音有些哑，像是掺杂了一些别的情绪，他坐到沙发上，“音协的学弟跟我们说那天晚上会有路演，我跟叶知廉打算报名参加。”

温叶问他：“你们唱什么？”

章述反问：“你想听什么？”

温叶走了过去：“都可以。”

“那你想好了告诉我。”

“好。”温叶说，“你要不要等雨停了再回去？”

章述看了一眼时间：“会不会不方便？”

“我可不是在邀请你留宿。”温叶支支吾吾地解释，“邮职院门口那段路的地势很低，下完暴雨，经常有汽车在那儿熄火。”

“我知道。”章述说，“天气预报说一个小时后雨就停了。”

温叶拉着他同自己一起坐到新买的乌龟地毯上：“那我们一起等雨停。”

知州少雨，小的时候，温叶出于新奇，总会冲进雨里跑着回家。但长大之后，她更习惯待在房檐下静静地等雨停。

听起来，等雨停就像等风来一样浪漫。

它蕴含的不确定性就足以迷惑人，让人感觉自己正躺在云上，随着自然的变化起起伏伏，甚至伸手还能扯下一片棉花糖。

时间开始悄悄指向零点。

这种感觉没有持续多久，他们就从云上走下来了。

雨停了。

章述收拾好带来的笔记本电脑和图纸，提着公文包走到门口："温叶，送送我吧。"

连日的暴雨，让道城顺利入秋，温叶在短袖外披了一件夹克外套，换回自己衣服的章述，看起来十分单薄。

秋千旁的沙池被雨浸湿，变成了深褐色，温叶小心地绕开落叶，陪章述走到引擎盖前。

她抬着头，天空雾蒙蒙的，十五的月亮像是披上了一层纱："原来雨后，月亮也是会出现的啊。"

章述也仰起头，和她望着同一轮圆月："可能它之前只是被乌云遮住了。"

温叶感叹："这样的月亮也好漂亮。"

"确实漂亮。"章述打开车门，伸手从车里拿出一包香烟，"我有点想抽烟。"

他把烟叼在嘴边，手里拿着打火机，但不着急把它点燃。

温叶问："你不怎么抽？"

章述说："我看着你上楼了再抽。"

温叶跺了跺脚："你好啰嗦。"

章述俯下身，和她的视线持平："中秋快乐，学妹。"

"中秋快乐。"

温叶裹紧外套往回走。

等她踏上楼梯，才听见身后响起了点火的声音。

温叶转头看着火焰变成火星，看着秋风吹落树叶，吹乱他的头发，心里想着，真想变成这一阵风啊。

第四章 / 今后我做你的左右护法

1

温叶和章述再见到已经是一个月之后的事了。

这段时间温叶一直住在学校里，还跟院学生会的学弟学妹们开了一个校庆相关活动的碰头会。为了迁就没空到场的章述，他们把平板电脑立在一旁和他视频连线。

屏幕里的章述靠在人体工学椅上转了一圈："我的视频画面里只有一扇窗欸。"

文娱部的部长顾珏把平板电脑对向讲台："学长，这样能看到了吗？"

章述凑近摄像头："把我再往左边移一点。"

顾珏照他说的做了。

他们那边的动静不小，温叶转身望了一眼，正好被章述看见，他笑了笑，在视频里冲着她挥手打招呼。

"好了，这个位置不错，谢谢学弟。"

听起来麻烦精章述对自己的新视角很满意。

“学长学姐们好，同学们好，”帮章述调整好位置，顾珏站到讲台上，“今天召集大家过来是打算简单介绍一下，在校庆周期间，学院计划组织的几个活动。”

顾珏长话短说，会议不算太长。

这期间温叶跟章述一直在微信上有一搭没一搭地聊天，他们从“今天的天气一般”谈到了“主任女儿在他手背上画的手表”，像是在课上不断传纸条说小话的前后桌。

叫散之后，视频通话还没被挂断。几个学妹围上来和她讲话，看着忽视了自己十分钟的温叶，章述给她发了一个小兔戳戳手的表情，外加一句：【学姐好受欢迎。】

收到消息，她皱了皱鼻子，还特意跑到平板电脑面前。

章述轻浮地挑着眉：“现在想起我了？”

“是的，想起来居然还没挂断电话，”她抬手伸向屏幕，“学长886（拜拜喽）。”

望向突然黑屏的电脑屏幕，章述给她发消息：【幼稚鬼。】

走出会议室，走在两侧种满香樟的街道，温叶突然有点怀念知州的秋天。

和位于常绿阔叶林带的道城不同，知州入秋之后满目萧然，落叶被堆在路边，踩上去还能发出嘎吱嘎吱的声音。

迎着风，温叶把外套裹紧了一些，掏出手机给吴子衿发消息。

温叶：【我开完会了。】

吴子衿：【我还有一站就到，等会儿我在校门口等你。】

过了桥洞，没走几步温叶便看到了文化广场上的荧黄色伞棚，学生会正在那里发放校园歌手决赛的宣传单。温叶顺手接过一张，上头标明了比赛的时间和地点，她还发现自己的同门师妹会演唱《小小恋歌》。

这首歌发行于2001年，又在六年后作为电视剧《求婚大作战》的插曲重回人们视线。剧中以收录了《小小恋歌》的CD为线索，让男主角抽丝剥茧，察觉到了当年女主角礼未送达的心意。

遗憾很多，却不是所有人都能碰见精灵。

对流风将一片树叶吹落，不偏不倚地落在脚边，温叶走过校门，上前挽住吴子衿的手。

温叶问她：“我们去哪儿吃？”

“去小吃广场吧，”吴子衿拿过宣传单，“我好久没吃炸串了。”

温叶指着上头的一个名字：“这是我的学妹。”

吴子衿读了遍歌名：“那你可以让章述给她传授一些夺冠经验。”

温叶顿了顿，说：“那个麻烦精，算了吧。”

吴子衿开玩笑：“章述要是知道你叫他麻烦精，他会伤心的。”

温叶想起他刚刚发来的表情：“他真的会吗？”

“他不会吗？”吴子衿转头看向两边路过的汽车，“对了，我是不是还没告诉你，我找到工作了，是溪竹的一家精品小所。”

温叶和她一起过马路：“溪竹？”

“嗯。”吴子衿说，“正好换个环境。”

“不打算回道城了？”

“到了那边，我还是在一个非诉团队，”吴子衿把手伸进口袋，“假如适应得好，短期之内应该不会回来了。”

察觉到吴子衿不愿意多说，温叶就没有把这个话题继续下去：“我到时候去找你玩。”

“好。”吴子衿掏出手机，“给你看看我之前收藏的几套公寓。”

“其实我对市区不太熟悉，给不了你什么建议。”温叶想了想，伸手划拉屏幕，“不过溪竹早就通了地铁，租住在地铁站附近应该都很方便。”

吴子衿点点头，拉着她走进炸串店。操作台在门口附近，锅里的油温正热，似乎能赶跑深秋的凉意。今天是工作日，正好是饭点，店里的人很多，她们旁边还站了一对穿着高中校服的学生。

温叶踮起脚，去拿最上面一排的鸡翅根，问：“你跟阿姨说了吗？要去溪竹的事。”

吴子衿说："还没有。"

"她会同意吗？"

"我估计不会。"吴子衿把选好的串串递给老板，"但我不想待业在家啃老了。"

付完账，她们找到位置坐下，温叶问她打算什么时候走。

"我看看，"吴子衿低头翻看 App 里的车票信息，"十一月七号。"

温叶托着腮："我那时候应该有空，可以去帮你搬家。"

吴子衿把一次性筷子掰开："顺便回横云看看？"

"嗯。"温叶顿了顿，"而且有个学生我突然联系不上了，总有点担心。"

"哪个？"吴子衿尝试着回忆，"是不是……是不是那个家里重男轻女特别严重的女生？"

"对，"温叶点头，"就是她。"

"我好像记得她姓陆？叫……"

温叶说："陆芳。"

"在横云县，'陆'姓是大姓吗？"吴子衿问温叶。

温叶问："为什么这么说？"

"陆继杨、陆芳，我唯二知道的横云人都姓陆了。"

"但在我的班上只有她一个人姓陆。"

"算了，不重要。"吴子衿打算跳过这个话题，"兴许他们是亲戚，碰巧都被你遇上了也不一定。"

温叶想了想："可能吧。"

其实横云县并不是一个教育发展滞后的地方，早年在横云还属于贫困县的时候，算上高考加分，那里也出过一个省文科状元。

道城大学和横云县二中签有协议，道城大学每年会挑选三十名有过学生工作经验且成绩在年级前 30% 的应届毕业生，去到那里进行为期一年的支教活动。同时，这三十名应届毕业生将获得保研资格，在支教结束之后，可以回到学校继续攻读硕士学位。

温叶当时的舍友是一个文学院的女生，叫孟欣怡，在初二（3）班教语文，同时兼任班主任。

而温叶是数学老师，在三班和四班任教。

她们刚到二中的那天，给两个班上的同学都带了礼物，所有孩子闹成一团，围着她们说话。在那个时候，陆芳就已经给温叶留下很深的印象了。

陆芳长得很漂亮，但个子不高，看起来就像是一张纸片，非常单薄。

她不太爱说话，讲台这边的热闹并不能感染到她，哪怕在下课期间，她也只是面无表情地坐在位置上，埋头做着自己的事情。

温叶拿着她们准备的文具走到陆芳旁边，弯下腰，半蹲着向她介绍自己："同学你好，我叫温叶，"温叶指了指讲台，"台上那是孟欣怡老师，她会当一年你们的班主任。"

陆芳把礼物接下，小声跟温叶说了一句："谢谢。"

温叶笑着："今后遇到问题了可以跟我们说，假如有心事也可以和我们分享，我们会为你保密的。"

"好。"陆芳的声音还是很小。

望了一眼陆芳的桌面，温叶依稀看到笔记本上写着"2017 年 9 月 2 日晴"。

温叶猜到她是在写日记，便识趣地直起腰来，跟她挥手说了句再见："那我不打扰你了，很高兴认识你。"

晚上回到宿舍，孟欣怡问她对陆芳有没有印象，还说自己听到一些流言蜚语，有不少学生让她们千万不要接近陆芳。

"为什么？"温叶问。

孟欣怡把行李箱打开，从里面翻出睡衣和毛巾："不太懂，他们自己都讲不清楚，只是一直说她是坏人。"她指着上下架，"你想睡上铺还是下铺？"

温叶把椅子转向孟欣怡："我随便，你挑吧。"

"那我睡上铺了。"孟欣怡把自己的席子放了上去。

"小孩子的爱恨情仇都是没由来的，"温叶盖上笔盖，"他们这个年纪，哪有什么真正的坏人。”

孟欣怡忽然问：“说起来，你小时候有没有看过《虹猫蓝兔七侠传》？”

温叶点头：“当然看过。”

孟欣怡说：“我当时不喜欢粉色，莎丽刚出场的时候我就特别讨厌她。”

“怎么回事？”温叶收起笔记本，“我可是莎丽单推人。”

“完蛋，”孟欣怡开玩笑，“重生之我跟对家当舍友。”

温叶笑着打了下她的手臂：“不过，我们是不是得多关注一下陆芳？”

“嗯，假如发展成班级冷暴力就不太好了，”孟欣怡打开电脑，“虽然我觉得她的性格可能也有点孤僻。”

温叶拿起桌面的矿泉水瓶，拧开瓶盖，凑到孟欣怡的身边。

道大支教团有个小群，作为管理员的学姐在出发前告诉他们在这一年里要学会明哲保身，一些根深蒂固的偏见、习俗本来就难以撼动，说到底他们也只是学生，千万不要不计后果地与其较劲。

温叶戴上眼镜，看见孟欣怡在文档里规划着未来一年的教学环节。

像是注意到了温叶的目光，孟欣怡也望向她。

孟欣怡告诉温叶，自己还计划要带班上的同学去海边烧烤、去集市购物，让他们也能体验城市小孩的春游活动。

在睡前，她们又谈到了陆芳。

孟欣怡敲了敲扶手：“放心，我不会坐视不理，但我也不会把错归咎到那些小孩身上。”

温叶看着眼前的床板，她当然明白孟欣怡是什么意思。

这些没成年、没有独立思考能力的小孩对于人性充满未知，从而导致他们无意识地说出某些话的时候，并不知道这会给对方带来什么样的伤害。

他们不是恶。

他们只是没有学会怎么去辨别善恶。

而温叶和孟欣怡要做的就是去教会他们明白这个道理，并去保护那一个可能会被伤害到的小孩。

2

秋风吹动门口的风铃，一旁的晴天娃娃被连带着原地打转，娃娃上的图案很简单，两个圆圈加一条弧线，看起来像是某位小朋友的第一件手工作品。

吴子衿也在看着它："我最近去了几场相亲局，却越来越疑惑。"

温叶好奇："疑惑什么？"

"疑惑为什么父母总爱逼着小孩结婚呢？哪怕年纪大了，碰到真爱可能性会降低，但也比将就好吧。退一万步来讲，假如我在婚后才遇到真爱呢？当然，我不是说我会婚内出轨，只是现在离婚的成本也太高了。"喝完饮料，吴子衿一时兴起，"章述会是你的那个真爱吗？"

温叶没有正面回答："我不知道。"

吴子衿显然对她的敷衍态度不太满意："一个月之前你就跟我说不知道。"

温叶解释："我总感觉自己一直摸不清章述。"

吴子衿说："他可是一个很好看穿的人。"

温叶问："是吗？"

吴子衿反问她："不是吗？"

章述确实坦诚直率，他喜欢打直球，讲话做事没有大人的弯弯绕绕，偶尔也会像小孩子一样闹别扭。

但章述从来没在她面前分享过对于恋爱的看法，他们这种不上不下的状态，让温叶对他们是否能发展下去抱有消极的预期。

吴子衿继续说："他简直是把'开心''不开心'都写在脸上了。"

温叶回忆起之前的事："但我还是觉得章述不一定会喜欢我。"

吴子衿被温叶的不自信击败："朋友，你这种脾气好的美女谁不爱啊！"温叶放在桌面上的手机突然亮起，吴子衿望了一眼，"说曹操，曹操到。"

说完，她还贴心地帮温叶点了接通。

在微弱的电流音后，章述的声音从耳机里传了出来：“温叶。”

像是被他抓了一个现行，温叶慌慌张张地挺起背：“学长，怎么了？”

“今天公园酒店正式完工，”章述说，“我想请你来看看。”

“下午吗？”温叶顿了下，“可以啊。”

吴子衿凑上前用气声说：“外放给我听听。”

温叶伸手把她的脸推开。

“你现在在做什么？”他似乎听到了一些嘈杂的背景音。

温叶随便想了一个借口：“我正在和吴子衿吃饭，她刚做了一个巨丑的鬼脸。”

吴子衿皱起眉头：“你才丑。”

章述笑了笑：“你现在还住在学校吗？”

温叶说：“嗯。”

“那我下午五点钟去接你。”他的声音突然变大，像是在跟家里的其他人讲话，“先不说了，我妈刚刚叫我。”

温叶早就打好了结束语的腹稿：“那我们一会儿见。”

章述也说：“一会儿见。”

吴子衿自然不会错过任何一个八卦的机会，挂断电话，吴子衿又缠着温叶，让她重复一遍通话内容。

午饭结束的时间将近下午四点，相互道别后，温叶回到宿舍。

道城大学的研究生宿舍是两人一间，舍友和男友在校外合租，温叶环视了屋内一周，发现宿舍就是她们的堆放杂物的地方，毫无生活痕迹可言。

入秋之后，道城就没有再降过雨了，今天早些的时候，市里的气象局发出预警，说会在今明两天进行人工增雨缓解旱情。

看着未来五小时的天气预报，温叶打开衣柜，打算换一套更保暖的衣服。

换好衣服，时间还没到五点，但天已经阴了下来。温叶伸手打开顶灯，坐回书桌前，百无聊赖地翻阅着求职软件。温叶是专业型硕士，学制两年。临近毕业，她给不少景观设计公司投过简历，也陆陆续续收到了许多面试通知。

十分钟前，辅导员在年级群里转发了一条烁林设计的招聘信息，她盯着对方给出的校招岗位发了一会儿呆，直到看见章述的电话打进来。

“我到了，在你宿舍楼楼下。”

温叶跑到阳台向下看，她望见章述正倚靠在车旁。

“抬头。”温叶说。

章述找她说的话做，他抬起头的瞬间，两个人的视线在空中交汇，就像是电影作品里经典的阁楼桥段，他们变成罗密欧与朱丽叶，尹天仇和柳飘飘。温叶向他挥了挥手，又马上走回房间说自己现在就下去。

宿舍在五楼，顺着楼梯往下走的时候，温叶从路人的口中突然听到了章述的名字。

对此她并不意外，这栋宿舍楼住的都是相关专业的学生，加上谢德林时常在课上念叨，建筑学院的人想要记住他不是一件难事。

之前温叶总是觉得一定要结合侧面评价，才能更好地了解一个人。甚至就包括此时此刻，她也还是拉长了耳朵，一直希望能将所有的信息汇总，还原出章述最真实的面貌。

但脚步声渐远，女生谈论的话题也随之变成了其他的事情。

楼道变得格外安静，温叶的手机突然响起，提醒她有新的消息发了进来。

章述：【你怎么了？】

章述：【是出什么事了吗？】

温叶站在原地一动不动，她突然感觉自己的所有顾虑都是庸人自扰，兴许她完全没有必要去纠结章述是否好看透，只需要遵从当下的感受就好。

天空又阴沉了几度，像是暴雨来临前的预警，温叶连忙走下台阶，跑到章述的面前。

章述帮她打开车门：“怎么某人不回我的消息？”

“是谁呢？”温叶耍赖，“刚刚我没注意看手机。”

章述解释说：“十五分钟过去都不见你下来，我还以为你碰上了什么麻烦的事。”

“没事，没事。”温叶拉过安全带给自己系上，“你什么时候出差？”

“明天中午的飞机去拓青。”车里提前开好了暖气，章述把外套上的纽扣解开，动作缓慢得像是在为接下来要说的话做铺垫，他看向温叶，“你想不想来烁林工作？”

温叶觉得有些突然：“什么意思？”

“我们小组还缺一个园林设计师。”章述顿了顿，“我知道你可能不屑于让别人帮忙，但你先别急着拒绝我，我上个星期去问了人事，他们说今年烁林不会通过校招招聘园林设计师。”

章述转过身握住方向盘：“不要马上回复我，你可以再想想，但我真的很希望你能来。”

和章述预料的不同，温叶倒是没有犹豫地说了“好”。

他把车停在路边，转过头问：“这就同意了？”

“嗯。”温叶点头，“我很愿意。”

章述又把汽车发动：“其实之前老谢就看过你的作品集。”

温叶问：“是你给的吗？”

“刘弈州教授给的，”章述悄悄看了她一眼，“北流半岛的项目结束之后你会去到他的手下工作。”

温叶越想越不对劲：“所以烁林联系的教授是我的导师？”她顿了下，“好啊章述，你藏着小秘密不告诉我。”

“是哦，”章述很坦诚，“怎么办呢？”

因为是放学时间，排队出入校门的车辆多了不少，道路两排站满了说笑的学生，打开车窗，香樟的味道便翻涌了进来。

前面的车辆正停在通道闸前登记出场，章述掏出手机连上车内蓝牙放了一首范晓萱的《Darling（亲爱的）》。

温叶重复歌词冲着章述说了一句：“I hate you（我讨厌你）。”

章述笑了笑，学着她又唱出下一句：“But I need you（但我需要你）。”

3

来到北流公园，换乘上公园内的观光车，章述拉着温叶坐在最后一排。

最后一排的位置与前面的方向相反，他们像是倒行在盘山路上，风把温叶的头发从后面往前吹，章述转头看着她。

公园酒店在终点站，他们随着观光车到遍了北流公园的每个园区，最后又回到了离山脚不远的地方。

章述拿着一把透明的长伞走在前面，温叶跟在他身后，走上连接湖心岛的桥："这里和原来很不一样。"

"是吗？谢谢你夸我审美好。"

温叶觉得好玩："你从哪看出来我是在夸你？"

章述双手交叉抱胸："我能感受得到。"

温叶笑了笑，抬头看到那片庭院里的绿地。

经过章述同事的完善，入口处的微景观和整体的设计相得益彰。

推开大堂正门进去，陈天浩和施工方的负责人正坐在水吧聊天。

在他们身后，是一条建在湖面的过道，过道两侧的餐桌以大理石为主要材质，下沉于湖畔水域。

陈天浩站起身招呼他们过去："你们怎么这么久？"

"碰上了下班高峰期，"章述和他解释，"所以路上有点堵。"

温叶凑到章述耳边问："陈老师怎么也在？"

章述小声告诉她，虽然这里过几天才移交，但他已经辞职，私下过来不太合适。

说完，他从桌面上拿起一张房卡，冲着温叶招了招手："走吧，学妹。"

温叶跟上他的脚步走进电梯："我们去哪儿？"

他又卖关子："你等会儿看了就知道。"

电梯门再次打开的时候，映入温叶眼帘的是一个空中花园，这里是酒店主楼的顶层，种植着跟楼下相似的植物。

“哆啦A梦”章述从身后变出一架无人机，他把手机放在控制器上，监控着拍摄画面：“学妹，过来看。”

温叶走到他旁边，俯身看着手机屏幕。

随着无人机的缓慢上升，湖心岛的全貌也尽收她眼底。

原来每一栋别墅楼的顶层都像主楼一样被化用为了空中花园，它们与地面上的景观呼应，组成了一个有机整体。而在湖心岛的边缘，还设计了一条健康步道，它的颜色与植被形成反差，像是叶子上清晰可见的脉络。

楼顶的风有些大，温叶把头发撩到耳后：“你可能不相信，我初中的时候还参加过四分马拉松比赛。”

“是吗？”章述笑着，“可我怎么听说有的人体测800米都是在散步啊？”

“谁跟你说的？”温叶愣了愣，反应过来是怎么回事，“好个吴子衿。”

章述摇头：“不是她。”

温叶追问：“阿廉？”

章述把控制器递到她的手里：“我不告诉你。”

“那就是阿廉。”温叶说，“他当时走路都比我花的时间长。”

章述走到石凳旁坐下：“他考的可是1000米。”

“是吗？我不管，”温叶坐到他的旁边，“章述，我原来很爱运动的。”

章述点头：“嗯嗯嗯，我相信你。”

温叶说：“你也太敷衍了。”

章述凑上前，漂亮的褐色眼睛在阴雨天也格外明亮，他很笃定地说：“我相信你。”

温叶回望着他：“那我姑且原谅你了。”

章述笑出了声，伸手触摸屏幕，耐心地教她如何控制无人机飞行。

天气阴沉，连带着画面也不太清晰。应了天气预报的内容，没过多久，天边就下起了雨来。

章述拉着温叶躲回屋檐下：“看来今天无人机教学该提前下课了。”

温叶站在他的身边，望着远处的乌云："那我们走吧，今后挑个晴天再过来。"

他弯腰把无人机装回箱子里，电梯正停在顶层，按下下行键，门便在他们的面前打开。

借着电梯天然形成的局促感，温叶靠近了章述一些："谢谢你，"她解释，"烁林的工作。"

章述把箱子放下，轻轻地拍了下温叶的头："单凭我一个人的意见根本不可能左右他们的想法，是因为你本身就足够优秀了，而且刘教授对你的评价也很高。"

温叶笑了笑，章述的夸奖对于她来说十分受用。

"这几天人事应该会打电话跟你讨论薪酬的问题，"章述说，"我记得他们是用网络电话，你别把它当成诈骗电话漏接了就好。"

温叶嘟囔："我才不会。"

"那是，毕竟我们学妹这么聪明。"

电梯下行的速度很快，屏幕上的数字由"2"跳转到"1"，章述重新将箱子提起，跟温叶一起走向大堂。

温叶帮他拿起雨伞："你这次出差多久？"

"我们的考察期十五天，应该十月二十八号就回来了，"章述把房卡递到陈天浩的面前，"谢了兄弟。"

陈天浩阴阳怪气地学了一遍："谢了兄弟。"

温叶忍不住挑拨离间："你辞职之后，陈老师对你的态度变差了好多。"

章述开始装委屈："我失去江湖地位了。"

温叶安慰他："没事，今后我做你的左右护法。"

陈天浩别开脸，不知道将他们猜测成了什么关系："你们两个少在这里恶心我。"

章述在一旁大笑，转头对着温叶说："那我们就不打扰陈老师上班了。"

"行。"陈天浩点点头，"今后有空再约。"

温叶挥了挥手："陈老师再见。"

推开大门走到室外，雨势相较于之前又大了不少，气温下降，湖面上浮起了薄薄的一层白雾。拿过温叶手里的雨伞，章述把装着无人机的收纳箱递到她的面前："学妹，帮我拿一会儿。"

温叶伸手接下："原来左右护法的第一条岗位需求是可以马上到岗工作。"

章述低头看她："觉得重吗？"

温叶摇头："不重。"

"那就好。"

章述撑起雨伞，伸手虚搭在温叶的肩膀上，以便判断雨水会不会淋到她。

水汽加重，温叶感觉周围的空气都变得浓稠了不少。

她的嗅觉一向很灵敏，对香气也十分挑剔，跟章述同站在伞下让她又有机会可以闻到那股草木花香。它灵巧地混入了泥土气味和真正的花草香之中，连同溅到裤脚的雨水一起附着在了她的身上。

面前白茫茫的一片和天边的乌云形成反差，他们如同堕入了五里雾中，时间也随之静止。

"学长，这座桥有名字吗？"温叶没头没尾地问他。

章述思考了片刻："印象中没有。"

温叶说："那就叫它'小桥'吧。"

章述笑了出声："你起名好草率。"

温叶不服气地拿手肘戳他："你还有别的提议吗？"

"没有，"章述认输，"小桥可真好听。"

温叶告诉他："外院里有一座很小的景观桥，可能就跟脚下这块砖差不多大。院长总爱将它叫作 Cambridge，还让我们想象自己是在剑河河畔念书。"

章述调侃："你们每年会举办赛艇比赛吗？"

温叶转头看他："那个水池能举办憋气比赛就不错了。"

桥对岸模模糊糊、不真切的景象，让温叶误认为这段路会很长，但没想到只走一会儿，他们就回到了盘山路旁。

温叶看向候车点，棚顶的防水布被风吹得呼呼作响："我们还等观光车吗？"

章述让温叶看一眼手表，确定现在的时间。

温叶腾出左手："十九点四十七分。"

"不等了。"章述带着她走向一条小路，"景区晚上七点之后禁止游客入场，最后一班观光车应该已经走了。"

小路很不起眼，顺着台阶向上走，他们看到了一座寺庙，周围是成片的竹林，香火的味道被揉进了空气里。温叶故意将自己的步伐调整得与章述同步："假如这时候突然跳出一只功夫熊猫，我也不会觉得稀奇。"

"你怎么不说等会儿还能看见周润发和章子怡在这儿拍《卧虎藏龙》？"

温叶认真想了一会儿："也不是不行。"

"你今天都在想些什么？"章述忍俊不禁。

温叶感觉自己像是喝醉了一样，一直在说些前不搭后语的话："可能是因为我太开心了。"

章述问她："为什么这么开心？"

"其实一直以来，"温叶顿了下，"我都很想进烁林。"

章述提醒她避开脚边的水坑："那恭喜你得偿所愿了。"

温叶笑起来，假如今天穿的是一条裙子，她觉得自己一定会情不自禁地提起裙角弯腰谢礼。

4

经过围墙下的小路，寺庙门口立着一块木制的指路牌，这里离停车场只剩下七百米的距离。雨水冲刷着青石板台阶，章述将伞面偏向她："今天晚餐想吃点什么？"

“这附近好像有一个汽车穿梭餐厅？”

“嗯？”

温叶说：“时间不早了，你明天还得出差。”

章述读懂了她的引申义：“想让我可以早点回去收拾行李？”

温叶点头：“对。”

“好。”章述知道她是在为自己着想，没有理由不爽快地同意下来，“那我们就去汽车穿梭餐厅。”

温叶抬头看向他，伸手将雨伞摆正：“你右边湿了。”

“没事，车上有暖气。”章述又把雨伞举到原来的位置，两个人像是在角力似的一来一回。

竹叶被风吹折，和雨水一起落入附近的小池。从石板路下来，他们坐回车里，章述把雨伞丢到后排：“你觉得热吗？”

温叶凑近出风口：“我感觉还好。”

章述脱掉自己被浸湿的抓绒外套：“那我再把温度调高一些。”

雨水打到挡风玻璃，章述开车汽车驶出北流公园。温叶靠在车窗上，暖气将她围绕，雨声、引擎声都变成了催眠的白噪音，看着前方拥堵的路段，她有些昏昏欲睡。

汽车穿梭餐厅离公园不远，经过一个路口，就能望见美式快餐店特有的黄色标志。

听到店员的声音，温叶眨了眨眼睛努力清醒过来。

章述把车窗降下，转头问她：“想吃什么？”

温叶解开安全带，凑近主驾驶室的窗户看菜单：“我要一个双层吉士堡和一杯可乐。”

向店员复述完温叶说的话，章述又点了别的一些东西。取餐口的等候队伍前行得很慢，章述打开车载音响随便选了一首歌。

福音音乐随着时间在他们身旁流淌，他轻踩油门问她：“你今天中午没睡午觉吗？”

“没。”温叶告诉他，“中午吃完饭，我跟吴子衿待在一起聊了会儿天。”

章述伸手从窗口接过店员给的纸袋：“我还点了你喜欢吃的鸡翅。”他把纸袋放到她面前，“想睡就睡吧，到了我再叫你。”

温叶将安全带系上，一瞬不瞬地看着他：“我不困了，我可不是瞌睡虫。”

“好，你不是。”章述笑起来，“那麻烦这位清醒的学妹也陪我聊会儿天。”

“学长想聊什么？”温叶忽然想起顾珏在散会之后跟她说的话，“对了，听说校友交流会还要加歌舞表演。”

阶梯教室无法容纳一台晚会，章述顿了下，说：“那是要把地点换到大礼堂？”

温叶把汉堡里的酸黄瓜撇到一边：“好像是。”

章述问：“大礼堂不正好是你的主场吗？”

温叶反驳：“我的主场是幕后。”

“没事，我的主场在台前，”章述说，“有我在。”

尽管后半句话听起来格外动人，但实际上，温叶并没有从他那儿得到一点安慰。她看过章述很多场演出，他在舞台上会变成什么样子，她实在是太清楚。

温叶挥了挥手，并不接茬。

他也知道她在想什么，于是辩解说：“我很稳重的。”

“是吗？”温叶反问他，“难道之前和阿廉一起从舞台上跳下去，然后满礼堂乱跑的人不是你吗？”

眼见自己被拆穿，章述还是继续装傻：“不是我吧，我不记得了。”

“还随便拉了一个观众跟你合唱。”

“结果那个观众唱得巨难听。”

“……”

章述连忙叫停，他感觉自己又回到了那个恐怖的晚上：“我当时是真的没想到有人连‘啦啦啦’都能唱跑调。”

温叶重复他刚刚说的话：“嗯，你很稳重。”

章述认输：“你饶了我吧。”

温叶笑着打开汉堡，查看手机消息："对了，顾珏跟我说，交流会的第一次联排定在十月二十九号。"

碰上红灯，章述将车子停下来："希望到时候我们还能有缘再见。"

温叶听到后愣了愣，下意识咳了两声，差点被呛到。

"你吃慢点。"章述把可乐拿起来递给她，"怎么跟个小孩子一样。"

接过可乐喝了几口，温叶满脸通红："怪谁？"

章述服软："好好好，怪我。我是想说，二十九号我可能还在出差。"

"我知道，"温叶解释，"我只是不小心。"

章述伸手拍了拍她的背："这样好多了吗？"

温叶点点头："嗯。"

交通信号灯由红变绿，章述收回了手，但温叶还是感觉自己的后背正在被什么东西所灼烧，烫烫的，似乎现在也能感受到他手掌的温度。

"章述。"温叶叫他。

他踩了一脚油门："怎么了？"

雨刮器在面前左右摇摆，他们随着车流缓慢前进。

因为车内外的温差，车窗玻璃上起了一层厚重的水雾。透过玻璃看窗外的车灯像是虚了焦，加上滂沱的大雨，温叶感觉自己进入了一个低像素的世界里。

看着他的嘴唇上下翕动，温叶突然记不起来自己想要说些什么。

"我忘了，"她说，"可能只是想叫叫你。"

"嗯？"章述顿了顿，放在置物槽里的手机见缝插针地振动起来，他给左耳戴上耳机，"不好意思，我先接个电话。"

还没驶过路口，红灯又再亮起，耳畔环绕着汽车引擎和章述说话的声音。

温叶往前坐了一点，抬手去摸挡风玻璃上的水汽，歪歪扭扭地画了一个圆圈。

母亲在知州开有一间画室，受她的影响，温叶的美术功底很好。构思了一会儿，温叶开始转向水汽面积更大的车窗玻璃。

交代完工作进度，章述挂断了电话，他好奇地问：“你在写什么？”

“不告诉你。”温叶看着自己画的简笔画笑了出来，“等会儿你就知道了。”

章述开玩笑：“你不会在写开锁请打157××××××××吧？”

温叶绝不透密：“很有可能哦。”

穿过十字路口，往道大侧门拐去，章述把车窗降下，从入校闸口的保安处拿过了一张停车单。他转头望了一眼温叶，瞥见玻璃上写有“章述”二字。

他之前就研究过她的书写习惯，走之底总会被她拖得很长，看起来十分飘逸。

温叶连忙伸手挡住：“你先别偷看。”

章述收回目光，答应她：“好。”

和市中心车水马龙的景象相反，因为下雨，学校里见不到什么行人。章述把车停在温叶的宿舍楼楼底，他转身把雨伞拿了起来，想要递给她。

“我跑进去就好了。”

说完，还没来得及道别，温叶就打开门，径直跑了出去。

站在屋檐下，她转身挥着手，还冲章述指了下自己的手机。

章述按亮屏幕，微信提示他有新的信息。

温叶：【拜拜。】

温叶：【祝你一路顺风。】

视线平移，章述看见她在玻璃窗上画了一个正在弹吉他的小猪，他的名字出现在一旁，指向性非常明确。

章述：【幼稚鬼。】

目送温叶走进宿舍楼，章述打开手机相机，把她的简笔画拍了下来。

他觉得自己真的拿她一点办法都没有。

而当章述试图回溯自己束手无策的源头时，他才察觉这一切自然而然就发生了。

至今为止，他发现根本没有人能像温叶一样和自己这么合拍，除却同在设计行业工作的这一点，他们还有着很多的相似之处。

他们都对音乐有着自己的见解，都会说一些只能和对方脑电波连上的无厘头的话。

章述开始感谢这场雨，让他收到了这一份礼物。

想了想，他掏出手机给叶知廉发了一条信息：【我怎么还没来得及恋爱就二十七岁了？】

叶知廉回复得很快：【你有病啊？】

将近熄灯，温叶跑到阳台上吹了一会儿的风。

她低头往楼下看，试图找到下午她和章述视线交汇的那一个交点。

回忆了一下。

好像是在三楼转角的阳台。

还在读本科的时候，温叶就经常在凌晨和吴子衿跑到那里聊天。

温叶那时喝着可乐，看着校警开电瓶车巡逻，看着晚归的情侣在楼下告别，听吴子衿感叹："两情相悦好难啊。"

到底喜欢什么样的人呢？其实温叶自己也说不清楚。

之前她迷信星座，觉得只有风象星座配风象星座才是最优解。对于她来说，也确实是跟相似的人更容易相处一些，同样的兴趣爱好、说话方式甚至是教育背景都在为电光石火间乍泄的爱意做着铺垫。

温叶打开朋友圈，看见章述在三个小时前发了一条新的动态。

配图是简笔画的照片。

章述：合时宜的雨。

忽略掉他和叶知廉两个人，因为叶知廉评论"你有病"而展开的小学生吵架，温叶突然感觉两情相悦可能并没有这么难。

第五章 / 冷漠一点，总不是坏事

1

第二天。

醒来的时候已经过了十一点，温叶摸了摸枕边，把眼镜戴上。

她本来就不是一个作息规律的人，外宿在邮职院更是昼夜颠倒，回到学校需要按时熄灯，才勉强早睡了一些。

昨天洗完澡，她和章述又在微信上漫无边际地聊了很久的天。章述给她发了和朋友们去黄石公园里露营的照片，她跟章述讲了自己在横云支教时的见闻。

好像缺少联系的四年并没有对他们的关系造成什么影响，他们依旧是无话不谈。

温叶睡眼惺忪地从上铺下来，拉开遮光窗帘，屋外还是灰蒙蒙的一片，差点让她分不清现在是白天还是黑夜。阳台积了一摊雨水，不远处传来一声鸟叫，隔着玻璃，她都能感受到雨势的凶猛。

这场雨丝毫没有想要消减的意思。

温叶走到书桌前坐下，发现章述在九点钟给她发了两条信息。

章述：【早上好。】

章述：【我出门了。】

温叶编辑好回信内容，还没来得及点击发送，他们的对话框上就显示着“对方正在输入……”

章述：【完了。】

她把打好的字又再删掉，问他：【怎么了？】

章述：【航空管制。】

温叶：【那你的航班延误了吗？】

章述：【延到了晚上七点，现在在等民航大巴去酒店休息。】

温叶戴上耳机，给他拨了一个电话。

章述接得很快：“喂。”

他那边的背景音很嘈杂，温叶有意调侃：“你好像站在雨里。”

他用手挡住了麦克风手动降噪：“这样呢？”

“好一点了。”温叶打开电脑查看他的航班信息，网站上解释说因为人工降雨，所以对空中航线飞机进行了调度。

“民航酒店是不是也在道航区？”章述突然问她。

温叶说：“好像是。”

章述捂住麦克风，向旁边的人问了民航酒店的具体地址：“就在医科大的旁边。”

大学城内，各个学校之间的交流十分频繁，道城医科大学距离道城大学不算太远，温叶记得它们之间只隔了五站路。

“我去找你吃午饭吧。”章述说。

“别折腾了。”温叶打开衣柜选衣服，“你想吃什么？我从道大带过去。”

“你要来找我吗？”章述试图确定她的意思。

温叶点头：“嗯。”

民航大巴停到了章述面前，他随着人流排队上车：“你吃什么，我就吃什么。”

温叶说：“你那边突然安静了好多。”

章述跟她解释："我到车上了。"

"那我先挂了，等会儿你记得把房号发给我。"

出租车到的时候，温叶已经站在校门口，撑着舍友那把漏雨的红色折叠伞等了十几分钟。

上车后，司机将车载广播调到了交通电台，温叶听见两个主持人用夸张的语气，谈论着今昨两天的雨和实时的路况信息，因为今天是工作日，部分路段正处于堵塞的状态。

道大附近有个十字路口，碰上红灯亮起，司机转过身问她："小姑娘，你怎么大雨天还要出门？"

温叶随口一说："给人送外卖。"

他笑出了声："是去找男朋友吧？"

温叶说："不是男朋友。"

"你在追他？"司机大叔自作主张地给她的行为定了性。

"可能吧。"温叶撑着下巴，看向窗外。窗外滂沱大雨，所有植被都被吹得向一侧倒去，她想了想又再补充，"我也不知道。"

"要遵从自己的内心。"

温叶收回目光："好。"

可能是因为交通电台的节目确实无聊。

听完温叶的回答，司机大叔开始跟她分享自己的情感经历，还详细地介绍了全家福里的每个人。

道航区不是主城区，这一路上，他们没有碰见什么车辆。不到十分钟，出租车就驶过了医科大学的校门。

温叶掏出手机，跟章述发信息：【我快到了。】

她在提醒他将房号发过来。

章述：【我正在门口等你，你一下车就能看到。】

司机打亮转向灯，由医科大正门的主干道右转驶入民航路。他突然问："酒店门口那个是你喜欢的人吗？"

温叶顺着那个方向望过去："是他。"

酒店门口种着一棵榕树，它垂下的根须在空中摇动，像是被人们挂在树上许愿的红布条。司机把车停到路边，章述撑着伞，经过榕树树下，向她走了过来。

“师傅，”温叶把包重新背回肩上，“我该怎么支付？”

“等会儿平台会自动扣费。”司机停顿了一下，开始打量车外的章述，“他看起来很在意你。”

没来得及说话，章述拉开车门，让温叶走进伞下，她想了想，还是决定跟司机说了一句“谢谢”。

司机大叔挥挥手：“祝你得偿所愿。”

章述拿过她手里的保温袋：“你们在说些什么？”

“我和司机说，下雨天我还要给人送外卖。”她停下来假装思考，“他可能是觉得我太惨了所以才会这么说吧。”

章述明知道她在糊弄他，只是笑笑，没有刨根问底。

雨势很大，雨水打湿了裙角，温叶下意识往章述的方向靠去：“航班延迟会影响你在拓青的工作吗？”

他跟温叶解释：“不会，我跟老谢打好了招呼。”

温叶踮起脚小心翼翼地跨过积水：“那就好。”

走到屋檐下，章述把雨伞收了起来，将它放回门口的伞筒里，他低头看着身边的温叶。

明明在这段时间里，他们有过无数次漫步雨中的经历。但不知道是不是因为出租车司机说的那句话，章述总感觉这一次又和以往有些不同。

民航酒店的装潢有些老旧，早年它是为了方便机组人员和部分乘客而建造的，望着服务总台后面分别显示着北京、纽约、伦敦、东京当地时间的圆形时钟，温叶感觉自己穿越回了零零年代。

章述被分到的房间在七楼，他们搭乘电梯上去，电梯轿厢很狭窄，四周的镜面不锈钢都残留着或多或少的划痕。所有人局促地站在一起，安静时还能清楚地听到齿轮转动、金属摩擦的声音。

“叮——”

电梯门打开。

面前一条很长的回廊，深棕色的地毯，视线昏暗，两侧的橘色壁灯起不到什么照明的作用。

章述打开房门，伸手将房卡放到门后的凹槽里取电。

室内的空调又恢复了运行，温叶看见书桌旁黑色行李箱的拉杆还没降下，桌面上机票夹里的证件也散落在外面。

越过书桌，章述将保温袋放到茶几，又折了回来，把证件收好：“你随便坐。”

温叶裹紧自己的毛呢大衣，感觉室内的温度相较于室外更低，她拿起遥控器看了一眼：“你怎么开了冷气？”

章述把外套脱掉：“你觉得很冷吗？”

温叶觉得不可思议：“你觉得不冷吗？”

章述抢走遥控器，把手伸到温叶额头上探了探：“你也没发烧啊。”

温叶把他的手推到一旁：“我身体很好。”

章述笑了会，看着温叶走上前，凶巴巴地将遥控器夺回去。

来民航酒店之前，温叶去一食堂打包了酸辣柠檬鲈鱼和椰香咖喱面包鸡。

她记得章述跟乐队的朋友总爱到那里聚餐，每次都会点上一大杯的泰式奶茶，还要多冰、标准糖。章述是一个完完全全的甜食爱好者，但之前为了帮温叶消灭宿舍里的库存，又陪她喝过很长时间的无糖可乐。

章述把快餐盒掀开，柠檬的味道迅速在空调房里扩散：“居然有柠檬鲈鱼。”

温叶装作不了解他的口味：“听到前面的人点了，我也想尝尝。”

抬头看向她，章述心情愉悦地哼了一首歌，那是Girl in red的《We fell in Love in October（我们在十月坠入爱河）》，她之前就听他唱过。

吃了几口饭，章述忽然问：“你下午还有事吗？”

温叶说：“没什么事。”

他晃了晃脑袋：“那你陪陪我吧。”

温叶怀疑自己刚刚察觉到的撒娇语气只是错觉：“可以吧。”

章述眯起眼，表示不满：“你答应得好勉强。”

温叶的饭量不大，章述负责把剩下的菜吃进肚子。

2

下午三点，雨势小了许多。

门外传来不小的动静，像是有人正站在走廊里交谈，话里话外都在抱怨着航空管制以及这场人工降雨。

章述翻出自己的笔记本电脑，让温叶坐到自己身边：“给你看我研究生的毕业典礼。”

温叶凑上前，看着他点开一个不足两分钟的短视频。视频大概是他的朋友在台下拍的，一个很远的“机位”。

随着镜头的不断拉近，温叶才能勉强看清楚章述的脸，他穿着深蓝色的学位服，戴着学位帽，整个人看起来非常挺拔，是他很少见的状态。

不知道他在拨完穗之后又和校长说了什么，只见对方仰头大笑了几声，还伸手拍了拍他的肩膀。

他镜头后的朋友们笑作一团，大声喊着他的名字。

视频到这里就结束了。

其实章述本科毕业的时候，温叶也在场。他们班的班委邀请了叶知廉去帮忙拍摄毕业照，温叶装作摄影师助理跟着叶知廉一起过去凑了热闹。

他当时穿得没有视频里正式，内衬是一件圆领的黑色T恤，学士帽被他歪歪扭扭地戴在头上，脚上还趿着一双人字拖，看上去像是被舍友突然吵醒，刚从床上下来。

“你明年也要研究生毕业了吧？”章述问她。

“嗯。”温叶点头，“我读的专硕。”

窗外的雨好像彻底停了，除了彼此的呼吸，温叶听不到任何雨声。

章述又问：“你打算怎么庆祝？”

“还没想好，”温叶说，“不过我有个目标。”

“是什么？”

“你也知道每年毕业季的时候，学院都会办毕业展。”

章述没张口，看着她，让她继续说下去。

“我记得你那一届，只要获得优秀毕业设计就可以在毕业展中拥有一面墙做单独展示。”

“嗯，是的。”

“我现在的成绩勉强能挤进专业前五，”温叶顿了下，“所以我打算试试，去争取‘优毕’。”

“我相信你。”

“但我不太相信自己。”

章述揉了下她的头发：“你一定可以的。”

胸腔突然震颤，温叶望着他，觉得自己彻底掉入了他的温柔陷阱，下一秒就会忍不住说些什么、做些什么。

但好在突然响起的电话铃声将暧昧气氛阻隔，把她拉了上来。她坐的地方离床头柜更近，章述冲她点了一下头，拜托她帮忙接个电话。

“喂。”

“您好，请问是章述先生吗？”

温叶把电话递到章述的面前，用气声说：“应该是前台。”

章述越过她，伸手按了免提，把听筒放回电话机上。

“我是章述，请问有什么事吗？”

“您飞往京市的航班 CD1703 将提前起飞，还请您于十五分钟之后到民航酒店的大堂集合。”

“好的，我知道了，谢谢。”

“祝您旅途愉快。”说完，对面的人就挂断了电话。

章述站起来，收拾自己摆在桌面上的物件。

温叶环视了屋内一周，帮他确定还有没有忘记什么东西。

章述拿起机票夹，拖着行李箱，站在门口等她。

她把房卡取了下来："走吧。"

民航酒店的大堂不大，正中间摆着一套红木沙发。

章述望了一眼，发现自己找不到多余的空位。他把行李箱拉杆收了下去，让温叶坐在上面休息，又掏出手机打算帮她排队叫车。

温叶瞥见，伸手挡住他的屏幕："我陪你等车过来。"

章述说："也不知道要等到什么时候。"

"没事。"她把手表举到章述的面前，上面显示着时间不到五点，"还没到晚上，等会儿把你送上车了我再走。"

章述乖乖把手机收回口袋，弯下腰，跟她保持同样视线高度："那你回到学校记得给我发消息。"

温叶坐在行李箱上："好。"

大厅里很嘈杂，道城方言和拓青话混在一起，一个导游打扮的人忽然走向他们："你们也是去拓青吗？"

温叶不想解释，点点头说了是。

"你们想好去哪儿玩了吗？"

温叶毫不犹豫："会去看古建筑。"

"这样啊，不过，你们应该还没报团吧？"那个人从包里拿出了两本宣传册，正面印着旅行社一日游的项目介绍，展开之后，背面是拓青的地铁路线图，"有需要的话，可以打上面的电话。"

温叶接过来，一股脑地塞进章述的手里："好，谢谢您。"

等到对方离开之后，章述看着自己手上莫名其妙多出的两本宣传册，凑到温叶耳边说："你还挺擅长撒谎。"

温叶笑了一声，没有反驳，随手指着上面的内容："好好看看。"

章述说"行"，然后把它们也放到了机票夹里。

温叶双手撑着行李箱，抬头看向章述："等你回来了，我要带你去一家港式餐厅，那里有全世界最好喝的冻柠茶。"

"该不会是北门的'美悦'吧？"

"你怎么知道？"

“阿廉告诉过我，说你有一段时间很喜欢去那里自习。”章述没多做解释，只是望着室外，“好像车来了。”

走出酒店，温叶才发现这场雨没有真正的消停，细雨落到她的毛呢大衣上变成了一颗又一颗的水珠。

回忆起这段时间的天气，温叶开始疑惑道城的秋天怎么总在下雨，绵绵不绝的，就像是在试图掩盖某种东西的隐晦生长。

巴士车门打开，司机从车上走了下来，把章述的行李箱放进下层的行李舱里。

温叶问他：“你还不上去吗？”

章述说：“我等会儿再上。”

他又说：“学妹，你可别太想我。”

“什么？”温叶假装没听见，“你在说什么？”

司机将行李舱的舱门关上，走过来跟他们说准备出发了。

章述把伞递回她的手上，笑了笑：“我说，我们十三天后见。”

阴雨天光线不佳，周围还是灰蒙蒙的一片。

落在车灯前的雨就像是漫天飘落的绒毛，它们随着风飘摇，有的又降到了章述的头上。

温叶静静望着章述头上的雨珠。

大概是鬼迷心窍。

温叶觉得她一定是鬼迷心窍了。

她伸开手臂，上前抱住章述：“十三天后见。”

3

章述感觉这个拥抱稍纵即逝，温叶就像是一阵风，他还没有彻底反应过来，她就连同空中的落叶一同刮走了。

章述愣在原地一动不动，但温叶已经撑着伞退到了离他一米远的地方。

少了遮挡物，雨水又肆无忌惮地落在他的头上。

温叶嬉皮笑脸地朝他挥了挥手，说：“学长，再见。”

像是信号接收器断了线，章述发觉他的耳朵也开始不受控制，淅淅沥沥的雨声从左右声道交替传来，他完全听不清楚温叶接下来又讲了什么。

只记得司机再次催促，他才迷迷糊糊地走上了民航大巴。

上车之后，章述借口自己晕车，和旁边的人商量，换到了一个靠窗的位置。

确定完人数，司机把过道的灯关上。车内陷入了一片黑暗，章述的耳机里正放着 *Lover in the dark*，迷幻 Synth pop 让他误以为自己坐上了即将穿越时空的银河列车。

他撑起下巴，拉开窗帘，透过窗户在酒店门前寻找温叶的身影。

红色的折叠伞被温叶收了起来虚虚地靠在脚边，她正低头看着手机屏幕。

四年前，章述拍毕业照的那天，温叶也像现在这样，一直在树荫下玩手机。等到他们散伙了，她才跑过来客套地和他握了握手，祝他毕业快乐。

车辆发动，车顶碰到榕树的根须，发出不小的声响。

在缓慢驶离民航酒店的过程中，章述看见温叶抬头往他这个方向望了一眼，然后撑开伞，走到马路对面，坐上了一辆停在路边的银灰色轿车。

温叶：【我上车了。】

她配了一张打车页面的截图。

章述：【到学校了跟我说一声。】

温叶：【好。】

把打好的内容删删减减，看着手机屏幕，章述还是不懂该怎么去跟温叶开口，去确认刚刚她的那个拥抱到底意味着什么，是蕴含着友情，还是他所期待的其他。

章述叹了一口气，又伸手把窗帘关上，给叶知廉拨去一通语音电话。

对方接得很快，但他忽然失语，不知道自己想说些什么。

长时间的沉默让叶知廉觉得莫名其妙："喂？有话快说。"

章述还是忍不住："刚刚她抱了我。"

叶知廉问他："谁？"

章述想了想，说："我现在还不能告诉你。"

话音刚落，他就听到了一段电话忙音。

叶知廉：【你是真的有病。】

然后叶知廉又把道城市精神病医院的电话和地址一并发给了他：【趁早就医，兴许还有救。】

章述毫不在意，又把电话拨了过去。

"又怎么？"叶知廉很不耐烦。

"等过段时间，我再告诉你她是谁。"

叶知廉追问："我认识吗？"

章述说："你认识吧。"

"好了，我知道了。"叶知廉的语气十分肯定，"温叶是吧？"

章述只好老实承认："是。"

听完章述复述，叶知廉做下结论："果然只会是温叶。"

回到学校，温叶按照孟欣怡给的地址到文学院的自习室找她。

临近饭点，自习室里的人不多。孟欣怡的手边还摆了几本书刊，《中国文学史》被她倒扣桌面，温叶拿起来，看见上面密密麻麻地写满了笔记。

孟欣怡抬头望了她一眼，把东西收回包里，小声说："先陪我去拿个奶茶外卖。"

孟欣怡是一个很特别的人，跟她朝夕相处了一年，温叶才勉强找到合适的用词去形容她。

比起文人，孟欣怡可能更像是归隐山林的侠客，她对于很多事情都有着自己的一套判定标准。

思考的时候，她可以化身成罗丹雕刻的巴尔扎克像，嘴里念念有词，下一秒仿佛还能说出："吃人的是我哥哥，我是吃人的人的兄弟。"

去到横云的第一天，孟欣怡就跟温叶分享了自己在大二时休学一年的经历。

问其原因，孟欣怡解释说，她只是觉得在那个时候需要休息一段时间，来思考自己到底想要什么。

细雨绵绵，她们并排走在文学院一侧的小路上，孟欣怡从外卖袋里拿出一杯少糖的奶茶："给，不过是我随便点的。"

温叶接过，想了想告诉她："我过段时间会去一趟横云。"

孟欣怡问："回二中吗？"

"嗯。"温叶解释，"这几个月我一直联系不上陆芳，所以想回去看看她是什么情况。"

"说起陆芳，"孟欣怡用塑料吸管把奶茶戳开，"我突然想起了一件事情，之前一直没告诉你。"

温叶问："什么事？"

孟欣怡说："我前段时间在松屏百货碰见了她。"

温叶疑惑："她怎么会在道城？"

"说实话我也不太清楚。"孟欣怡顿了顿，"那天下午我到附近找朋友吃饭，透过橱窗，看见她挽着一个男生从家居店里出来，她发现我之后，很热情地过来跟我打了一声招呼。"

"嗯？"

"她打扮得很成熟，说话用词也有些轻佻。"孟欣怡说，"温叶，我知道你不是一个喜欢多管闲事的人，我只是想提醒你，陆芳现在可能已经不是当初那个需要大人保护的小孩了。有些事情我们可以帮助她，但有些事情不行。冷漠一点，总不是坏事。"

温叶总感觉孟欣怡说出这番话是想点醒她什么，她想了想，才意识到原来侠客孟欣怡也对很多未知的事情无能为力。

抵达拓青后，章述给温叶打了一通电话，在电话中，她把这件事告诉了他。

雨已经彻底停了，温叶站在阳台往下看，楼下来来往往的人变多了不少。空气中突然弥漫了一股沐浴露的香气，仔细分辨，还能闻出那是小苍兰和天竺葵的味道。

温叶没披外套，一阵风刮来，摇粒绒睡衣都有些不保暖。

她推开门走回宿舍。

章述在电话那头沉默了片刻："孟欣怡的话不是没有道理。"

温叶戴上耳机，把手机放在一边："我知道。"

章述说："所有人都会变的。"

温叶拿起一罐泥状面膜："那你会变吗？"

章述笑了笑："你在说什么？"

温叶解释："我就是问问。"

"那你觉得我跟四年前有什么不同吗？"他又把问题抛了回来。

温叶凑近镜子看着自己的脸："好像没有。"

章述说："那我就没有变。"

温叶反问他："但这样的话，你刚刚说的不就是一个悖论了吗？"

"温叶，你怎么这么喜欢纠我的错？"

温叶否认："我可没有。"

"你是校庆后去横云吗？"温叶听他说完话，电话那头又传来了拉拉链的声音。

"是，"温叶告诉他具体时间，"十一月七号去。"

他把行李箱打开，在里头翻找自己等会儿要穿的睡衣："我可以陪你去。"

温叶说："不用，太麻烦了。"

章述说："不麻烦，你就当我去溪竹旅游，再顺路跟你去横云县逛逛。"

"再说吧。"她又跑回镜子前，"我去卸一下面膜。"

"嗯，那我去洗澡了。"

望了一眼现在的时间，不算太早也不算太晚，温叶一时拿不定主意，到底该用"再见"还是"晚安"来作为这通电话的结束语。

章述先开了口："早点睡，晚安。"

"学长，晚安。"

4

临近校庆，温叶从学院制图室里出来，碰到了很多过来打扫的学生。

她远远看了一眼，发现他们大多聚集在天井上，她想了想，决定绕路，从旁边的过道出去。

“温学姐？”

温叶回头，发现是顾珏叫住了她。

“学弟好。”温叶和他打了一声招呼，“这周轮到你们班来学院打扫卫生？”

“不是，是院会在这里换校庆的宣传展架，”顾珏跟上来，走在她身边，“这是刚印出来的宣传册。”

温叶接过顾珏递过来的册子，册子十六开大小，以建筑学院的拟人化形象为封面，内页注明了各个活动地点及其相应内容。

顾珏继续说：“交流会的串词我已经发到你和章学长的邮箱了，假如觉得还有什么需要修改的地方直接和我说就好了。”

温叶掏出手机查看自己的电子邮箱，她点开信件简单浏览：“我收到了，辛苦了。”

“十月二十九日联排之后应该还会有几次彩排，”顾珏压低了声音，“主任也会到场。”

温叶马上明白了他的言外之意。

参与过院级晚会的人，都领教过王诚主任的严苛。一场晚会彩排从开始到他开口叫散，至少要经过五遍以上的调整。主任在工作时一丝不苟，不怒自威，总之就是不好惹。

温叶偷偷冲着顾珏比了一个“OK”。

顾珏朝她挥了挥手：“那我继续去忙了，学姐再见。”

走出学院，温叶一眼就看见了吴子衿。

她正趴在一辆黑色轿车的副驾驶座窗边，伸手给温叶递来一杯冻柠茶。

温叶接了过来，打开后座车门坐进去：“陈老师？”

陈天浩点了点头，说：“好久不见。”

“我们刚刚碰巧遇到了。”吴子衿转头看着温叶，“美悦今天居然不用排队。”

“中午同门的师妹在那里过生日。”温叶从袋子里翻出一个蟹柳滑蛋三明治，“我还买了一些面包，充当明天的早餐。”

吴子衿问：“那你吃蛋糕了？”

温叶点头：“嗯。”

“温叶你变了，”吴子衿说，“你原来都不爱吃甜食。”

温叶突然想到了某个甜食爱好者：“偶尔吃一吃也还不错。”

不知道吴子衿是有意还是无意：“章述是不是特别喜欢吃甜食？之前我们在航山吃饭，只有他点奶茶会要全糖。”

“好像是吧。”温叶看向陈天浩，决定再和他打一声招呼，“陈老师公园酒店正式交接了吗？”

“昨天给的钥匙。”他开车驶向校门，“对了温叶，说起章述，我很好奇，他去烁林是不是进了北流半岛的项目组？”

温叶不太确定这件事是否能跟外人说：“什么？”

“我听说那个拿下北流半岛的地产公司正在内斗，说是公开招标，但‘嫡系’已经内定了应标方。”陈天浩伸手出去，将停车费递给门口保安。

吴子衿好奇：“这个年头还有‘嫡系’这种说法？”

陈天浩说：“就是董事长的亲儿子。”

吴子衿觉得好笑：“那是不是还有‘庶出’？”

“嗯，是董事长自己提拔上去的副总裁，非常有手腕的一个人，”陈天浩打着转向灯，从辅路转入主车道，“虽然标的大，但没有必要在这种百分之九十九陪跑的事情上浪费太多时间。”

吴子衿问：“你怎么就笃定会徒劳无功？”

“只是趋利避害。”陈天浩看了她一眼，“业内人都这么觉得。”

“管他呢，章述看起来就一副天不怕地不怕的样子。”吴子衿掏出手机翻看附近的餐厅信息，“朋友们，与其操心他，还不如想一想今晚我们吃什么？”

道路两旁种有许多香樟树，温叶看着它们从身旁掠过，听着驾驶室的两个人讨论起了几家新开的餐厅，但必不可免地，她脑子里只装得下陈天浩刚刚说的那件事情。

正如吴子衿所言，章述确实是一个不太安分的人，在这一点上温叶和他十分相似。

他们都很喜欢折腾自己，都很享受那种充满未知、充满变动的生活。

不过不同的是，温叶在做出选择的时候总爱瞻前顾后，而章述永远有孤注一掷的勇气。他的勇气可能来源于优渥的家庭背景，也可能是来源于对自己专业能力的信任。温叶希望自己今后也能像他这么果决。

“温叶，你想吃什么？”吴子衿又问了一遍。

温叶回过神：“我都行。”

吴子衿像背贯口一样念了几个餐厅名：“但其实我想吃烤肉。”

陈天浩很果断：“怎么走？”

吴子衿挑了一家评分高的韩国烤肉店：“去民航路。”她把地图放大看了一眼，“在……民航酒店的斜对面。”

开着车，陈天浩在十字路口掉了头。

“我没怎么去过那里，”陈天浩问，“那边是不是不太好停车？”

“不知道。”吴子衿想了想，“不对，陈天浩你不是道工大的吗？你学校附近的路你都不熟？”

温叶提醒她：“在民航酒店旁边的是医科大。”

陈天浩马上接茬：“就是，而且那边是新商圈，我读书的时候大学城跟荒漠没什么区别。”

吴子衿笑了起来，帮他在地图上搜索附近的停车场。

温叶说：“民航酒店旁边好像有个地下停车场。”

吴子衿转头看了她一眼：“原来大学城真正的地头蛇在这儿呢。”

“没，”温叶顿了一下，“只是前段时间碰巧来过。”

道航区虽然是新城区，但附近配套的娱乐设施一应俱全，只有停车位少得可怜。

陈天浩开着车在地下停车场里绕了好几圈，幸好吴子衿眼尖，才在负三层的电梯间旁发现了一个车位。下车时，她把外套丢在副驾驶室上，说昨天刚洗，不想让外套沾到烤肉的味道。

陈天浩看着吴子衿，把自己的飞行员夹克脱下来递到了她的面前。

吴子衿摇了摇头："不想穿。"

"随你便，爱穿不穿。"陈天浩又把外套套回自己身上。

走出电梯之后，陈天浩走得很快，留足足够的空间给她们讲悄悄话。

吴子衿挽着温叶："我跟陈天浩真的是碰巧遇见。"

温叶点头："我知道。"

温叶敢笃定，这绝对不是吴子衿喜欢上一个人的状态。

她是那种可以为了爱没皮没脸的人，恨不得二十四小时都出现在那个人的面前，甚至还会向对方主动索要很多她觉得重要的东西。

吴子衿伸出手指，向温叶展示自己新做的延长甲："Boss 十一月七号举办婚礼。"

温叶问："我们去溪竹的那一天？"

吴子衿点点头："是的。"

温叶问她："你还打算去参加吗？"

吴子衿说："不去了，没意思。"

温叶拉过她的手拍了拍："会好的。"

吴子衿十分确信："当然会好的。"

温叶和吴子衿走进店里，看着陈天浩坐在位置上点菜，他把手机推到了她们面前，问她们要吃什么。

温叶凑过去看了一眼主食，分量充足得如同一份双人套餐。她又把手机推回去："算了，你们点吧。"

吴子衿拿过所有人的杯子，给他们倒上饮料："章述什么时候回来？”

温叶：“应该是后天吧。”

“我都要走了，等他回来我们再聚一次？”

温叶摘掉手套，打开和章述的对话框，想了想又关掉：“我晚上跟他说。”

吴子衿把杯子递到陈天浩的面前：“行。”

陈天浩接下：“你们在大学时就跟章述很熟吗？”

“算是吧。”吴子衿想了想，“不过我跟他们不在一个学院，相处的机会其实并不多。”

陈天浩说：“假如可以的话，还是劝劝他别掺和北流半岛的事了。”

温叶端起饮料：“没有人能劝得动他。”

陈天浩疑惑地问：“你不是他的女朋友吗？你也不行？”

温叶愣了一会儿，说：“我不是他的任何人。”

第六章

/

这确实不是一般的司机

1

吃过晚饭，陈天浩顺路将温叶送到了邮职院。

吴子衿借口想去便利店买生巧，让陈天浩把车停在路边，等她一会儿。

下了车，吴子衿搂过温叶的手臂，小声说：“你就当陈天浩脑子有病。”

温叶笑了笑：“不至于。”

温叶确实没有觉得陈天浩提出这种问题过于唐突或是有什么不妥，但刚刚要不是吴子衿打岔，强行中止这个话题。她也没有想好，该怎么跟陈天浩解释他们的关系。

“你跟章述到底怎么样了？”吴子衿还是忍不住问她。

温叶耸肩：“不好不坏，就那样。”

“就那样是哪样？”

温叶犹豫了一下：“好朋友吧。”

吴子衿看了她一眼，没有多做评价。

走到便利店的零食区挑挑拣拣，吴子衿发现，无论是哪个品牌的包装袋都让她提不起兴趣，她开始后悔说自己想吃巧克力了。

看着吴子衿愁眉苦脸的样子，温叶打开冰柜拿出一盒巧克力牛奶递到她的面前，一本正经地说："巧克力牛奶也是巧克力。"

吴子衿愣了愣，直夸她是糊弄学大师。

把吴子衿送回车上，陈天浩伸头凑近副驾驶座的窗户，说了一声不好意思，是自己曲解了他们之间的关系。

温叶挥挥手："没事。"

看着他们的车辆越驶越远，温叶把单肩包背回肩上，慢悠悠地走进了邮职院。

有一段时间没回这里住了，她发现院子里的树木都被修剪了枝条，树干上白石灰的颜色也比之前显眼不少。

看起来物业对花草树木都很上心。

不过——

坏了一个月的路灯依旧是坏的。

秋风吹得树叶簌簌作响，野猫从树上跳进了灌木丛里，无数部恐怖电影突然在温叶的脑海里轮流回放。

为了迎接即将到来的独居生活，这段时间，吴子衿疯了魔似的在微博上转载着女子防身术的相关推文。她在叮嘱温叶防人之心不可无之余，还会抽空检查温叶的防身知识学习情况。

温叶想了想，拿出手机，准备打开手电筒照明。

来电铃声却响了起来，屏幕上显示着章述的头像。

她接起电话："喂，学长。"

章述告诉她："我明天就能回去了。"

温叶从包里翻出耳机戴上："你们的考察提前结束了吗？"

"嗯。"她听见很多人嬉笑的声音，"我们正在聚餐，我偷偷跑出来，给你打电话。"

温叶问："你明天什么时候的飞机？"

章述说："下午三点到道城。"

"在跟谁报备行程？女朋友？"温叶还没来得及说话，就听见电话那头传来了章述同事胡克晗的声音。

章述踹了他一脚："关你屁事。"

温叶走到健身器材旁坐下，静静地听着章述那边传来的对话。

胡克晗扯着嗓子大喊了一声："章述欺负我。"

"你好吵。"章述拉开门，想要把他推进室内。

胡克晗："我再说一句话就走。"

章述面无表情："说。"

"老谢说，他等会儿找你有事商量。"

章述："我知道了，我打完电话就回去找他。"

过了一会儿，章述清了清嗓子，对温叶说："好了，他走了。"

温叶说："今天我跟吴子衿、陈天浩一起吃了晚饭。"

他笑着："轮到你给我报备行程了吗？"

"不是，"温叶停顿了片刻，"陈天浩跟我讲了北流半岛的事。"

"哦？"章述很聪明，"你是说那个内定的传闻？"

温叶抬头望着月亮："对。"

今晚的月亮很圆，仿佛能把温叶带回一个月前跟台风"鲨鱼"做伴的中秋夜。

章述的车就停在她面前的这个车位，他的声音正在耳边响起："你不用担心，虽然近期拿不到项目奖金，但我们项目组是有基础工资的。"

"我不是在担心薪资的问题，"温叶的思绪被拉回当下，"我只是想告诉你，在别人看来做这件事可是会徒劳无功的。"

温叶低头看着脚边成群结队的蚂蚁，它们正驮着一粒米从她面前经过："算了，我本来也不想劝你。"

"温叶。"

章述突然叫了一声她的名字。

温叶问："怎么了？"

"不会的，"他深吸了一口气，"我相信老谢，相信团队，也相信我和你。”

温叶“嗯”了一声当作回答，其实她也知道，虽然自己当下的顾虑很多，但她本质上跟章述一样热衷冒险。她从仰卧板上站了起来，穿过马路，走上楼梯。

“不说这些了。”章述转移话题，“明晚你想吃什么？”

“想吃阿姨做的肉骨茶。”温叶拿出钥匙开门。

“那我明早和她说一声。”

温叶脱下外套：“明天我去哪儿找你？”

“来……”

“咚咚咚——”

一阵急促的敲门声打断了章述想要说出口的话。

温叶随手把手机放在餐桌上：“你等一下，我去开个门。”

她走到门口从猫眼处看了一眼。

章述问：“这么晚了，谁还来找你？”

温叶小声说：“是陆继杨。”

她把门打开，看见陆继杨正在她家门口踱步。他的脚边还放着一个 20 寸的黑色行李箱，手机被他攥在手上来回摩挲，神色紧张，像是准备要出远门，又像是担心自己会错过什么重要电话。

温叶问：“这么晚了，有什么事吗？”

“我刚刚打你电话一直占线，所以听见关门声就直接过来了。”陆继杨激动地抓住了她的手，“温叶，你现在能跟我去一趟横云吗？”

她不动声色地把自己的手抽了出来，向后退了两步，跟他保持着相对安全的距离。她一边伸手去握住玄关上的烛台，一边尽可能语气平和地问他：“发生了什么事吗？”

陆继杨搓了搓手，又来回走了几步，等到他觉得自己的状态没这么紧绷之后，才开口解释：“你们那天在火锅店里撞见的人，是我的妹妹。”

温叶皱起了眉头。

陆继杨说：“她是陆芳。”

陆继杨语无伦次地向温叶解释了事情的始末。

回忆起当时的场景，那个女生的装扮确实同孟欣怡描述的一样。温叶慢慢松开烛台，开始看着他，思考自己接下来该说些什么样的话。

“先别答应他。”章述的声音从耳机里传了过来，“我在查今晚的航班，最快应该凌晨两点就能回到道城。”

“我等会儿还要回学校处理一些事情。”温叶说。

章述在电话那头继续说着：“等下我会把我家的地址和电子锁密码告诉你，你在玄关那里拿了车钥匙之后来机场等我。”他顿了下，“我开车带你去横云。”

温叶突然觉得自己是章述指派在外的间谍，他通过监听器了解当下的情况，帮她解决难题。有人能并肩作战，她并不讨厌这种感觉。

听完章述说的话，温叶问陆继杨：“明早我再赶去横云可以吗？”

“可以。”陆继杨低头看了一眼时间，“你还记得我家地址吗？”

温叶问：“我们家访那里？”

“嗯。”他把手机收回口袋，“那我不打扰你了，但拜托你明天一定要去到横云。”

温叶点了点头：“好。”

陆继杨又盯着她看了一会儿：“谢谢你。”

说完，他便转身下了楼。

听见这边没有动静，章述问：“他走了？”

温叶说：“走了。”

“我已经改签好了。”

回到室内后，温叶听见他和谢德林简单交代了几句。

“学妹，我现在回房间收拾东西，地址已经发到你微信上了。”

章述又安慰了温叶一会儿才挂断电话，温叶从桌面上捞起手机，看了一眼。

章述：【松屏路山汇花园 7 栋 2502。】

现在时间还不算太晚，街上车水马龙，路边的 LED 屏放着乐达地产新的楼盘广告，公交车仍在运行。

温叶背着双肩包，坐在座位上放空，她看向两侧不断掠过的街景，试图为现在的心情寻找一个落点。

2

之前温叶对山汇花园的印象一直停留在房产中介张贴在门店外的租售广告。

山汇花园是以社交性为卖点的新楼盘，地理位置优越，配套设施一应俱全。主打青年社区，是道城不少年轻人购房时的首选项。

温叶顺着章述给的地址找了过去，按照他给的密码打开门锁。

章述并没有在自己家里的装潢上耗费太多心思，只是简单的工业风，家具以灰黑色为主。

温叶简单扫了一眼，她觉得客厅可以多放一张米白色长毛地毯或是一盏漂亮的落地灯，不然那张黑色的皮质沙发，孤零零的，显得好可怜。

暗自记下这个提议，温叶拿起钥匙，转身准备离开。

在温叶快要把门掩上的时候，她突然发现餐桌上还有一个盆栽，那是一株观叶植物，天门冬。花盆主体被图纸挡住，只有真石漆的盆口隐约可见。

温叶记得《本草易读》中曾用“生奉高山谷。春秋采根。今处处有之”来描绘天门冬，似乎它本身就带着一些高山的浪漫和普遍的世俗，这样多种元素的结合体，好像跟章述也没有太多差别。

章述一直没有表露出多少对植物的兴趣，这株观叶植物像是生活中的彩蛋，温叶摇了摇头，把门带上，走出了他的家。

温叶：【我拿到钥匙了。】

章述：【我在候机。】

章述在机场猛地反应过来：【你没在我家里看到什么吧？】

温叶觉得奇怪：【你家有什么见不得人的吗？】

温叶补充：【我就看到一株观叶植物。】

她看着对话框上“对方正在输入……”的状态时有时无，又过了好一会儿，时间久到她以为章述打算结束这段谈话了，才看见他的回复。

章述：【那花盆呢？】

温叶：【被图纸挡住了。】

温叶：【难道花盆还有什么特别的？】

这次他回复得很快：【没什么。】

尽管温叶早就拿到驾照，但其实她的实际驾龄并不长。山汇花园和机场不在一个城区，算上堵车的时间，相距三十七公里的路温叶开了将近一个小时。

温叶掏出手机，看见章述在十分钟前给她发了登机的信息。

估算出飞机落地的时间，温叶定了一个三个小时后的闹钟。她将门锁落下，靠在椅背上小憩起来。

不知道过了多久，还没等闹钟响起，温叶就被一阵敲窗的声音吵醒。

她揉着眼从座椅上坐起来，看向窗外，发现章述正笑着冲她招手。

章述开玩笑：“早上好。”

温叶把门锁提起，打开门走下车：“早上好。”

“很困吗？”章述把后排的车门打开，“坐后面吧，方便你一会儿睡觉。”

“你怎么自己过来了？”温叶翻出手机给他看自己设定好的闹钟，“我还打算去出口接你的。”

章述说：“发消息见你一直不回复就自己找过来了。”

温叶问：“你也不怕找不到？”

“所以啊，”章述推着温叶坐进车里，“幸好你位置停得好，我才能这么快就找到你。”

他在路旁将自己的行李箱打开，从里面翻出一件厚外套，放到温叶身边：“继续睡吧。”

“我已经醒了，”温叶拍了拍自己的脸，“等会儿可以跟你换着开。”

章述放好行李箱：“不用，我留学的时候经常和朋友到周边自驾。”

他伸手揉了一下温叶的头发，“估计你还不太习惯开长途。”

温叶把他的厚外套扯过来披在身上，嘟嘟囔囔地说：“确实是。”

章述给自己系上安全带：“你想好怎么跟陆芳说了吗？”

温叶摇头：“还没有。”

章述从后视镜里头偷偷望了她一眼：“你要不要联系一下孟欣怡，问问她的看法？”

“对哦，”温叶像是想起了什么，“我现在就找她。”

她按亮屏幕，看了一眼时间。

02：05。

孟欣怡不是一个有早睡习惯的人，但为了不打扰到她，温叶还是先在微信上发了一条信息确认。

温叶：【你睡了吗？】

孟欣怡过了一会儿才回复：【还没睡，刚刚在打本。】

温叶：【现在方便接电话吗？】

孟欣怡：【可。】

看到答复之后，温叶给她拨了一通视频电话。

镜头外的孟欣怡把头戴式耳机摘下，温叶还能清楚地听见电脑外放的声音，似乎是某个游戏的BGM。

孟欣怡拿起手边的杯子喝了一口水：“你怎么了？大晚上突然来找我。”

温叶缓慢地说：“我刚刚知道，陆芳怀孕了。”

孟欣怡问：“你说什么？”

温叶又重复了一遍：“陆芳怀孕了。”

孟欣怡抿了抿嘴：“你现在在哪儿？”

“我在去横云的路上。”

“这样吧，”孟欣怡打开网站查看列车信息，“我定明早六点的动车票去跟你会合。”

温叶说：“好。”

孟欣怡问：“你打算怎么办？”

"我不知道。"温叶说，"她哥哥刚来找我，让我劝说她打掉。"

"她哥？"

"是我的邻居，我也是刚知道。"

"世界真小。"孟欣怡站了起来，"算了，我们见了面再说吧。"

温叶扫了章述一眼，发现他也正在看她。温叶连忙收回视线："你先去收拾东西吧，现在也挺晚了。"

"嗯。"孟欣怡凑近屏幕，"你在看什么？"

温叶坦白："我的朋友，他陪我去横云。"

孟欣怡伸了个懒腰："真好啊，你还有司机。"

温叶笑了出来，隐约还能从后视镜里看到章述皱起眉的样子："好啦，我们明天见。"

把电话挂断，温叶问他："章述，你说，我们该怎么办呢？"

"总能找到解决办法。"章述没有计较刚刚孟欣怡说的话，"我们明天等她来了，再一起去陆继杨家吗？"

温叶点了点头，突然想到章述看不见，便说："等等她吧。"

"其实我也没想好要怎么面对陆芳，高考完填报志愿的时候，我没什么主见，听从父母的建议选了自己不太喜欢的专业。

"后来我想了很多，直到有一天我终于明白，像我小时候意志力这么薄弱，是很容易被别人动摇的。所以呢，我一直觉得还是不要影响他人做任何决定。讲道理是没有用的，人总要不断试错才能知道那到底意味着什么。但……陆芳她还小。"

章述明白她的意思："同时，她试错的代价也会特别大。"

温叶说："是的。"

章述开车拐进了路边的服务区，把车停在便利店门口，进去买了两盒冰激凌。他敲了敲玻璃，让温叶把车窗降下，"转换一下心情，你想吃哪个口味的？"

一边是抹茶，一边是巧克力。

温叶纠结了一会儿："想吃抹茶味的。"

章述伸手进来，把两盒冰激凌都放在了她的手上。他指了指车头前的垃圾桶。

凌晨的服务区不像白天那样到处都挤满了人，便利店的店员懒洋洋地坐在凳子上看综艺节目，对面停泊的几辆轿车都熄了灯。看向不远处，只有一辆货车停在旁边的加油站里加油。

温叶打开手里的塑料盒，原来章述还记得她喜欢吃冰激凌调节心情。

深秋的风裹挟着烟草的味道从车外灌了进来，树木被吹乱枝丫，温叶挖起一勺放进嘴里，冰激凌在口中融化，她觉得自己也清醒了不少。

章述叼着一根烟，双手插兜，低头踢着脚边的石头。

火星一明一暗，他像是在思考着什么。

温叶吃得很快，没过一会儿，她就拿着包装盒打开车门准备下车丢垃圾。

“你怎么下来了？”章述连忙把香烟掐灭。

温叶抬头望着他：“你可以继续抽。”

打开温叶递给他的巧克力冰激凌，章述摇摇头说：“吸烟有害健康。”

“其实你不用给自己这么大的压力，我们是没有办法对生命中碰见的每一个人负责的。”章述顿了下，“不过我也不打算劝你保持冷漠，假装一切没有发生。我不是女生，可能没有办法和你们完全地感同身受。尽管我们都明白男方和她的成长环境才是背后的推手，但是我能猜到，这段时间里陆芳会遭受什么。”

章述叹了一口气，咬着勺子，伸出一边手抱住温叶。

温叶听见他继续说：“当然，我知道你肯定不会高高在上地审判她，草率地将她定性为失足少女。这一路我也想了不少，我始终觉得，与其纠结，不如告诉陆芳所有利害得失，让她自己做决定。这毕竟是她自己的人生。”

3

温叶伸手回抱住章述，他的话让她下定决心。

章述愣了愣，索性将勺子拿下来，将它和没吃完的冰激凌一起放到了引擎盖上。

周围一片漆黑，头顶的路灯像是划了一个结界，为他们创造出这仅有的、能够看清彼此的小小空间。

章述敞开外套，把温叶裹进自己的大衣里，他像在安抚什么小动物似的摸着温叶的脑袋。

“会没事的。”章述的声音听起来有些沙哑。

温叶在放空之余，还在这个拥抱里捕获到一些残留下来的烟草味。

之前章述很少在她面前抽烟，所以她也不清楚他的烟瘾到底是大还是小。

还在道大的时候，温叶偶尔会在他进入教室的瞬间闻到一股淡淡的烟味。温叶也搞不清楚为什么，可能只是因为他是章述，所以他身上携带的任何一种味道，对于她来说都有着特殊的意义。

“谢谢你。”温叶埋着头说。

章述感觉她的声音被某种介质阻拦了下来，闷闷的，很朦胧。

他们就保持这个姿势在垃圾桶旁站了好一会儿。

直到温叶抬起头，不好意思地吸了吸鼻涕，小声跟章述建议：“回车上吧，我好冷。”

他忍俊不禁：“好。”

章述把车开到溪竹火车站，他们要在这里等孟欣怡。

看着时间还早，他向温叶建议先去附近吃点东西。

清晨的街道上没有什么行人，温叶跟章述并肩走在一起，大衣外套相互摩擦，发出“沙沙”的响声。温叶偏头去看他，指着他下巴的一圈胡楂：“我们好像在演公路片。”

章述补充她说的话：“而且还是末日逃难的那种。”

温叶笑了两声，拉着章述走向路旁的早餐铺：“我想吃油条。”

这是一家看起来热气腾腾的包子店，老板还在门口架起了油锅，正擀着面团准备炸油条。

章述上前，熟练地用着方言点餐。

温叶用手肘戳了戳他：“好像是第一次听到你讲这里的方言。”

“是吗？”章述不以为意。

“感觉很奇妙。”

章述问：“为什么？”

温叶仔细想了想：“我说不出来，可能是因为你平时讲话一点口音都没有。”

章述从店铺里搬了两张矮凳，他们就坐在路边：“那谢谢你拐弯抹角地夸我普通话标准。”

“我可没有。”

章述继续说：“虽然没有当播音员的打算，但我普通话可考了一乙。”

“真厉害。”温叶随口恭维着他，然后拢了拢外套，把自己裹得更紧。

章述只穿了一件很单薄的针织衫和一件毛呢大衣：“你怎么这么怕冷？”

“对面寒冬时，北方人也有脆弱的资格。”

章述笑得仰了过去：“这还没到冬天呢。”

温叶把油条剪成好几段：“我未雨绸缪。”

章述想起她在冬天时臃肿的打扮：“你真的不像一个北方人。”

温叶问他：“那我像什么？”

章述不假思索：“像只北极熊？”

“你才像北极熊。”温叶回敬他，“你也不像一个南方人。”

章述张嘴讲了一段道城话。

温叶听不懂：“你在说什么？”

章述眨了眨眼睛：“不告诉你。”

温叶用力戳着碗里的油条：“章述你好无聊啊。”

看着她幼稚的泄愤行为，章述说：“我们彼此彼此吧。”

温叶瞪了他一眼，还没来得及反击，放在口袋里的手机突然振动起来。

“学长，帮我拿一下手机，”她停下来摊开手，“我的手好油。”

温叶总能想到办法对付他。章述看了一眼自己的手，还是认命地抽出几张餐巾纸把它擦干净，帮她把手机拿了出来，他看向屏幕：“是孟欣怡的电话。”

温叶冲着他嬉皮笑脸。

章述问：“干什么？”

温叶继续耍赖：“帮帮我。”

章述无可奈何地帮温叶接通了电话，还把手机拿起来支在她的耳朵旁边。

“喂，温叶你在哪儿？”

温叶扫了章述一眼，慢悠悠地对着电话那头的人说：“我在火车站斜对面的……”她抬头望着店名。

章述小声告诉她：“陈记包子。”

温叶重复：“陈记包子。”

嘈杂的背景声和孟欣怡说话的声音从听筒里一并传了过来：“我出站了，现在过去找你。”

挂断了电话，章述把手机收回口袋：“孟欣怡到了？”

温叶点点头，往马路方向望了一眼，又举起手挥了挥：“孟欣怡，这里。”

孟欣怡小跑过来：“你等很久了吗？”

温叶说：“还好，我们也刚到。”

注意到坐在一旁的章述，孟欣怡突然露出一副了然于心的笑容：“这就是那位司机大哥？”

章述咳嗽了几声：“可别乱说。”

温叶帮他解释：“这可不是一般的司机。”

过了几分钟，孟欣怡站在章述的车面前，转头对着温叶说：“这确实不是一般的司机。”

尽管孟欣怡说出口的意思和温叶想要表达的内容不同，但她也懒得去纠正了。

温叶抱着章述的厚外套和孟欣怡一起坐进后排：“你有什么打算吗？”

“尽管当时劝你冷漠一点，但我现在发现自己也很难以一个旁观者的角度去处理这件事，”孟欣怡撕开包子下的蒸笼纸，“可能就跟她哥说的那样，劝她吧。”

章述买完东西回来，转过头给她们各递了一瓶矿泉水：“我们现在直接去陆芳家吗？”

温叶看了孟欣怡一眼：“去吧。”她掏出自己的手机，凭着印象输入了地址。

章述开着玩笑说：“乘客们，系好安全带，我们要出发了。”

从进入横云地界起，温叶就闻到了一股黏稠、咸苦的味道。她们支教那会儿，站在宿舍阳台就可以看到海岸线，远眺还能望见码头，每天早上会有无数艘出海捕鱼的小船从那儿出发，然后日中又在那儿停靠。

温叶问章述：“你之前来过这里吗？”

章述说：“我只去过溪竹。”他转到 ETC 车道排队过收费站，“假如现在是夏天，我们还能下海游泳。”

在过去很长的一段时间里，温叶和章述是固定的游泳搭档。

他们都喜欢去到深水区游泳，她会仰漂在水面，看着章述自己玩那种蹲到水底的笨蛋游戏。

章述递了一瓶矿泉水给温叶，让她帮忙打开。

温叶拧开瓶盖之后，章述拿过去喝了一口，又放回她的手上。

孟欣怡看着他们，忍不住问温叶：“这是你男朋友？”

温叶把瓶盖拧紧：“不是。”

章述说：“我还在努力。”

温叶拿着矿泉水瓶怔愣了片刻，然后笑了笑：“那你加油。”

章述点头：“我会的。”

温叶望向窗外，她感觉自己得到什么，像是穿过了一个沿海隧道，从隧道里飞驰而出的瞬间，他们的关系突然变得像海平线一样广阔。

4

ETC 车道上的微波天线感应到车前玻璃上的电子标签，通过收费站后，章述踩了一脚油门，往横云县中心开去。陆芳家离横云县二中不远，他们到的时候正好是课上时间，温叶看见教导主任抓了几个学生到保卫处训话。

温叶指着教导主任旁边的女生，对孟欣怡说："这是你原来的角色吧。"

孟欣怡又看向在门口发呆的另一个人："那个是你。"

温叶托起下巴："谁能想到，那段时间我们每天早上能六点半起床，跟主任去抓迟到。"

孟欣怡问她："你还记得陈萍吗？"

"我记得。"温叶笑起来，"当时她是不是往你口袋里塞了一把糖果？让我们偷偷开门放她进来。"

孟欣怡点点头："是的。"

章述从后视镜里看着温叶："陆芳家附近有停车的地方吗？"

她想了想："好像没有。"

"那我停在二中门口吧，"他打着转向灯，"你们也能进去看看。"

停车好，孟欣怡开门先走了出去。章述把温叶的手机从支架上拿下来，回头问她："你跟陆继杨联系了吗？"

"还没。"温叶没有接过手机，"手机密码是我的生日。"

章述马上会意："那我去联系他？"

温叶点头："嗯。"

海风从车外钻了进来，温叶很自然地把他的厚外套穿上："你应该知道我的生日吧？"

章述注视她："我知道。"

"那就好。"温叶冲他傻笑了一会儿，推开车门下了车。

章述把车落锁，跟在她的后面走向二中校门。

温叶的手机屏保是一张别人抓拍的照片。

其实早在两年前，章述就在吴子衿的朋友圈里看到过。

照片上的温叶正拿着自己的作品集和毕业证书在人群里穿梭，学士服被风吹动，她的脸上没有什么表情，视线还落在远处，但整个人看起来却格外飘逸灵动。

章述输入温叶的生日给手机解了锁，找到陆继杨的聊天框开始编辑信息。

温叶：【我们到了。】

温叶：【在二中门口。】

陆继杨：【可能你得等一下，我在想办法让我爸妈出门。】

温叶：【好。】

把手机收回口袋，章述抬头看见孟欣怡侧身从门缝钻进了学校，和教导主任交涉。他走到温叶的旁边："陆继杨说还得等一会儿。"

温叶问他："一起去看看吗？"

"当然要去了。"他顿了下，"我也想知道支教这一年你是怎么样的生活。"

孟欣怡从保卫处探出头，比了一个"OK"。

"我去语文组找老曾。"孟欣怡打量着温叶穿的外套，"我就不跟你们一起逛了，"她做了一个电话的手势，"一会儿电话联系。"

和章述一起走过校门，温叶指了指面前的教学楼："这叫德远楼，我在那两间教室里教数学。"

章述看向一栋破旧的小黄楼："那是什么地方？"

"是历史遗迹。"温叶开玩笑，"其实我也不太清楚，不过它确实有一定年头了，平时也没人在里面上课。"

他们走进教学楼左侧的楼梯，每层的墙面都有着一扇玻璃窗，透过它可以看见不远处的海岸。

初二（3）班的教室在三楼靠近中庭的地方，教室里正在自习的学生把他们误认成巡逻的老师，讲小话的人突然少了许多。

温叶指着讲台旁的图书角："这个柜子还是我自己装的。"

章述揉了下她的脑袋："辛苦你了。"

温叶推开他的手："发型会乱的。"

章述看向玻璃窗上的倒影："你觉得自己在车上睡了这么久还会有什么发型吗？"

温叶连忙用手胡乱地梳了一下，后来索性把外套的帽子戴上。

远处的渔船鸣笛和下课铃声同时响起，章述弯下腰敲了下玻璃，示意坐在旁边的女生把窗户打开。

他语气温柔地问："同学，我们能进去看看吗？"

对方愣了愣："当然可以。"

女生伸手帮他们把后门打开，她看着章述觉得奇怪："你们是新来的实习老师吗？"

"是哦。"章述笑着指向旁边的温叶，"过段时间她就会来教数学了。"

温叶绕到女生的身后，用口型冲着章述说："你好幼稚。"

跟上温叶，章述走到读书角前拿起几本《国际新景观》杂志："这些都是你的吧。"

温叶把它们抢了过来："专业兴趣要提前培养。"

章述翻了几页，目光落在一本《简明中国文学史读本》上："这是孟欣怡的？"

温叶不好意思地点头。

章述笑了出来："你们这两个老师还挺有意思，专门弄一个读书角给自己放书。"

"也不全是。"温叶反驳他，抄起几本小说，"你看这里还有《傲慢与偏见》跟《安娜·卡列尼娜》。"

忽然传来的一阵振动声，将他们的对话叫停，章述把手机从口袋里掏了出来递给她。

温叶摁下接通键："喂。"

不知道电话那头陆继杨讲了什么，章述只听见温叶说：

"好的，我们现在过去。"

"我们？"

“我、孟欣怡，还有……章述。”

章述瞥见温叶眯着眼盯了他一会儿，像是不懂该怎么给陆继杨解释他是谁。

“章述是我哥，台风天那个。”

最后她这样说。

章述没有出声，手上摊开着一本前年发行的景观杂志。

这期杂志以新苏式园林为主题，大字号的副标题点明了西方美学跟中式造园叠山理水的碰撞。章述试图将注意力放到案例下方的文字解释，但还是有些心不在焉。

结束通话，温叶把章述推出教室。

她边下楼边联系孟欣怡，约好校门口见之后，才有时间关注他的反应。

章述把她的手机收回兜里，没有说话。

孟欣怡向他们走了过来，上前挽住温叶的手臂，说：“我们直接过去吗？”

温叶望了一眼章述，才说：“陆继杨让我们先在楼下的面馆等他，他好像还有什么要跟我们讲。”

第七章
/
让我帮你把烦恼埋起来

1

走出二中，他们拐进了附近的一条商业街。

横云近海，湿度大，路边的栏杆都微微生锈。远远望去，路尽头还开着一个海鲜市场，海风一吹，整条街都被灌满了鱼腥味。

温叶看向沿街的一栋民楼，她告诉章述："这就是陆芳家。"

孟欣怡补充："这整栋都是。"

这大约有六层楼高，一楼沿街的商铺被人租下作为理发店对外营业。走上前，章述还看见门牌下贴着一张招租启事，一梯两户，一房两厅。

他们三个人走去隔壁的牛肉面馆，刚坐下，陆继杨就推开门，从店外走了进来。

面馆不大，不到二十平方米的空间里满满当当地摆着八张桌子，座椅挨着座椅显得有些局促。

头顶的壁扇在呼呼吹着，章述没有刻意去跟陆继杨寒暄，起身把风扇关掉，他从口袋里掏出一包香烟，很自然地走到路边。

在章述主动回避之后，陆继杨终于开口：“很感谢你们能来。”

孟欣怡打量了他一会儿：“我们还是开门见山吧。”

陆继杨说：“其实我爸妈希望他们结婚。”

孟欣怡问：“为什么？”

“他们觉得这事传出去不好听，所以在跟对方父母商量结婚的事情，毕竟在横云这种小地方，一点点谣言就能翻天覆地。”

孟欣怡冷笑了一声，大概是觉得不可思议。

温叶攥紧孟欣怡的手腕让她冷静下来：“陆芳现在有什么打算？”

“她在犹豫。当时我们在火锅店吵架，就是因为我撞见了他们的约会。”陆继杨拿起杯子喝了一口水，“我并不反对她恋爱，但那个男生是横云出了名的纨绔子弟。我会试着去劝说我爸妈，”他抬头望向温叶和孟欣怡，“但只有你们能帮陆芳了。”

其实温叶不太喜欢陆继杨的这种说辞，就连章述在听到她复述之后，也露出了不解的神情。可能陆继杨并不是刻意为之，但他在下意识里直接把这件事的责任转嫁到了温叶、孟欣怡的身上。

这种下意识的推卸行为，让温叶很不舒服。

走出牛肉面馆，温叶又闻到了刺鼻的鱼腥味，好像海底的所有生物突然在这条街上横行，而现实生活里的巨浪也在向他们扑来。

温叶环视了一周，发现章述站靠在路灯旁抽烟，吊儿郎当的，看起来像是一个流里流气的小混混。章述举起手机冲着温叶挥了挥，示意她看一下信息。

章述：【我就不上去了。】

章述：【假如有需要打电话给我。】

温叶隔空向他点了头，接过陆继杨递来的家门钥匙，和孟欣怡一起往楼上走。

陆芳家住在六楼，她的房门正虚掩着，遮光窗帘阻隔了大部分的光线，温叶还依稀听到了抽泣的声音。

“陆芳？”温叶推开房门，小声询问。

“我在。”

屋内乱作一团，温叶还觉察到了推搡过的痕迹。

陆芳抱着膝坐在床上，她比之前胖了许多，头发是显眼的橘红色，但发根已经有不少黑发冒了出来。

孟欣怡走上前把她床头柜上的台灯打开：“我们聊聊吧。”

温叶感觉她又进入了班主任的角色。

孟欣怡板着一张脸，直接切入主题：“你了解那个男的吗？”

陆芳点了下头，又摇头：“我只知道他对我很好。”

温叶从包里拿出刚刚在楼下买的青团递给陆芳，这是她最爱吃的东西。

“谢谢。”陆芳接过，凑到台灯前面，把包装撕开。

温叶走到陆芳身边，和她并排坐在一起：“你长大后还会遇到无数个对你好的人。”

她愣了下，说：“但从我长大到现在，就没有遇到过。”

孟欣怡说：“陆继杨就对你很好。”

陆芳反驳：“这是他欠我的。”

温叶说：“重男轻女的根源并不在他。”

陆芳反问：“难道在我吗？”

孟欣怡忍不住讲气话：“你非要这么想，我也没有办法。”

温叶用脚尖轻轻踢了孟欣怡一下，让她不要这么说。

孟欣怡深吸了一口气，说：“假如他不在意你这个妹妹的话，我们两个就不会出现在这里了。陆芳，你不小了，你也应该学着去分辨是非了。”

没有给陆芳开口质疑的机会，温叶顺着孟欣怡的话往下说：“为喜欢的人生小孩这在你看来可能是一件很浪漫的事情，但你有没有想过，养育孩子可不是拍拍脑子生下来就结束了，那是一个活生生的人，需要你为他提供了一个精神富足、经济富足的生长环境。”

孟欣怡扫了温叶一眼：“说得难听一些，你现在都没有能力逃离这个令你痛苦的家庭，那你有什么能力去负担一个小孩的成长呢？”

“当然，你可能会说那个男生会和你一起抚养这个小孩，你们今后会组成一个很幸福的家庭。”温叶顿了下，“但前提是他真的爱你。”

“你很年轻，还有纠正错误的时间，还能开启新的生活。你原来的成绩很好，不要浪费了自己的才华。”孟欣怡打量着陆芳，从床上站了起来，“我去阳台吹吹风。”说完，就推门走了出去。

海风顺着窗户的缝隙将窗帘吹动，阳光躲开遮光帘的阻拦，径直照进室内。

“温老师，”陆芳把吃到一半的青团放在床头柜上，“假如是你的话，你会把这个小孩生下来吗？”

温叶直截了当地回答她：“我不会，我甚至不会跟那个人在一起。”

陆芳问：“那我应该怎么办？”

温叶突然想到了刚刚站在楼下的章述，想起他在收费站说的那一段话，温叶抬头看着陆芳：“我没有办法给你一个准确的答案。”

陆芳又问：“假如我非要你给呢？”

温叶牵过她的手轻轻拍了一下，说：“这不是数学题，这是你自己的人生。”

陆芳叹了一口气：“温老师，让我再想想吧。”然后慢慢躺下，钻进了被窝里。

温叶帮她掖紧了被子，掏出口袋里振动的手机。

是章述的电话。

“喂。”温叶接通。

“你们快点下来，陆继杨爸妈回来了。”

挂断电话，温叶便走去阳台，带着孟欣怡走回室内。

她跟孟欣怡解释：“陆芳爸妈回来了。”

孟欣怡问：“怎么回来得这么快？”

温叶说：“不知道，刚刚章述打电话告诉我的。”

孟欣怡和她对视了片刻：“那我们现在还能直接下去吗？”

“应该可以，陆继杨在想办法拖住他们。”

在楼道里讲话时有回声，她们一开门，就听见楼下传来了陆芳爸爸的声音。陆芳爸爸是个大嗓门，他们谈话的内容被温叶听得一清二楚。

他像是在跟哪位潜在租客介绍房屋情况：“三楼和五楼都还有空着的房子。”

章述故意夹带着方言问他：“一个月的租金大概多少钱？”

孟欣怡愣了愣，朝着温叶比了个大拇指，用气声夸奖章述厉害。

听见他的声音，温叶并不意外，他的临场反应能力很强，总有办法在这种时候帮人解围。

陆芳爸爸告诉章述：“八百一个月，押一付三。”

章述听到她们下楼的脚步声，故意提高音量：“我现在能看房吗？”

陆芳爸爸笑了一声：“你想看哪间？”

章述抬头看了一眼楼道，发现很难确定她们在哪个位置：“三楼吧，我不喜欢走楼梯。”

别在腰间的钥匙铃铃作响，陆芳爸妈带着他走到 302 的门口。

蹑手蹑脚地走到四楼拐角，看着章述和陆芳爸妈一起进入房间，孟欣怡和温叶交换了一个眼神，才敢继续往下走。

下到楼梯口之后，温叶还觉得惊魂未定，她跟孟欣怡像是潜入别人宅邸的窃贼，没有飞檐走壁的能力，只能仰仗同伙的演技过人。

陆继杨正坐在牛肉面馆里等着她们，温叶把钥匙还给他。

陆继杨将钥匙收回口袋：“章述应该不是你哥吧？”

温叶觉得有些意外：“嗯？”

“我瞎猜的。”他掏出章述的车钥匙递给温叶，转向孟欣怡问，“我妹，她……她怎么样了？”

孟欣怡抄起桌面的水杯喝了一口水：“我们想说的都说了。”

陆继杨点点头：“你们还会在横云待多久？”

孟欣怡告诉他：“我最近没什么事，假如有需要的话，我可以留下来陪陪陆芳。”

他们掏出手机交换彼此的联系方式。

温叶也看了一眼屏幕，发现章述刚刚给她发了两条信息。

章述：【你们先到二中门口等我，我一会儿就过去。】

章述：【车钥匙在陆继杨那里。】

“我和章述后天还有事，最迟明晚就得走了。”温叶顿了下，拉着孟欣怡站起来，“有事电话联系，这两天我们都在横云。”

走出面馆的时候，临近午休时间，早市关门，温叶感觉鱼腥味消退了不少。路对面卖青团的奶奶已经收摊，扁担下的竹筐被风吹动。

孟欣怡想起刚刚经历，又忍不住感叹：“章述真的聪明。”

温叶笑了笑，没有评价什么。

“对了，他是不是我们大二那年校园歌手比赛的冠军？”

温叶回答：“是。”

同时也是她和章述认识的那一年。

“我就说怎么这么眼熟。”孟欣怡拉过温叶的手瞎晃，“我印象中当时出了演出事故，他们被迫提到第一个表演。”

温叶点头：“我也记得。”

“是不是还有一个学生会的倒霉蛋上台背锅道歉？”

温叶不好意思地咳嗽了两声：“那个人是我。”

“原来是你啊。”孟欣怡不怀好意地打量着她，“那你和章述也是在那时候认识的？”

“算是吧，不过更早之前，我就听说过他的名字。”

孟欣怡掰开手指数了数，又在温叶面前比了一个“5”：“你们都认识这么多年了。”

咸湿的海风灌满街头巷尾，温叶的上衣外套被吹得鼓鼓囊囊的。

伴随着从耳畔划过的风声，她依稀听见从身后传来的一阵脚步声。

“温叶。”

温叶转身向后望去，看到章述正从商业街的拐角处向她们跑来。

原来他们已经认识了这么多年啊。

2

为了方便和陆继杨联系，他们住进了商业街附近的一家旅馆。

温叶和孟欣怡住在一起，章述拿走她们对门的房卡。

帮她们把行李拿上楼，章述倚靠在门框上，把温叶留下来讲话：“现在事情算是解决了吗？”

温叶说：“我也不确定。”

章述低头看着她，把所有光线挡在身后：“不论结果如何，你已经做得足够好了。”

温叶也望向他，他的眼睛里像是藏有星光。她张了张嘴，最后只说了句：“章述，你为什么这么好？”

“只是因为对象是你。”他俯下身，凑到她的面前，“不过，你别想借机给我发好人卡。”

温叶这才笑出来：“我可没有。”

章述哼了一声：“姑且相信你了。我们今晚吃什么？”

章述说话的时候，温叶看着他的嘴唇上下开合，发现他的胡楂又长了不少。她没忍住，伸手在他下巴处胡乱摸了一把，弄得章述有些不知所措。

“你快点睡吧，晚上我请客吃海鲜。”

罪魁祸首说完话，便退后几步溜回了自己的房间。

章述盯着对门发呆，不自觉地摸了摸自己的下巴，通宵未剃的胡楂很刺手，触感并不好。

温叶睡醒的时候，已经入夜了，她从枕头底下捞出手机看时间。

20：25。

坐在一旁玩游戏的孟欣怡也注意到她的动静。

“你睡醒啦？”孟欣怡小声问。

温叶从被窝里坐起来点了点头。

“那我开语音玩游戏了。”孟欣怡伸手在床头柜那儿把室内的灯打开，“对了，刚刚章述来敲门找过我们，他让你起床了回他信息。”

“嗯。”温叶拿起床头柜上的矿泉水喝了一口，“我现在回他。”

温叶：【我醒了。】

章述直接拨了一个电话过来：“你醒啦？”

温叶愣了愣，说：“不然是谁在跟你通电话。”

对面的人闷闷地笑了一声：“对哦。”

“温叶。”孟欣怡小声叫着她。

温叶把听筒捂上：“怎么了？”

“我不跟你们去吃饭了，我刚叫了外卖。”她伸出手把被子拉上去一些，看着温叶解释，“我跟人约好了晚上打游戏，一会儿要去网吧。”

温叶冲着她比了一个“OK（好）”。

章述问：“你怎么不说话了？”

温叶说：“我在想等会儿要吃什么。”

章述伸了一个懒腰：“我好久没吃海鲜了。”

温叶轻手轻脚地打开房门，站在章述的房间面前，走廊里光线昏暗，它带来的熟悉感让温叶误以为自己回到了民航酒店，她清了清嗓子，说：“开门。”

“嗯？”

电话里传来了一阵子窸窸窣窣的声音，隔着门板，温叶还能听见章述走近的脚步声。

门被打开了。

章述的手里还举着电话，他不可思议地眨了下眼睛：“你怎么就来了？”

洗漱过后的章述带着沐浴露的清爽香味，胡子已经被他剃掉，他戴着运动手表，穿了一件宽大的墨绿色连帽卫衣，像是刚从体育馆里走出来的大学生。

温叶把电话挂断：“准备好了就过来了。”

章述往她身后望了一眼：“孟欣怡呢？”

“她有事不跟我们去了。”

“是吗？”他的语气听起来有些高兴，“我们去哪儿吃？”

温叶打开地图："听说过横云集市吗？"

早年为了发展文化经济和旅游产业，横云政府利用靠海的优势，在海岸边建造了一个文化集市。但因为当地配套设施发展滞后，横云集市在完成建造的两年内都没能达到预定目标，又被打回原形，变成普通的夜市。

"知道。"章述自然地把手搭在温叶的肩膀上，"原来做文化产业项目的时候看到过这个案例。"

"其实它还保留了一小部分下来。"

章述把手收了回来，插着兜，跟在温叶身后下楼。

"不过已经变得跟其他地方的文化集市大同小异了，唯一区别就是还能看到海吧。"温叶走到一楼前台，问，"请问是在这里租借电动车吗？"

前台从桌肚里掏出一张收费表："六十元一天，押金一百元。"

章述凑到了温叶身后，压低了声音："我不会开电动车。"

温叶挑着眉："你好菜呀。"

"我借阿廉的车学了不下十次，每次学都会撞进绿化带。"他像是在说一件与自己无关的事。

"阿廉不会想打你？"

章述点了点头："他确实很想。"

温叶笑了出来："我搭你吧。"她接过前台递来的车钥匙，走到室外按着标志找车。

"我很重的。"

"高中的时候，我天天开着电动车上下学，"温叶拍了拍后座，"搭你绰绰有余。"

章述抬腿跨上了后座，他屈着长腿，把脚放在踏板上。

温叶转头看了他一眼："你这样会不会不太舒服？"

"还行。"章述伸手抱住温叶的腰，"你原来经常这样搭人吗？"

"嗯。"温叶把头盔戴上，"不过你是第一个坐我后座的男生。"

"那我还真挺特殊的。"

温叶从后视镜里偷看章述。他的头发长了不少，头盔压下来，刘海险些遮住眼睛，高兴得摇头晃脑，像是一只得到骨头的长毛大狗。

横云人有下海夜游的习惯，从沿海路远远望去，还能看到不少游泳圈浮在水面上。在黑夜的映衬下，仿佛海水也变得浓稠。

横云集市在沿海路的尽头，路旁的沙滩上有着很多露天烧烤摊，廉价的彩灯把海岸照亮。

孜然味飘了过来，弄得温叶的肚子不自觉地响了一声。

章述闷闷地笑了一声："我听到了。"

温叶反驳："你没听到。"

章述让步："好好好，我没听到。"

温叶说："这还差不多。"

章述收回一只手，低头回复信息。临近横云集市的这段路很多小坑，温叶来不及避开地面上的碎石，开过去的时候颠簸了一下，他们的头盔不小心撞到了一起，发出沉闷的撞击声。

章述把手机塞进口袋，摸着温叶的头盔问她："你还好吗？"

"没事。"温叶把车停在路边，接过管理员给的小牌子，扬起头看向面前的拱门，"我们到了。"

他们把头盔摘下来，挂在后视镜上，一起走进了横云集市。

其实章述接触过的文化项目不多，本科时，他被导师谢德林推荐去参与一个文化园区的设计工作。甲方给他们设定的预期就是像横云集市初建时那样，集合文创和美食的社交场所。

章述望着这个曾经名声大震的案例实景，街道两旁的店铺依旧保持着最初设计的江南建筑风格，但店内的墙壁上已经满是油烟留下的痕迹。

"好可惜啊。"章述感叹。

"是吧。"温叶在入口处的水果摊挑选了两个新鲜的椰子，她把其中一个递给章述，"我第一次来的时候，比现在的情况好一些。"

他伸手揽过温叶的肩膀："其实有时候我会想，建筑的意义到底是什么呢？人造沙滩会消失，美名在外的文化集市会倒退成普通的烧烤夜市。”

温叶转头望着他的侧脸，她还以为章述永远都是自信乐观的。

“在于从施工图变成实景的过程，”温叶用手肘顶了顶他，“是你赋予了它们实体意义。”

“是吗？”温叶感觉章述揽着她的手又收紧了不少。

她点了点头：“当然是，我们章大设计师做什么不是信手拈来呢。”

章述抓着她的肩膀晃了晃，怀疑她在阴阳怪气。

温叶从他的手下钻了出来，指着集市尾端一家建在沙滩上的音乐餐厅：“我们去那儿吃。”

位于沙滩的这段路确实还保持着横云集市的原貌，跟前半段的夜市不同，这里没有烧烤的烟熏火燎，人群也稀疏了不少。零星的店铺坐落在沙滩之上，有书店，有餐厅，甚至还有时光邮局。

两年前温叶存放在这里的信件还没有到寄出的时间，那时候她在明信片上写满了对自己研究生毕业的祝福，但她已经不太记得内容具体是什么了。

踏上松软的白沙，风从海面刮来，人群的喧哗声被他们抛在身后，面前独栋的音乐餐厅像是避世的桃花源。章述拍了拍她的肩膀，告诉她：“你好像有电话。”

举起手机看了一眼，陆芳的名字正在屏幕上闪动，她把电话接起来。

“喂。”

“温老师。”

“怎么了？”

对面没有说话，温叶听见听筒那边传来了一阵风声和抽泣声。

温叶小心翼翼地问她：“你还好吗？”

陆芳抽了抽鼻子：“我还好。”

像是探查到了陆芳的心思，温叶引导着问：“你是想要跟我说什么吗？”

“是。”陆芳冷不丁地抛出了一个特别宏大的话题，“温老师，什么是家庭呢？”

温叶思考了片刻，说：“你有没有听说过‘原生家庭’这个词？”

陆芳嘟囔着说：“没有。”

温叶跟她解释：“这是社会学上的概念，指未婚子女还在与父母生活的家庭。”

陆芳很聪明：“我跟陆继杨还在原生家庭里生活。”

“嗯。”

章述拉着温叶坐到了沙滩上。

温叶继续讲电话：“我有个朋友她就特别讨厌自己的原生家庭，她觉得父母没有办法理解她，想要逃离他们。”

陆芳：“然后呢？”

“然后她确实逃离了自己的父母，她拿着他们给的钱跑到法国读书就再也没有回来。”温叶顿了下，“我这么说可能有点难懂，但我是想告诉你，人们跟原生家庭的关系本身就不能用单一的角度去看待，有些时候你可能觉得他们视自己为仇敌，但有些时候又会看见他们向自己伸出援手。血缘这件事实在是太难捉摸了，千丝万缕的，很难彻底斩断。”

陆芳问她：“完全没有办法吗？”

温叶没有回答，只是按照自己想说的内容继续讲了下去：“还有一个概念叫作‘新生家庭’，这是由夫妻共同组成的家庭。跟原生家庭相对，在组建新生家庭的时候你有自主选择的权利。”她偏过头看着章述，“你可以选择有钱的、相貌端正的、性格幽默的、知识渊博的、对你好的等等，什么样的伴侣都可以，只要你愿意。”

“那我可以离婚了再去组成一个新的新生家庭吗？”

温叶笑了一声：“可以，但是这不代表着你可以无限次地重复这个过程。就比方说现在，假如你跟那个男人组建了家庭，那这个新生家庭就会变成你们小孩的原生家庭。”

陆芳没有说话。

“你确实有随心所欲做决定的权利，但这个决定可能会影响别人的一生。”

陆芳吃着早上剩下的那一半青团：“我是不是真的不应该把这个小孩生下来？”

“陆芳，我不是你，”温叶叹了一口气，“很多事情我不像你一样亲身经历过，我不知道你的感受，更不知道女性在孕育一个生命是会对后辈抱有什么样的期待。”

章述把温叶搂进了自己怀里，海风轻轻地拍在她身上。

温叶跟陆芳都在沉默。

她们没有人想好该怎么再次开口。

“不管你做什么决定我都会支持你的。”温叶说。

“好。”说完，陆芳就挂断了电话。

章述用手在沙滩上挖了一个小坑，温叶问他：“你在干吗？”

他伸手在温叶头上抓了一把空气，然后把它们丢进了坑里：“帮你把烦恼埋起来。”

3

音乐餐厅不像画仓酒吧那样每天都有着不同的驻唱乐队，店主拿着一把老旧的木吉他就能坐在那里唱上一晚，每一张桌子上都贴有二维码，方便顾客扫码点歌。

听起来今晚是粤语歌专场，老板正在唱 Beyond 的《真的爱你》。

章述仔细听着从餐厅里传出来的歌声，他故意很臭屁地说：“还是我唱歌更好听一点吧。”

他们推开门走进音乐餐厅，老板大刘正好唱完这首《真的爱你》，餐厅的面积不大，这让他一眼就注意到了进门的温叶。

大刘放下吉他，挥着手跟温叶说了一声“好久不见”。

向老板问完好，温叶把章述拉到一旁靠窗的位置坐下。这是一栋玻璃房子，与海相望，周围的景象清晰可见。

“之前我跟孟欣怡经常过来这里吃饭，老板也是知州人，口味可能比较辣。”她拿起桌面上的菜单勾选，“你想吃什么？这里做的竹节蛏很好吃。”

章述问：“竹节蛏是什么？”

温叶不懂怎么向他解释：“蛏子的一种，应该算是贝类？”

章述拿过菜单看了一眼上头的图片，它们长得不太漂亮，贝壳里的肉有点像沙虫。但看在温叶的强烈推荐的份上，他勉强同意这个丑八怪出现在他的肚子里。

趁着等菜的时间，章述站起来，走到大刘的面前，说也想唱一首。

章述接过吉他，坐在高脚凳上拿起拨片将琴弦逐一弹响，然后闭着眼调起了弦。

温叶仔细回想了一下，上次章述在她面前弹唱还在四年之前。

那是在15届的毕业晚会上。

章述作为应届毕业生携自己的乐队开场表演。

当时温叶被学姐叫去帮忙，在后台负责话筒的管理工作。她上完课赶到大礼堂的时候，章述他们已经在候场了。

他最爱用大礼堂的7号话筒，一看见温叶走进大礼堂，便自顾自地打开话筒箱把它拿了出来。

“又来了。”学姐把舞台要求表塞到了温叶的手里，“你去跟他们乐队对接吧，确定一下话筒数量，我上楼找黄师傅，也不知道他那里还有多少个话筒架。”

学姐刚走，温叶就看到章述指挥着一群人把架子鼓搬进了后台。

那天，章述刻意打扮了一番，不像平时那样穿得吊儿郎当的。

在温叶清晰的记忆中，他当时穿着一件带印花的白色T恤和一条直筒牛仔裤，还舍弃掉了手上那堆乱七八糟的饰品，是她从来没见过的正经模样。

章述伸手在温叶面前挥了挥，然后递了一杯奶茶给她：“跟他们一起叫的外卖，你要吗？是你喜欢的。”

温叶接下来，看着舞台要求表问：“你们这次唱《We fell in love

in October》（《我们在十月坠入爱河》）？”

章述点点头，看向温叶有意无意地唱着《We fell in love in October》里“You will be my girl...You will be my world...（你将成为我的女孩，你将成为我的世界）”的那段歌词。

温叶被他盯得有点心猿意马，索性打了直球：“你今天是要表白吗？”

“是啊。”章述大方承认。

他又把球丢了回来，反倒变成温叶不知道该怎么接了。

“挺好的。”她憋了半天，只说出了这三个字。

章述把7号话筒放到话筒架上，根据自己的习惯调整着高度：“你去看我的毕业展了吗？”

温叶捏住吸管，搅动杯子里的香草冰激凌：“还没来得及去。”

章述把立麦放在一旁，又拿起吉他开始调弦，说：“有空你可以去看看。”

“好。”温叶答应了下来，刚刚的两记直球弄得她不懂该说什么，幸好抬头看见叶知廉正在挥手招呼章述过去，温叶连忙告诉他，“阿廉叫你。”

章述背着电吉他走到她的面前：“等会儿我们表演的时候，你就站在这里？”

温叶点头：“我今晚管话筒。”

“好。”他掏了掏裤子口袋，把手机递到她面前，“帮我拿一下。”

工作人员在进行灯光的最后调试，幕布渐渐拉上，礼堂外的嘈杂声透过门缝传了进来，温叶穿过他的肩膀看向舞台。

章述走了几步，又再折回来。他俯下身和温叶视线平齐，提醒她：“等下一定要认真听我唱歌。”

学姐站在温叶身边，跟她一起目送章述他们上台，她边喝着章述乐队“不小心多出来”的奶茶，边开玩笑说怎么自己的男性朋友就没有这么心地善良。

温叶说：“你少揶揄我。”

“我可没有。”学姐拍了拍她的手臂，“你看到下面那个捧着一束向日葵的女生吗？站在南侧过道那里的。”

温叶望了一眼，很眼熟，好像是章述的同班同学。

“看到了，怎么了？”

学姐告诉她：“她等会儿要给章述送花。”

温叶问：“你怎么知道的？”

学姐说：“人家刚刚特地跑过来问我们什么时候上台送花比较合适。”

温叶别开脸：“那关我什么事？”

学姐意味深长地看着她，什么都没说。

章述上台之后改变了立麦的位置，他背着电吉他，侧站在舞台上。只要温叶望向舞台，就能跟他的目光在空中交汇，一束面光打了下来，光影在他身上共存，效果器在他弯腰可及的脚边。

哪怕台下闹哄哄的，但温叶感觉世界突然安静了，就像回到了社团招新时，那个沸反盈天的文化广场，街头巷尾挤满了人，她却只听得到他唱歌的声音。

可等到温叶彻底回过神的时候，她发现随着最后一个鼓点的落下，那个捧着花的女生已经从台下走了上来，然后在礼炮飞絮和章述的错愕中向他索要了一个拥抱。

温叶听到了很多起哄的声音，有人鼓掌，有人尖叫。而那个格外刺耳的口哨似乎还是他们乐队贝斯手吹的。

学姐推了温叶一把：“快去对面等他。”

温叶跑到下场口等章述，因为还要配合主持人说串词，所以他在台上站的时间比其他人更长一些。叶知廉他们收好乐器之后，嘻嘻笑笑地从温叶面前经过。

他不忘一脸坏笑地看着温叶，然后冲她挥了挥手当作打招呼。

章述走下台，温叶把手机递给他，还小声说了一句“很精彩”。他打开和那个女同学的聊天框，屏幕上显示着“对方正在输入……”。

章述俯下身，对她说：“你喜欢就好。”

对面的人发来了信息：【我在礼堂外等你。】

章述扫了一眼，又按下锁屏，把手机塞回口袋里："晚会结束了记得来画仓。"

他想了想，又补充了一句："我等你。"

在音乐餐厅里，章述抱着吉他，唱了一首莫文蔚的《呼吸有害》。

不得不说，章述唱歌确实比大刘好听很多，就连粤语的咬字发音也比大刘地道不少。

温叶被他代入情景，突然开始回忆起在无数个雨夜中闻到的草木花香。

别桌的顾客喊着"安可"，让他再来一首。

章述抱歉地说自己会的粤语歌不多，然后又唱了一首张智霖的《祝君好》。

回来的时候，他发现温叶还盯着舞台发呆，问："你在想什么？"

思绪回笼，温叶托着下巴望着章述开玩笑："这好像是我第一次看你弹木吉他，我在想这对于摇滚乐手是不是也是一种铁汉柔情。"

章述靠在椅背上大笑："你一天到晚都在想些什么啊。"

大刘端着一碟炒好的竹节蛏走过来，他偶然瞟到温叶放在桌面上的手机，还没等铃声响起就出声提醒："孟欣怡来电话了。"

温叶拿起手机，接通来电："怎么了？"

电话那头的人气喘吁吁："陆芳决定不要这个孩子了。"

温叶问："真的吗？"

章述看着她，用口型问："怎么了？"

温叶拿过他的手机，在对话框里输入了"陆芳"两个字。

"真的。"孟欣怡的音量提升了不少，"我现在在从网吧赶去陆芳家的路上。我刚刚和陆继杨商量了一下，打算先把她接出来跟我们住一个晚上，明早再一起带她去医院。"

温叶看着桌面上的海鲜，比画了一下让大刘帮他们全部打包起来。

她对孟欣怡说："我和章述现在回去。"

他们刚把车开上沿海路，电动车就显示电量告急，彻底罢工。

望向面前的陡坡，章述让温叶下车，自己推着电动车往上走。

越入夜，海边摊铺越热闹。在照明灯下，还有年轻人组队打着沙滩排球。

看着路旁穿着泳衣来往的行人，章述也把卫衣脱了下来，丢在电动车的座位上，露出里头那件带有印花的白色T恤。

温叶仔细端详着上头的图案，突然觉得有些眼熟。

章述先开了口："这件衣服我还在毕业晚会上穿过。"

温叶把被风吹乱的头发挽到一边，没有说话。

章述继续说："温叶，其实我一直很好奇。"

温叶问他："好奇什么？"

章述看着她："好奇你那天为什么没去画仓找我。"

温叶说："我不是给你发了信息说我晚上有事吗。"

"但我问过吴子衿，她说你那天在宿舍里待了一个晚上。"

"是吗？可能我又没事了吧，我不记得了。"

章述把电动车的脚撑踢了下来，随手把它立在了半坡上："我以为，我表示得足够明显了。"

温叶感觉章述在打哑谜："表示什么？"

"表白啊，"他伸手拉住准备下滑的电动车，嘴里说着，"好险好险。"

《We fell in love in October》里的那几句"My girl""My world"又在温叶耳边回响，她踢开脚边的石块："你给你同学的表白确实挺明显的。"

"你……"章述愣了愣，然后像是想通了什么事情，忽然笑起来，"温叶，你真的好笨啊。"

重提毕业晚会的事本身就让温叶的心情差到了谷底，她瞪了章述一眼："你才笨。"

章述把电动车推到坡顶平地，把钥匙拔了出来，将它停在路边。

这附近是露营区，数十顶帐篷被支在沙滩上，不远处的地方还点着篝火，有情侣拉着手从他们身边经过，走到马路对面。

章述把自己的卫衣搭在肩上，左手提着一袋子的外卖，在温叶耳边倒数完“三，二，一”之后，突然伸出右手，拉起她朝着坡下跑去。

温叶感觉自己受重力的影响在不自觉地往下倒，她大喊：“章述，你是不是有毛病！”

章述放慢了脚步，转头看她：“你就当我是吧。”

在章述意料之外的是，在听完他说的这些胡话后，温叶反而握紧了他的手。

马路对面有一辆公车正准备停靠，章述抬头看了一眼红绿灯，问温叶：“我们去追上它？”

温叶紧盯着章述的后脑勺说：“好。”

他们在绿灯倒数的最后一秒跑过了人行横道，在公车车门即将关闭的瞬间，钻了上去。

温叶握着扶手杆喘气，章述从口袋里掏出一张五块钱丢进自助投币箱。

公车司机把门关上，转头跟他说：“我可没办法找零。”

章述拉着温叶走到车厢的后半段找位置坐，他也不在意司机到底能不能看到，只见他挥了挥手：“没事。”

横云的公交车十点就停运了，温叶掏出手机看了一眼时间，这辆大概是末班车。

他们坐到靠窗的两人座上，章述抬起手将卫衣穿好，打开外卖盒，戴上手套，自顾自地吃起了椒盐基围虾。

温叶又想起他刚刚莫名其妙骂自己的事情，她问：“你刚刚为什么这么说？”

章述拿起一只剥好的基围虾递到温叶嘴边：“我说什么了？”

温叶把他的手推开：“你说我笨。”

章述还不打算解释：“你确实很笨啊。”

温叶感觉自己和章述没法正常沟通，她掏出手机，计划将他晾在一旁。

章述凑近，故意咀嚼得特别大声，吸引她的注意。温叶伸手做了一个噤声的动作，让他安静一点。

两侧的风景不断倒退，公交车加速向县二中驶去。

像是观光的游客最终都要回归生活，温叶拽着章述走下了公车。

章述把沾满油污的一次性手套丢进路边的垃圾桶，回到旅店，章述走去前台，给了服务生递去五百块钱，麻烦他明天到沿海路把电动车带回来。

旅店没有电梯，楼梯狭窄到一次只能通过一个人，温叶走在章述的前面："这件事终于要结束了。"

章述伸手搭在她的肩膀上，像是小时候玩"开火车"时的游戏姿势，他重复着温叶的话："终于要结束了。"

4

第二天中午，章述开着车把一行人从医院里接回来。

温叶偷偷向孟欣怡询问昨晚的具体情况，孟欣怡说自己不太清楚，只知道陆继杨跑去找那个男人打了一架。

陆芳在她们的房间里休息，温叶把章述的房门敲开，拉着孟欣怡去到阳台。这个房间的朝向和她们支教时宿舍的朝向相同，站在阳台上可以远眺到同一道海岸。

到了正午，陆陆续续有渔船返航，码头上堆放着很多白色塑料筐。伴随着模糊的引擎声，她们看见有人开着装满生鲜的三轮车往海鲜市场的方向驶去。

孟欣怡翻了翻口袋，发现没带烟出来，又折回房间里，去向章述借。

章述起身走到衣帽架面前，从外套里翻出一盒新买的万宝路。

"谢了。"孟欣怡和温叶一同回到阳台。

孟欣怡问温叶："你和章述什么时候回去？"

温叶告诉她："吃完晚饭就走。"

孟欣怡想了想，说："我应该不跟你们一起回去了。"

温叶问："嗯？"

孟欣怡说："我想在这里陪一下陆芳。"

"好。有什么忙是我可以帮得上的吗？"温叶问她，"你带的衣服够不够？我可以去宿舍帮你收拾，再给你寄过来。"

"不麻烦了。"她摇摇头，"正好现在换季，也要买新的。"

温叶转头看她："你打算待到什么时候？"

"十天？半个月？"孟欣怡说，"陆继杨说他拿到了新的 offer（工作），下个月月初也会回去，我可能跟他一起走吧。"

"不好意思，打断你们一下。"章述推开阳台门，从室内出来，告诉她们，陆继杨来了。

陆继杨昨晚打架受了伤，刚刚在医院简单处理过自己的伤口，脸上除了创可贴，还缠着两圈纱布。

他拎着一袋外卖，往茶几上放："我随便点了一些吃的，也不知道你们有没有什么忌口。"

孟欣怡掐灭了烟，问了温叶自己身上味道大不大，又上前帮他把饭菜拿出来："没什么忌口的。"

陆继杨点的都是一些家常菜，还有当地有名的清蒸云鱼和辣炒青蟹。

横云的淡水鱼资源非常丰富，两年前的现在，温叶和孟欣怡还曾拜托当地渔民带她们一起出海捕鱼。

席间，她们分享了这段经历。章述听起来很感兴趣，好奇地询问了温叶很多细节。

吃过午饭，他见时间还早，在微信上给温叶发消息，问她要不要现在就回道城。单程三个半小时，回到家又正好是饭点。

回程的心情比来的时候好了许多，章述打开天窗，特意绕远路，沿着海边转了一圈。白天的海岸比不上夜晚清凉，烈日灼灼，温叶把车窗降下，享受海风与他们擦肩而过。

温叶从后视镜向后望去，她突然很想模仿《跨越栅栏》里的女主角，坐在自行车后座，抓起一把羽毛举过头顶，然后慢慢松开，让它们随着风的方向自然飘落。

温叶转身看着章述问："你看过《跨越栅栏》吗？"

章述想了想，说："苍井优和小田切让的那部电影？"

温叶说："对。"

"我看过。"章述大概猜到她想干什么，"那张剧照也让我印象深刻。"

"小时候我特别喜欢'天女散花'这个词，我家附近有个鸽舍广场，我总爱跑到那里，撕碎了纸片撒向天空，等母亲帮完我拍照，再灰溜溜地把它们捡起来。"温叶俯身查看控制面板，用蓝牙将手机和车载音响相连，见章述没有回应，她抬起头问他，"这听起来是不是很幼稚？"

"怎么会呢。"他摇头，"一点也不幼稚。"

温叶不信："真的吗？"

"真的，我小时候还会披着床单假扮超人。"他突然转过头看了她一眼，"原来小温这么可爱。"

温叶笑了一声，低头翻阅歌单："你想听什么歌？"

章述说："你喜欢什么就放什么。"

温叶心里有了一个主意："那我随机放一首？"

他点了点头："好。"

温叶把模式切换成了随机播放，音响里传来落日飞车的《I know you know I love you（我知道你知道我爱你）》。

温叶听过落日飞车的live，主办方将他们的出场顺序排在下午六点，余晖洒下的时候他们正好登场，大家合唱了一首《My Jinji（我的金橘）》，在很像金橘的落日底下。

仔细听着歌词，温叶忽然对章述说："我可不可以选这首歌？"

"在校庆后的音协路演？"

"嗯，我想听你唱。"

"《I know you know I love you》，"章述念一遍歌名，嘴角带着笑意，"好啊，那我就唱这首歌。"

在横云的这几天，寒潮来袭，南方的大部分城市由秋入冬。

太阳直射点逐渐向南回归线移动，道城的天在时针还未指向六点的时候便黑了下来。

温叶抱着章述的外套，靠在玻璃窗上睡觉。

面前是减震带，章述担心温叶会撞到头，轻声将她唤醒。

温叶揉了揉眼睛，声音沙哑地问他：“到哪儿了？”

章述告诉她：“回到道大了。”

她抓起手边的矿泉水喝了一口。

章述用余光瞥见：“这瓶好像是我的。”

“是吗？”温叶低头看向置物槽里的另一瓶水，有些尴尬，“好像还真是。”说完，她把瓶盖拧紧又放了回去。

章述看着不远处的文化广场，打起了转向灯，说：“没事，你想喝就喝吧，你那瓶都放在这儿好几天了。”

温叶不自然地坐直：“我不渴了。”

章述忍不住想笑：“你晚餐想吃什么？”

“我们去‘美悦’吃吗？”温叶低头看手机，“刚刚朋友告诉我，老板娘最近在准备更换菜单，今晚每桌都会送一份南瓜菠菜丹波面包。”

“去吧。”章述说，“那我把车停在你的宿舍楼底，等会儿把你送回来再顺便取车。”

温叶心情不错，抿起唇说了好。

到了美悦餐厅，温叶照例点了两大杯冻柠茶。老板娘过来同她说话，说好久没有见到她，问过段时间校庆是不是在学校里比较忙。

温叶点了点头，笑着说：“所以趁着今晚有空，我马上就带着朋友来捧场了。”

点完菜，老板娘收起菜单，偷偷说：“我还留有两份可可漏奶华，等会儿让厨房送给你们。”

温叶语气夸张：“谢谢老板娘，老板娘真是人美心善。”

老板娘笑了出来：“就你嘴最甜。”

美悦餐厅的厨师擅长烘焙，面包松软香甜，看得他们胃口大开。吃完饭，章述拿着手机，跟温叶说自己要打一通工作电话，让她十分钟之后再出门找他。

温叶跑去和老板娘聊天，又到柜台买了两个杯子蛋糕，一个送给章述，一个留作自己明天的早餐。

过了一会儿，温叶提着塑料袋走出餐厅，北门靠近田径场，耳边熟悉的喧闹声，像是一段漫长的白噪音。

刚刚运动完的男生满头大汗地从她身边经过，温叶侧身让了一个位置。

“温叶。”

章述突然喊了她一声。

“这里。”

温叶抬头看去，看见章述正站在马路对面，身边是一辆不知从哪里变出来的自行车。

温叶愣在原地一动不动，望着他不知道该做何反应。

他坐到自行车上，低头看向后座：“上车。”

脑海中的场景在眼前复刻，温叶没有犹豫，向章述跑了过去。她抬起头问他：“我们去哪儿？”

“去演《跨越栅栏》。”章述从车筐里拿出一件白色衬衫，笑着开玩笑，“不过本剧组太穷了，可买不起羽毛。”

温叶接过来，伸出一只手环抱着他的腰：“我们出发吧。”

他转头盯着前方，灵活地绕开路上的行人：“抓紧了。”

与人流逆行，拐进合一路，被温叶抓在手上的白衬衫，顺着风的方向朝身后飘去。看着章述外套被风吹鼓的弧度，温叶感觉这不是《跨越栅栏》，而是一部只属于他们的青春电影。

途径情人坡，面前是一段很长的下坡路，章述让她抓紧，然后加速骑了下去。

温叶伸出另一只手，攥紧章述的外套，身体不自觉地往他的后背上靠。

章述忽然叫她："温叶。"

她问："怎么了？"

他空出一只手覆在她的手背上，说："这次路演你一定要认真听我唱歌。"

章述单手骑车下坡，把手不受控制地晃动了一下，温叶把他的手挪开，提醒他："专心点。"

章述搭回把手，又再确认："你听清楚我刚刚说什么了吗？"

温叶点头："听到了，到时候我会认真听的。"

路面逐渐平缓，他们乘着自行车驶进了知行桥桥洞。

桥洞的两侧是涂鸦墙，虽然比不上全国闻名的芙蓉隧道，但这里也是道城大学学生们的微型涂鸦宇宙。他们经过的时候，发现有学生会的学生正提着两桶白油漆过来，打算把早前的涂鸦覆盖。

"你还记得之前我给你画的生日蛋糕吗？"温叶想了想，指着一个角落，"印象中是在那儿。"

"当然记得。"章述顺着她手指的方向看了过去，发现蛋糕涂鸦还留着模糊的印迹，他把自行车停在路边，"我们过去看看？"

过了四年，颜料已经脱落了许多，生日蛋糕看起来有些斑驳。

温叶望向旁边早就被刷白更新的涂鸦，开始庆幸她当时选的位置刁钻，这么多年过去了，还能被保留下来。

章述掏出手机，他在四年前的朋友圈里，找到了一张自己捧着纸杯蛋糕，站在涂鸦墙前的照片，当时的配文是"photo by WY（由温叶拍摄）"。

温叶说："你的生日又要到了。"

"还有三个月。"章述把手机递到温叶的面前，"你看，这是当时你帮我拍的照片。"

温叶凑近看了一眼，向他提议："我再帮你拍一张吧？"

章述模仿照片里的动作，站在涂鸦墙前。温叶从取景框看过去，总感觉哪里不对劲。她想了想，从自行车的车筐里拿出刚买的杯子蜂蜜蛋糕，摆到他的手上。

按下快门，温叶把手机伸到他的面前："除了发型不同，其他都还挺像的。"

章述扫了一眼，什么也没说，只是让温叶站在原地等他一会儿。

他走向旁边人群，将自己的手机递给其中一个女生，然后又笑着走了回来。

"我们也拍一张。"章述揽过温叶的肩膀，冲着镜头比剪刀手，"茄子。"

温叶也学着他喊了一句："茄子。"

"拍好了。"那个学妹举起手机，"学长，你看看这样行不行？"

章述走上前："谢谢学妹，拍得很好。"

"不客气。"学妹来回打量着他们两个人，"但我有点好奇，你们为什么要在这里拍照？我没有别的意思，只是想说，这边都是很久之前的老涂鸦了，好像也没有什么特别的东西。"

章述往旁边走了两步，露出蛋糕涂鸦的全貌。他指着墙壁，还看了一眼温叶，耐心地向学妹解释："这个是她当年给我画的。"

学妹心领神会地"哦"了一声，又跑回了人群。

从桥洞里出来，他们绕着知行湖骑行。

知行湖面积不大，但很狭长。湖周围的栏杆上装有彩灯，入夜点亮，假如升起无人机向下俯拍，会发现它的形状像是两只手臂，虚抱着学校礼堂。

当年的难题又被抛到面前，温叶问章述："你想要什么生日礼物？"

他单手回复着信息，骑着自行车歪歪扭扭地在路上行进："你送什么我都很开心。"

温叶有些质疑："讲实话。"

章述说："我没骗你，这就是实话。"

温叶掏出手机查看日历："不过你明年的生日正好在除夕。"

章述把手机放回口袋里，转头看了一眼温叶的屏幕："你过年回家吗？"

温叶望着他，像是在说他明知故问："你说呢？"

"我猜，"他顿了下，"你肯定回，每年除夕你朋友圈的定位都在知州。"

温叶装傻："你这么关注我的定位？"

章述别开脸，不愿意承认："只是我偶然看见的。"

知行湖附近是宿舍区，不少要去自习的学生抱着课本从他们身边经过，吵吵闹闹的，嘴里谈论着喜欢的明星和班里最新的八卦。虽然身在校园，但温叶又感觉他们已经不属于校园了。过路人闲谈的那些内容，仿佛都是些离她很遥远的东西。

经过教学区和宿舍区交界的丁字路口时，章述没有继续往校园深处骑去，他转了方向，搭着温叶回到方才停车的地方。

他向温叶解释："刚刚老谢发信息让我回公司，假如可以的话，他希望我把你也带过去。"

温叶问："现在吗？"

"嗯，现在。"他把后备厢打开，"你困的话就算了，应该也不是什么大事。"

温叶掏出手机看了一眼时间，不过八点，时间还算早。

她把后备厢盖关了下来，看着章述说："我和你一起去。"

第八章
/
喜欢就是没有道理的吧

1

离开道城大学，章述把车开到航城大道上。

车载音响里放着 AGA 的剧场版《一加一》，伴奏之后，温叶听到了一段由“做紧咩呀（你在干什么）”而展开的粤语独白，她看向路对岸显示着“我爱道城”的 LED 屏，思绪不自觉地飘回到了四年前。

温叶还记得。

章述在离自己生日还有好几个月的时候，就开始向她旁敲侧击礼物内容了。

尽管她一直糊弄，故作神秘地说着你猜，但其实根本没想好该送他什么东西。

一方面，章述的朋友很多。

温叶曾经听叶知廉提起过，章述每年至少会收到五瓶香水和三个 Zippo 打火机。

“当然，”叶知廉的话锋一转，压低了声音，语气暧昧地说，“你送给章述什么他都会很开心的。”

另一方面，章述并不是那种物欲很强的人，他喜欢某样东西从来不会期待以获赠的方式得到。

但不论收到什么礼物，他又都会表现出很喜欢的样子，然后笑着说一声谢谢。

温叶在网上搜索了“送男性朋友的十大生日礼物”，打算破罐子破摔，随大流打安全牌。

桥洞涂鸦墙平时由学生会的成员负责绘制，不定期更换主题。在重新粉刷的前一个月，他们会在微博上放出消息，允许其他学生去那儿涂鸦、留言。

每到这个时候，从桥洞下经过，总能看见满墙的表白，少年人赤裸直白的爱意就这么堂而皇之地呈现在全校面前。

章述生日的那天晚上，温叶临时起意，拿着丙烯颜料去到桥洞画了三个小时。

完工的时候，温叶掏出手机，发现章述给她发了好几条信息。

章述：【我们在画仓酒吧 207。】

章述：【你到哪里了？要不要我去接你？】

章述：【对方已取消】

章述：【？】

章述：【对方已取消】

章述：【对方已取消】

章述：【温叶，你放我鸽子？】

温叶站起来活动了一下手脚，给不太高兴的寿星拨了一通电话。

电话响了好几声才被接起来，对面的人没好气地问她：“干吗？”

温叶言简意赅：“来一下桥洞。”

“我可是寿星，你放我鸽子就算了，能不能态度好点？”

她假装要挂断：“爱来不来。”

章述叹了一口气，又在电话那头抱怨起来：“我都准备睡觉了，”

接着传来了一阵窸窸窣窣的声音，“你等我一下，我现在过去。”

虽然听起来不太情愿，但不到十分钟，章述就骑着舍友的自行车出现在了她的面前。

在丝绸质地的睡衣外，他套了一件短款的羽绒服，趿拉着棉拖鞋，从自行车上走了下来。

温叶把颜料拎在身后：“生日快乐。”

他的脸上还是没有什么表情：“你也知道今天是我的生日。”

温叶招了招手：“我还知道今天是你的二十三岁生日。”

章述走到温叶面前，眼神直勾勾地盯着她问：“你要干吗？”

温叶挪到一旁站着，伸手指向涂鸦墙：“送你生日礼物。”

这是一个大约有一米高的三层蛋糕。

上面画着三个处于不同状态下的章述，在唱歌的、在作图的，站在蛋糕顶上的那个他正手举横幅说着：“祝章述二十三岁生日快乐。”

温叶将插好蜡烛的纸杯蛋糕递到了他的手上：“趁着十二点还没到，你还能多许一个愿望。”

章述的视线越过摇曳的烛光，落在温叶满是颜料痕迹的手上。

他闭上了眼睛，在心里想——

那就让时间永远停留在这一刻吧。

思绪回笼，音响里 AGA 正好唱到：“寻寻找找为何都找不到，为何有无尽孤苦的单数。”

温叶托着脸，看向正在开车的章述，她瞥见自己的身影被倒映在驾驶座那边的玻璃窗上。

温叶伸手把播放方式设为单曲循环，问章述：“当时，我没去你的生日聚会你很生气吗？”

章述转头看了她一眼：“你说呢？”

温叶：“你不说我怎么知道。”

章述打着转向灯：“当然生气。”

温叶又问：“你为什么生气呢？”

“假如我在你生日的时候突然消失、不回信息，你会生气吗？”

温叶点了点头：“会。”

“答案出来了。”他把车停在路边，“不过看在蛋糕涂鸦的份上，我就原谅你了。”

章述拿着公文包下车绕到路边，帮温叶打开车门。

“到了，”他指着驾驶座那边的储物格，“帮我拿一下工牌。”

温叶伏身把工牌翻了出来，退回副驾驶座的时候，不小心碰到控制面板，音响的音量突然增强。

歌里那句“合意的，永远最难拥抱”变得格外大声。

温叶走下车，章述拿起钥匙给车落了锁，间奏戛然而止。

温叶低头看着他装满资料的公文包，问：“我什么东西都没带不要紧吧？”

“没事，”章述把自己的工牌挂到她的脖子上，“你有这个就够了。”

她拿起胸前的工牌看了一眼。这不是她第一次见到章述的证件照，但照片里的他又和之前的不同，他把刘海梳到了脑后，穿着西装，抿着唇，出人意料的正经。

章述凑过来：“帅吧？”

“你好自恋。”温叶绕开他，径直往写字楼里走。

章述抓住温叶的手腕，把她拉回自己面前，他看着相反的方向：“走这边，晚上大门会上锁。”

烁林设计位于写字楼的第二十层，谢德林在楼盘刚交房的时候就签了十年的长约，租下了整层楼的空间。

室内装潢兼具了老派与新派的特点，大气不流俗。电梯一开门，温叶感觉这里的每一处都是烁林的金字招牌。

因为对室内设计的研究不深，温叶问章述：“这里也是谢教授自己设计的吗？”

“不是，是师母林秋予。”章述小声告诉她。

温叶努力地寻找这个名字的相关记忆。

“师母的作品很少，烁林刚起步的时候，她就生病去世了。”他继续说，“虽然老谢从不忌讳，但我们一般不会在他面前提起师母的事情。”

温叶盯着烁林门口的隔断墙，看向墙面上落款“林秋予”的风景画，若有所思。

章述告诉她：“我大一的时候，见过师母几次，她当时还会来学校旁听过老谢上课。”

“那他们一定很恩爱。”

“嗯。”

绕过隔断墙，章述带着温叶穿过会客厅，走进项目小组的办公室，他把自己的公文包随手丢到了一个靠窗的工位上。

章述把旁边的椅子拉开：“这就是你今后工作的地方了。”

“述哥，过来搭把手。”

温叶还没来得及坐下，就听见一个熟悉的声音从门外传了进来，她回头看了一眼。

章述摆了摆手，示意温叶不用她帮忙，然后走到门口，跟胡克晗一起把推车上的纸箱搬到办公室里。

胡克晗放好资料，径直走到饮水机前接了一杯水，嘴里一直喃喃：“也不懂老谢大晚上找我们干什么，我刚回到家又被他叫了出来。”他转过头，被办公室里突然多出来的陌生面孔吓了一跳，“这位是？”

章述伸手拿起桌面上的美工刀：“我……”他和温叶对视了一眼，“……我们的新同事，她会参与北流半岛的景观设计。”

“你好，我叫温叶。”温叶向他挥手算是问好，“我刚刚是吓到你了吗？”

“没有没有。”胡克晗连忙否认，“是我自己没注意到。”

章述弯腰将纸箱上的胶带划开：“这些都是老谢让你拿过来的？”

胡克晗把纸杯放回自己的工位上：“都是，他说明天还有五箱。”

“那其他人呢？”

“好像老谢只把我们喊来了。”胡克晗抄起桌面上的平板电脑，“对了，他还让我们五分钟后一起去他办公室。”

温叶拿起纸箱里的一册资料翻看，发现上头详细地记录着上海浦东新区的相关信息。

“应该是刚刚汇总好的考察资料。”章述凑过来，在温叶耳边说，“今晚是没机会了，到时候我再带你认识我们团队里的其他人。”

温叶也压低了音量：“你是在怀疑我的社交能力吗？”

“我可没有。”他把手搭在温叶肩膀上，推着她往前走，“走吧，我们去找老谢。”

等所有人都走出办公室，章述转身掩上了门，他在目光掠过风景画的时候微怔了片刻，像是突然想到了什么：“温叶，今天是不是十月二十八号？”

温叶回头看他：“是啊，怎么了？”

他叫住走在前面的胡克晗：“我突然想起来，今天是老谢和师母的结婚纪念日。”

2

谢德林没交代什么重要的事情，醉醺醺地给他们各发了一本《建筑概论》又把他们赶走了。

走回办公室，温叶看着手上的书，小声问章述：“谢教授这样没事吗？”

“没事，每年这个时候他都会用一些莫名其妙的理由把我们叫过来。”章述打开《建筑概论》随手翻了几页，跟他本科时的版本差别不大，“我刚刚给他女儿发了信息，等她下了班，就会过来接老谢回家。”

“不用担心，这种状况我们一年能碰见四五次。”胡克晗拿起电动车头盔从他们身边经过，“老谢就交给你们了，我还得赶回家看比赛。”胡克晗嬉皮笑脸地挥了挥手，不过一会儿就消失在他们视线之内了。

“胡克晗也是谢教授的学生吗？”温叶走到自己的工位上坐下。

“是。”章述说，“胡克晗只比你大一届，虽然独立负责的经验不多，但他很早就跟着老谢出来做项目了。”

温叶拍了拍章述的椅子，让他也坐下来。

越过他的位置，温叶能看见写字楼不远处的泰昌广场。跟章述这种在职工大院里长大的小孩不同，她童年的记忆基本都跟广场有关。

小时候放了学，温叶总爱和朋友一起跑到家附近的广场上玩，她会穿着旱冰鞋从喷泉的间隙中滑过，还会突然起跑吓走正在觅食的鸽子。但后来鸽舍迁址，喷泉变成草坪，她也离开了知州。

“等会儿想过去看看吗？”章述的声音从头顶上传了过来。

温叶指着泰昌广场：“去那里吗？”

“嗯。”他拖开凳子在温叶旁边坐下，“我念小学的时候，那里周末还会放水幕电影。”

温叶问他：“会放什么？”

“《智取威虎山》？”章述笑了一声，“我不记得了，可能还放过《长江七号》。”

“当时你看得懂《智取威虎山》吗？”

“看不懂。”他也看向了窗外，“放的还是京剧版，听着他们咿咿呀呀说了几分钟我就跑去跟朋友玩捉迷藏了。”

温叶转头盯着章述发呆：“你小时候应该是那种特别调皮的人吧？”

“算是吧。”章述撑着下巴，“小时候我爸妈工作忙没时间管我，为了防止我在家里搞破坏，他们就给我报了少年宫的吉他班。”

又找到了一个共同点，温叶告诉他：“我妈也是因为这样，把我送去了朋友的画室。”

章述转身，他们的视线突然重合，他张了张嘴，还没来得及开口，想要说的话被一阵突然响起的敲门声打断。

温叶转身看向门口，发现是个陌生却熟悉的面孔。

当年那个跑上舞台给章述送花的女生。

烁林里铺有防尘地毯，鞋子和地面接触，经过它的缓冲，声音微弱到他们都没有发现她的到来。

温叶偷偷望向对方，发现她把头发剪短了不少，穿着驼色的西服套装和八厘米高的高跟鞋，整个人看起来十分干练。

女生走进来，随手拿起桌面上的资料：“两位，我先把我爸带走了。”

“老谢今晚可能喝得有点多，”章述朝门外看了一眼，“你一个人来的？要不要我帮你把他扶下去？”

“不用。”女生摆了摆手，“江邻川跟我一起来的。”说完，她环视了办公室一周，“今天我爸又让你们干什么了？”

章述指着一旁的《建筑概论》：“给我们发书。”

“原来他是嫌你专业能力不过关。”

“嗯。”章述懒得和她拌嘴，“你说得对。”

对面的泰昌广场突然开始变换灯光，喷泉秀终于开场，温叶还能听见小孩子欢呼的声音。

像是接到了一个电话，女生把手机放在耳侧：“我刚找到章述，那你把车停在路边吧，我现在准备下去了。”说着她又突然转身，眯上眼睛打量了温叶一会儿，“学妹再见。”

射灯照进室内，红色的灯光打到章述桌面的观叶植物上，红绿相交，感觉又有些不太适配。他们对视了一会儿，直到大门关闭的声音响起，章述才打破这个僵局：“她叫谢佳予，是老谢的女儿。”

温叶把身体贴向椅背，拉远了和他的距离：“她也在烁林？”

章述说：“不在。”

温叶问：“为什么？”

章述说：“老谢嫌她专业能力不过关。”

温叶有点讨厌他模仿谢佳予刚刚开的玩笑跟她解释。

章述继续说：“她在甲方工作。”

温叶心不在焉：“嗯。”

温叶把头凑到落地窗旁盯着楼下的人群，不想再听章述说任何跟谢佳予相关的内容。

章述叫了一声她的名字：“温叶？”

温叶自言自语：“好可惜，我看不到水幕电影了。”

章述说：“水幕电影也没有什么好可惜的。”

温叶反驳：“可它是你童年的一部分。”

“但在我的人生里不是只有水幕电影。”章述一瞬不瞬地盯着温叶，像是在试图诱引她说出什么，“你还想知道什么关于谢佳予的事吗？”

温叶收回自己的视线：“她是你的前女友吗？”

章述摇头：“不是。”

温叶想了想，问：“你毕业晚会向她表白被拒绝了？”

章述叹了一口气：“我不是要跟她表白。谢佳予本科刚毕业就和我舍友结婚了，”他停顿了一下，“你应该见过他，他叫江邻川，是我这一届的院学生会会长。”

在这种时候温叶根本没有闲心去思考江邻川究竟是谁，问：“这是什么意思？”

章述抬起椅子，又坐得离她近了一些，他把问题抛了回来：“你说呢？”

温叶有些不自在：“章述，你离我太近了。”

章述索性蹲到温叶的面前，一言不发地看着她。在短暂的沉默后，他突然握住她的手腕，把她从椅子里拉了起来：“走吧，我们下去看喷泉。”

温叶完全没有观赏喷泉的心思，她的脑里一团乱麻，小孩子吵吵闹闹地从她身边跑过，让她突然觉得广场喷泉变成草坪也没有什么好遗憾的。

其实道城大学里也有着一片草坪。

章述他们班就在草坪对面的图书馆拍了毕业照。

当时温叶正陪叶知廉站在烈日底下调试机器，一抬头便看见章述捧着一束玫瑰花从图书馆侧面的小路匆匆跑来。

和章述一起踩点赶到的还有另一个男生，他倒是把学士服都穿戴整齐了，气定神闲地走在后面。

叶知廉也望了一眼，跟温叶说：“你看见章述后面那个人了吗？”

温叶把目光收回，回道：“看见了。”

叶知廉把相机固定到三脚架上：“这就是江邻川，近五年内我们学院唯一一个保研清华的人。”

“真厉害。”温叶又不着痕迹地往人堆里瞥去。

他们班的人三三两两地结对站着，章述举单手插兜，在一片起哄声中，把玫瑰花丢到谢佳予的手上。

他们走到喷泉池旁，温叶感觉只要自己伸出手就能摸到不远处的水花。

广场上的人很多,摩肩接踵,一个戴着口罩的男生从他们身边掠过,正试图挤出人群。

温叶往旁边挪了两步给他让出空间，但她一个趔趄，脚后跟撞到了池壁上，整个人不受控地朝后倒。

章述伸手揽住温叶的腰，温叶就这么撞进了他的怀里。四目相接，他们都从对方眼里捕捉到了许多藏在表象之下的情绪。

今天章述在衬衫外穿了一件牛仔外套，让人联想到了 20 世纪的迪斯科音乐。温叶不算矮，额头轻触到章述的下巴，喉结就处于她视线的正前方。

温叶看见章述喉结滚动，像是咽了一口口水。

“没事吧？”那个男生关切地问。

“没事。”温叶清了清嗓子，抓着章述的外套领子，借力站稳。

他抱歉地向温叶微鞠了一个躬：“不好意思，我急着去找人。”

章述冲他挥挥手：“她没事，你去吧。”

男生又说了一句“抱歉”，才转身继续往人群外走去。

喷泉秀随着男生的离去也来到了高潮，水柱随着播放的音乐而起起伏伏，散落的水滴缥缈而至，眼前是雾蒙蒙的世界。

目光越过水珠，温叶不自觉地盯着章述发呆。

直到章述与她的视线重合，她才匆匆望向喷泉池，此时的场景像是老电影中满含深意的空镜。莫名的情愫同水珠一道淅淅沥沥地坠落到他们身上，漫天水雾让她感觉自己回到了民航酒店前。

假如不趁着现在把所有事情弄清楚，温叶总觉得这个逻辑闭环上还存在着什么漏洞。

章述皱起眉，抬手帮温叶挡了一下：“我们还是站远一点吧。”

像是在和她商量，但温叶回过神来的时候，已经被他拉到了人群外层。

温叶拉住身旁的章述：“那你当时为什么要给她送花？”

“什么？”章述转头看向她。

“不是向谢佳予表白，为什么还要在拍毕业照的时候，给她送玫瑰花？”

章述微怔了片刻，然后嬉皮笑脸地问她：“你也喜欢玫瑰吗？”

温叶别开脸：“不喜欢。”

他点点头，像是在心中的备忘录里记下了什么：“那你喜欢什么？”

“喜欢风信子。”温叶说，“章述，你不要转移话题。”

章述转过身，说：“当时江邻川和谢佳予吵架了，我只是在帮江邻川送花。”他插着兜在温叶面前倒退着走，像是又想起了什么，“对了，还有，毕业晚会那次，谢佳予代表的是老谢。”

温叶轻轻地“哦”了一声。

章述说：“你别多想。”

她故作镇定地把碎发撩到耳后：“我没多想。”

“是吗？”他们走过斑马线，回到车旁边，“吴子衿可告诉我，有的人在毕业晚会之后就把我的朋友圈给屏蔽了。”

温叶暗自腹诽，她怎么会有吴子衿这种好友，这么明目张胆地在“敌我阵营”之间摇摆。

绕开章述，温叶自己打开副驾驶座坐进了车里：“谁啊？这么不识好歹，竟然敢屏蔽我们章大设计师。”

章述凑上前，拉过副驾驶座的安全带：“对啊，谁呢？”

他们就这么跑进了彼此的眼里。章述的瞳色比其他人浅一些，在路灯的映照下，褐色的潭水似乎正在掀起巨浪。温叶突然觉得自己不配参与宇宙的流动，全让给他吧，再把阿多尼斯的话改一改：我感受到了宇宙的流动，在你的眼里。

温叶看得有点出神，直到发现章述温热的鼻息打在自己脸上，才匆忙地把安全带抢了过来，然后神色紧张地望向窗外，回道："我不知道。"

章述退回位置上，给自己系了安全带，他语气夸张地叹了一口气："也就只有那个人会这么对我吧。"

温叶俯身调控着车内的控制面板，她的心情变好了不少，又起了跟章述开玩笑的心思："那个人是个什么样的人呢？"

章述把车从车位里开出去："是一个脾气很差的人。"

浏览到WAV的《It's 4 Am I'm Lying Here and Thinking About You（现在是凌晨四点我正躺着想你）》时温叶点击了播放，她靠回椅背上，反问章述："她脾气很差吗？"

"嗯。"章述点了点头，"脾气很差，她还有很多毛病。"

"有什么毛病？"

他趁着红灯，把手搭在副驾驶的椅背上问："你很想知道吗？"

温叶开始后悔自己率先开启了这个话题："你说说。"

章述轻踩了一脚油门，转过头望着前方："喜欢撒谎。"

"……"

"喜欢在没搞清事实的情况下诬蔑别人。"

"……"

"喜欢暗自承担很多不属于自己的责任。"

"……算毛病吗？"

"这不重要，"章述用余光瞥了眼温叶的反应，"最重要的是……"

"是什么？"

"她还很喜欢吃醋。"

温叶下意识地问他："我喜欢吃醋？"

章述故作震惊："原来这个人是你啊。"

温叶手忙脚乱地掏出手机："不是我。"

"温叶。"他笑了笑，"你当时看不出来我在追你吗？还有现在。"

温叶点点头："嗯。"

章述感觉温叶的反应跟自己设想中的不太一样："'嗯'是什么

意思？”

温叶说：“我知道了。”

章述问：“之后呢？”

温叶转过身看他：“你都没有表白我能回应些什么？”

章述停顿了片刻，像放狠话似的：“那你等着。”

温叶忍俊不禁：“我等着了。”

3

松屏路两侧的街景飞快掠过，章述把天窗打开。路旁的桂花树开了满枝丫的花,秋风挟带着飘下的桂花灌了进来,正好落到章述的头上。

温叶伸手把它拿了下来，像是在摘一朵花。

章述问：“怎么了？”

温叶说：“刚刚有朵桂花落在了你的头上。”

章述打着转向灯，轻车熟路地沿着辅道拐进了邮职院里：“桂花的花语是什么？”

温叶掏出手机搜了一下：“丰收和吉祥美好。”

物业换上了新的路灯，白炽灯把整条路照亮，温叶只要侧过身就能看清章述脸上的每一分神情。

他正弯起嘴角笑：“还挺喜庆的。”

章述把车停在运动器材旁，跟着温叶一起下了车。仰卧板旁边的沙池里立着一个秋千架，章述将温叶拉了过去，让她坐在秋千上。

温叶抬起双腿，荡在空中：“明天下午交流会联排。”

“那我明天来接你去吃午饭。”

“你明早有工作吗？”

“没。”章述掏出手机定了一个闹钟，“不过我打算去找江邻川谈点事。”

温叶问：“关于北流半岛？”

“嗯。”章述仿佛若有所思，“江邻川对乐达内部有一定的了解，那个副总还是他的堂哥。”

温叶突然从秋千上跳了下来，凑到他的面前："所以《We fell in love in October》是唱给我的？"

章述把手机收好，反问她："'校园歌手'在几月？"

温叶说："十月。"

章述点头："嗯，in October（在十月）。"

望着章述澄澈清明的眼睛，温叶开始懊悔自己的优柔寡断让他们错过了这么多年。她曾经无数次抽丝剥茧，试图复盘毕业晚会当晚的情况，却没想到一切都是自己闹的乌龙。

为了不辜负章述这双漂亮的褐色眼睛，温叶想抓住现在。

邮职院里也种有桂花树，浓重的花香味钻进了鼻子里，她踮起脚，故意将章述的头发揉乱。

章述把温叶拉到了自己怀里，问她："我可以抱一下你吗？"

温叶搂过章述的腰，抬起头看他："你已经抱着了。"

"我只是想询问你的意见。"

"然后不管我是否同意？"温叶笑了一声，"章述，你好狡猾啊。"

章述重复着她的话："对啊，我好狡猾。"

冲着他眨了会儿眼睛，温叶把双手搭在他的肩膀上："那我可以亲一下你吗？"

章述有点不敢相信自己听到了什么，他感觉自己终于看到了这场角力的终点。

他说："当然可以。"

温叶顺着肩膀将手攀了上去，一个吻也随之落到了章述的下巴上。

动作轻柔得像是一根羽毛在脸上挠他的痒痒。

感受到嘴唇的离开之后，章述把她抱起来放到秋千上，自己则半跪在沙池里，静静地注视着她。

温叶再次伸手环住了他的后颈，他们离得很近，近得足以感受对方的鼻息。

足以共享彼此心中那一分旖旎。

捧起温叶的脸，章述的视线从上至下分别扫过她的眼皮、鼻尖还有嘴唇，而后他的吻也沿着规划好的轨迹依次落下。

章述撬开温叶的牙关，把手伸到她的脑后，他们共享着这一个满是蜂蜜蛋糕味道的吻。

不知道过了多久。

直到路过的车灯把他们的身影拉长，章述才将温叶松开。

秋千被风吹得一荡一荡的，他们之间的距离也时远时近，章述伸手搂住温叶的腰，把脸埋在她的颈窝。

呼吸声清晰地从耳侧传来，温叶问他："你这么跪着不累吗？"

"还好。"

章述停顿了片刻，他小声告诉温叶：

"现在也还是十月。"

"We fell in love in October."

温叶把目光从章述的后背上收回，用手拨弄了一下他的头发："你有白头发了。"

"章述，你老了。"

章述无可奈何地笑了一声，像是在笑她现在还有工夫关心这些事情。他把温叶一起拉了起来，然后弯腰凑到她的面前："那你帮我把它拔下来。"

他的头发细软不好控制，温叶费了好大力气才把白发拔了下来。章述直起身子凑近看了一眼，他眨了眨眼睛，又把它抢过来借着路灯继续打量。

"这明明是黄发。"章述做下结论。

"是吗？"温叶扁起嘴，"章述，完蛋了，你喜欢的人是个色盲。"

章述搂过温叶的肩膀，单手打开后备厢把她的行李拿了出来，他笑着说："没事，还有救，我们要相信医学。"

车一直没有熄火，音乐顺着天窗飘进温叶的耳朵里，随机播放正好放到了他们白天听过的《I know you know I love you》。

温叶掏出手机通过蓝牙把音乐的音量调高，像是提前设下的伏笔，在这一刻终于得已呼应。

温叶从他怀里钻出来，逆着风把碎发往一侧拢，问："你要上去坐坐吗？"

章述笑着伸手帮她把头发一一理顺："我就不送你上去了。"

"那明天见。"说完，温叶踮起脚又亲了亲他的喉结。

趁着他还没反应过来，温叶拿起自己的行李快速跑进了楼道里。她站在楼梯上，回头看着愣在原地傻笑的章述。

温叶：【我等着你的表白。】

回过神，章述盯着温叶上楼的身影。

章述回复了一条两秒钟的语音过来。

温叶在安静的楼道里点击了播放，伴随着《I know you know I love you》的背景音，她听见章述说了一句："好，晚安。"

跟温叶道别之后，章述又开着车在松屏路上转了几圈，眼看着时间不早了，他才回到了山汇花园。座椅被他调低，车载音响的播放方式被他换成了单曲循环。

假如每对恋人都应该由一首 love song（情歌）来概括的话，章述还没想好那首能准确描述他和温叶的歌。

章述倚靠在椅背上，就着停车场灰暗的灯光翻看通讯录，他想和阿廉分享，但又想跟温叶多说几句话。

天窗还开着，越过它，章述看到了一轮弯月，稀疏的星星被点缀在一旁。

他拨通了温叶的电话。

原来秋夜也这样令人沉醉。

"温叶。"

“嗯？”温叶注意到了他这边的引擎声，问，“你还没回到家？”

“没。”章述打开了一罐刚买的啤酒，“我在停车场看月亮。”

温叶笑了笑：“你打电话给我就是要跟我说这个？”

章述拿起易拉罐喝了一口：“我想邀请你跟我一起看月亮。”

“好啊。”温叶从床上起来，趿着拖鞋跑到客厅贴着窗玻璃往天边看，“外头风大吗？”

章述把车窗打开，伸手出去感受了一下：“还好，但可能你会觉得冷。”

“那算了，我还是乖乖待在室内吧。”

章述重复着她的话：“你还是乖乖待在室内吧。”

温叶把放在沙发上的毛毯披在身上：“你能看见离月亮最近的那颗星星吗？”

“是东南方向的那颗吗？”

温叶理直气壮：“我分不清东南西北，是左下角那颗。”

章述无可奈何地笑着：“我看到了。”

“它叫伴月星。”

“它不是金星吗？”

“你怎么这么不浪漫。”温叶踢开拖鞋光着脚跑去拿了一罐啤酒，她故意把听筒放在一旁，让章述听见拉开拉环的声音，“干杯，章述，敬你的不浪漫。”

章述笑了笑，他拿起易拉罐撞向手机：“干杯。”

戴上蓝牙耳机，温叶盘腿坐在地毯上，举着手机拍月亮。其实今晚的月亮没什么特别之处，但温叶觉得它在这个时刻出现就是值得纪念的。

温叶收起手机，她不知道月亮窥探到了多少。

她在心里想，月亮啊月亮，你会不会在照亮夜空之余发现了我们的这个吻，抑或是不是早就看穿了我们心照不宣的内心。

思绪回笼，温叶听到章述问了一句：“你现在在干吗？”

“我在和你一起看月亮。”

4

第二天早上，温叶是被吴子衿吵醒的。

昨晚温叶和章述一边喝酒一边漫无边际地聊天，将近零点的时候，章述还用车载音响放伴奏给她唱了几首关于月亮的歌。

在那之后，章述切断蓝牙，拉着温叶一起听交通电台的播音员播报天气。

借助信号塔，播音员告诉他们近期有寒潮自北南下，道城也将由此入冬。

但温叶关于天气预报的记忆都被章述最后说的那句“冬天快乐”给覆盖，直到吴子衿走进卧室，她才从吴子衿身上抖落的寒气中直观地感受到了寒潮的到来。

吴子衿双臂抱胸坐到床边，她扫了一眼睡眼惺忪的温叶：“说说吧。”

“吴子衿，”温叶把头埋进了枕头里，“你昨晚已经让我复述了不下三遍。”

“是吗？”

温叶没好气地说：“是的。”

她偏过头开始抠起了指甲：“我只是关心关心你。”

“谢谢你啊。”

“所以《意难忘》真的要迎来大结局了？”

温叶从床上坐了起来，趿拉着拖鞋往厕所里走：“我还没找你算账呢，你怎么什么事都跟章述讲。”

吴子衿也跟了过来：“我可是僚机，假如没有我526集的电视连续剧怎么可能这么快完结。”

温叶一眼就看穿了她：“阿姨最近是不是又在家里回顾《意难忘》了？”

吴子衿站在温叶旁边摆弄着她的化妆品：“你可真了解我妈，她前段时间还看完了93版的《包青天》。”

“《包青天》多少集？”

"41 个单元。"

温叶重复着她的话："41 个单元？"

吴子衿依次比着"2""3""6"的手势，语气夸张地说："236 集。"

温叶拿起杯子漱了一口水："阿姨可真厉害。"

"你千万别当着她的面这么说，我的人生无法承受过多的《意难忘》。"她抓起温叶的一支唇釉，"我试一下色。"

温叶含着泡沫："你试吧。"

吴子衿不经意地说："对了，我告诉你一个事。"

"什么事？"

吴子衿把嘴上的口红卸掉，慢悠悠地开口："陈天浩向我告白了。"

温叶从镜子里瞥了她一眼："然后呢？"

"我拒绝了。"

温叶不置可否地点了点头。吴子衿本身就是一个喜欢遵循自我步骤的人，她不会因为外界的看法而在某个时间点选择随大流去做一些事情。

裸辞并不明智，但吴子衿下定了决心，将自己从律所抽离的时候就会比法海还恶毒心肠。

而结婚也不是她人生日程表中的头等大事，不喜欢就是不喜欢，姑且一试也对陈天浩不公平。

她很无情，很自我，同时她也很清醒、很真实。

吴子衿借着镜子观察唇釉颜色跟自己妆容的适配性。

"又不是非得所有人都配平了才能称得上是 happy ending（幸福结局）……"她话还没说完就被一阵敲门声给打断。

吴子衿拦下想去开门的温叶，边喃喃边往外走："应该是我点的早餐。"

而当她打开房门，抬头看见章述站在门外的时候，她的脸上闪过了一分"你怎么在这里"的疑惑。

"是你的外卖吗？"温叶的声音从厕所里传来出来。

吴子衿不怀好意地打量着章述，张口说道："是你的外卖。"

"早。"章述和吴子衿打完招呼便绕开了她，从鞋架上取下温叶新买的男式拖鞋，他抱着外卖纸袋走到厕所门口，"是我。"

温叶有些惊讶："你上午不是要去找江邻川吗？"

章述今天穿着豆绿色西装，手里还拿了一件长款风衣外套："我刚刚和江邻川去找了乐达地产的董事长。"

"谈北流半岛的事？"温叶弯腰把用完的洗脸巾丢进垃圾桶里，伸手接过他怀里的纸袋。

"没谈。"章述跟着她走到餐桌前，"设计方案还没成型，我们只是去混个脸熟。"

温叶把早餐从纸袋里拿出："你们干什么了？"

章述松了松领带："凌晨六点起床去茶馆喝茶。"

听他说完，温叶和吴子衿对视一下笑了出声，但为了表现出对准男友的关心，温叶还是强忍着笑意说了一声："辛苦了。"

章述笑着掐了下她的脸，像是在生气她的幸灾乐祸。

"对了，"他伸手把风衣挂到衣帽架上，"我刚刚好像看见陆继杨在门口贴着便笺说有事外出？"

"我也看到了。"吴子衿从沙发上站起来，随手拿起一袋蛋糕，"这简直就是在说：'我家没人，小偷速来。'"

章述在温叶旁边坐下，伸手搭在她身后的椅背上。

吴子衿清了清嗓子："虽然我是僚机，但你们能不能在我面前装下陌生人，"她伸手抱住了自己，又掐了掐自己的脸，"你们这样那样的，我不太习惯。"

"好的。"温叶转身把章述的手推开，故意恶狠狠地盯着他，"我们是陌生人。"

章述配合她，拖开凳子坐在一旁，随手拿起桌面上的景观杂志翻阅起来。

"算了，"吴子衿摆了下手，认输，"场面更诡异了。"

吃过午饭，吴子衿和他们一起回到了道城大学。

跟温叶、章述不同，毕业之后吴子衿跟学校的联系并不密切，看着路旁张贴的校庆宣传和朝气蓬勃的学弟学妹们，她竟然觉得有些新奇。

章述开着车驶过了文化广场，他问吴子衿："你打算去哪儿？"

打开班群，吴子衿发现上一条消息还是舍友在两个月前转发的养生推文："送我到法学院门口吧。"

"我们联排结束了再去找你？"温叶转过身问她。

吴子衿摇了摇头："不用，我等会儿自己回去就行。"

法学院在逸夫楼里。

这是一栋建造于二十一世纪初的教学楼，去年重新翻修，老旧的绿色遮光玻璃被换下。现在站在学院外，透过玻璃还能看见里头的窗帘花纹。

而吴子衿就读的小学里也有着一栋逸夫楼，每天放学之后，她会和同学跑到一楼中庭玩"三二一木头人"，然后在那等待何修远来接她回家。

法学院前有一小段林荫步道，章述把车停在转角，吴子衿解开安全带正要开门下车的时候，突然在树影中瞥见了一个熟悉的身影。

他穿着灰黑色的定制西装，手提公文包，站在逸夫楼门口低头看了一眼手机。

像是注意到了吴子衿的异样，温叶顺着她视线的方向看去。

上天总爱开玩笑。

避之不及的人就这么出现在了他们面前。

温叶拍了一下章述，让他把车开走，然后转身向跟吴子衿建议："你还是跟我们去彩排吧，看不见你我会紧张的。"

吴子衿把目光收回，攥着手机的手也收紧了几分："好啊。"

知行桥的两边挂满了彩旗，穿着黄马甲的学生会成员用推车拉着音响往田径场方向走去。看着他们，温叶回想起自己和吴子衿在学生会里工作的样子。校园歌手决赛的前一天晚上，她们这是这样从学生会办公室到大礼堂，一遍又一遍地运送着物资。

完成工作后，温叶用电动车搭着吴子衿从桥上飞驰而过。在寒潮来袭的深秋，她瞥见穿着短袖的章述正倚靠在栏杆旁发呆。

电吉他被随意地背在背后，他像是一个颓唐的艺术家。

温叶在歌单里找到了陈珊妮的《战神卡尔迪亚》，她看向正在开车的章述，现在一丝不苟的他似乎跟记忆中的样子相悖，可实际上他们又是一体的。

他就像是《战神卡尔迪亚》这首歌，既激烈又温和。

吴子衿摇下车窗，看着湖面开玩笑："好想下去游泳。"

章述把车停在路边："我们可不会拦你。"

吴子衿大叫："章述，你过河拆桥。"

章述下车看着身后的知行桥和身旁的温叶："我确实已经过河了。"

停好车，他们轻车熟路地从大礼堂的侧门走进后台，后台通道还是像印象中那样拥堵热闹。除了温叶和章述，今天其余节目都是带妆彩排，建院的女生很少，顾珏特地邀请了校舞队的成员来做开场秀。

绕开人群，他们去到了位于大礼堂二楼的休息室。

休息室里堆放着很多表演道具，章述甚至在杂物堆里翻找到了多年前遗漏在这里的拨片盒。

章述习惯在演出结束后把拨片丢给现场的观众，除了最初学琴时用的，其余拨片待在他手里的时间都不长。

温叶打开窗户，挥着手散灰尘。

章述靠在窗框旁，他把拨片盒收进口袋里："我在你家里看到我初学吉他时的拨片，"他顿了下，继续解释道，"给你盖毛毯的时候碰巧看到的，你没有关上抽屉。"

温叶大方地承认："因为我很喜欢这个礼物。"

不远处的田径场也在进行着彩排，有人用麦克风说着"一，二，三，四"调试话筒，日光从室外照了进来，灰尘在光线下无所遁形。

吴子衿从包里掏出拍立得，她打开后盖，换上温叶喜欢的相纸，然后把相机举了起来，眯着一边眼睛冲着他们说："看镜头。"

透过取景框，吴子衿看见章述伸手把温叶揽进了自己的怀里，温叶下意识地望向他，两个人就这么对视着傻笑。

恋爱真好啊。

吴子衿还记得温叶收到拨片的那天，在临近熄灯的时候，跑来敲响了她的宿舍门，激动地跟她分享这个消息。

"你说，他是不是有点喜欢我？"站在三楼转角的阳台，温叶这样问她。

吴子衿有过几段恋爱经历，她回忆起自己的前男友们，再将他们和章述一一对比，说："应该吧。"

吴子衿问："你很喜欢章述吗？"

温叶点头："嗯。"

吴子衿问："为什么？"

温叶说："我也不知道。"

温叶喝了一口可乐，掰开手指分享她所知道的章述："他怕老鼠，还怕爬虫类动物。"

吴子衿看着她，让她继续说下去。

"不管日语说得多蹩脚，他都喜欢在 KTV 里点日文歌。"

"他今天戴了一顶很丑的毛线帽，还穿着花哨的橘黄色摇粒绒外套。"

"他的说话的速度很快，喜欢讲些只有在乎他的人才会同意的歪理。"

……

喜欢这件事可真奇怪，温叶明明就是在罗列章述的缺点，却又像楼下那对正在吻别的情侣一般动情。听着她的话，吴子衿莫名其妙地联想到了何修远，说："可能喜欢就是没有道理的吧。"

温叶将可乐放在一旁，把拨片放进一个玻璃瓶里，小心翼翼地，像是在保护着自己心中的小鹿："可能喜欢就是没有道理的吧。"

所以章述来找她的时候，吴子衿也问了他同样的问题。

吴子衿：【你很喜欢温叶吗？】

章述：【嗯。】

他的答案跟温叶一模一样，他们都没有对这个“嗯”多做解释。

吴子衿：【为什么？】

章述：【就是喜欢。】

章述：【喜欢是没有办法解释的。】

当时，吴子衿看着手机屏幕笑了出声。

从她的角度来看，章述跟温叶真的很像，他们总爱拐弯抹角地表达喜欢，明明全世界都知道他们喜欢对方，但又总是相互试探，不敢向前多迈一步。

“咔嚓！”

吴子衿摁下了拍摄键，时间好像也就此定格。

她把相纸递到温叶的手上：“你们看看。”

温叶摇了摇相纸，想让它快点显现出来：“我们刚刚好像都没有看镜头。”

“没事。”吴子衿跑到窗口，看着楼下的湖景，又举起相机拍了一张，“我保证好看。”

顾珏敲了敲门，打断他们的对话：“学长学姐，彩排准备开始了。”

还没等相纸完全显像，温叶就把它收进了上衣口袋，她拿起打印好的主持稿：“我们现在下去。”

第九章
/
现在，太阳还没有消失

1

在章述出差的时候，温叶跟他打着电话对过几遍主持稿。整场交流会他们出现的频率并不高，介绍优秀校友的环节还由王诚主任亲自上场主持。

现场修改完几处串词之后，王诚就允许他们先行离开了。

顾珏站在王诚身后冲着他们瘪了瘪嘴。

吴子衿看起来心情好得去拍了下他的肩膀，还怪声怪气地说了句：“学弟再见。”

但她表面上的好心情在走出礼堂大门的瞬间就消失了。

吴子衿接到了一个电话，温叶看着屏幕上显示的“Boss（老板）”，开始疑惑何修远怎么总是阴魂不散。

吴子衿把手机举到耳边，又指了指湖边，示意自己要去接个电话。

章述的观察力向来敏锐，他压低了声音问温叶：“刚刚在法学院门口是怎么回事？”

“我们看到何修远了。”

他指着吴子衿的方向："所以这也是何修远的电话？"

温叶点了下头。

章述说："我记得他还是在道大读的研究生。"

"嗯，估计何修远今天也是为了校庆的事情回来。"温叶看见吴子衿收起了手机，她提醒着章述，"等会儿别提起他。"

吴子衿走回他们面前，从温叶手里接过自己的单肩包："何修远说要跟我一起吃饭。"

温叶和章述交换了一个眼神，他们都想要征求对方的意见。

吴子衿清了清嗓子："我已经答应了。"

温叶："怎么回事？"

"我刚刚告诉他，我会在下个月离开道城，他说要请我吃餐饭。"

说完，她转身往知行桥对岸走。

温叶跟了上去："你一个人可以吗？"

吴子衿让温叶放宽心："没事，这只是一餐普通的散伙饭，我们团队的其他人也会来。"

"那你晚上到家了给我打电话。"温叶朝着她比了一个电话的手势。

"好。"她挥了挥手，然后打开面前一辆轿车的后车门径直坐了进去。

其实温叶见过何修远几面。

从外貌看，他并没有实际上这么难懂，而他对于吴子衿来说也远不止邻居家哥哥这么简单。

吴子衿生长在单亲家庭，由母亲单独抚养长大。

吴子衿不怎么提起父亲，在温叶模糊的印象中，吴子衿说过他在离婚不到半年的时间里就跟公司同事重新组建了家庭。尽管他多次申明自己没有婚内出轨，可这免不了让人浮想联翩。

不过吴子衿并不在意这些，没体会过父爱滋味的她拥有着何家的关怀。

小时候，何修远会在放学之后顺路把吴子衿接回家。大一还会陪着她来学校报到，到后来，他哪怕工作再忙也没缺席过一次她参加的模拟法庭。

每每代入何修远的角色，温叶都觉得自己不会为了一个邻居家的小孩做到这个程度。太体贴、太亲密了，亲密到不像是他们以为的亲情，而是男女之间的爱情。

最开始温叶还以为，他们迟早会把这层纱挑开，但何修远一直以来的摇摆态度让她这个旁观者都有些看不明白。

毕业典礼的时候，建筑学院和法学院的位置连在一起，温叶特地和后排的同学换了位置，坐到吴子衿旁边。

“你看到了吗？”吴子衿伸手往前排指了指，“Boss 在那里。”

温叶戴上眼镜望了一眼，她看见何修远正在和法学院的教授讲话。

“看到了。”温叶把眼镜摘下，问，“你妈呢？”

“没来。”吴子衿从温叶手里拿过她的作品集，“她说她走不开。”

温叶安慰道：“我爸妈也没来。”

“没事，等会儿还有 Boss 可以给我们拍照。”吴子衿随手翻了几页，目光扫到致谢部分时，她的动作停滞了片刻，“这个章述是我认为的那个章述吗？”

“是。”像是游戏里的隐藏 NPC 一开局就被玩家找到，温叶哭笑不得，“不然还能是谁？”

吴子衿瘪了瘪嘴，故意说道：“都没有我的名字。”

温叶笑着向她解释：“毕竟他的笔记给过我很多帮助。”

吴子衿把作品集合上：“说起来，章述好像回国了。”

温叶眯起眼睛看着舞台上正在给学生拨穗的校长：“是吗？”

“你没看见他前几天发的朋友圈？”吴子衿顿了下，“不好意思，我忘记你已经屏蔽他了。”

听见法学院的学工组主任正在招呼他们过去，温叶故意忽视吴子衿说的话：“你们该过去排队了。”

吴子衿站起来弯着腰往过道走，走了几步又转过头对温叶说：“等会儿我在台下等你。”

温叶冲她比了个“好”：“我下了台就去找你。”

不过一会儿，刚离席的法学生们就引起了全场欢呼。排头举牌的男生戴着TVB律政剧里的律师假发要宝搞怪，其他人穿着律师袍浩浩荡荡地往舞台方向走去。

跟排列整齐的队伍相比温叶的心里一团乱麻，在这样吵闹的环境下，她的理智开始变得有些捉襟见肘。

她转头看向前排跟人打闹的叶知廉，突然很想过去问问，章述回国之后有没有想过回来道城大学找她。

“温叶同学，祝你毕业快乐。”

台下的摄影师们开着闪光灯抓拍每个学生毕业的瞬间，接过校长递来的毕业证书后，温叶还听见吴子衿扯着嗓子大喊了几声她的名字。

体育馆里的灯光刺眼，冷气供应不足，室外的热浪还从出口处径直打了进来。下台阶的时候，热风险些将她的学士帽吹落，温叶皱起眉向出口瞥去。

视线越过人群，她发现有一个人正插着兜站在那里。

那个人的身影很眼熟。

眼熟到她下意识地眯起眼睛想要确认自己心中的猜想。

“温叶，”吴子衿突然挡在她面前，“你看我刚刚给你拍的照片。”

温叶来不及解释，往旁边挪了一步。明明只耽搁了几秒钟，再望向出口的时候那个人就已经不见了。

吴子衿也转身望了一眼：“你在看什么？”

“没什么。”温叶把视线收回，看见照片上的她正拿着作品集和毕业证书穿越人群，学士服被风吹动，而她的目光落在了取景框之外的地方。

温叶想了想又再补充：“我就是觉得你们学院那个人还挺好玩的。”

“他啊，他叫梁萧，我们班学习委员。”吴子衿把手机丢到何修远的手上，然后拉起她的手臂，“走，我带你去找他合照。”

为了融入校园，何修远特地穿了一件球服来参加毕业典礼，梁萧瞥见他的时候还开玩笑地问了一句："吴子衿这是你的谁？"

吴子衿笑嘻嘻地说："这是我助理。"

建筑学院的毕业晚会安排到了晚上，下午是自由活动时间。园林（1）班的班委在附近的餐厅定了包厢吃散伙饭。

大学比不上中学，走班制让大家很难建立起深厚的感情。不过他们班班委的主意很多，时不时会召集大家出校活动。温叶换完衣服去到那里的时候，位置已经被人占得差不多了。

看见她进来，叶知廉举手喊她过去坐自己身旁的空位。

"你怎么才来？"叶知廉问她。

温叶把包放在身后："刚刚我带着吴子衿他们去礼堂看了毕业展。"

叶知廉给她倒了一杯可乐："他们？"

"她和何修远。"

叶知廉"哦"了一声，吴子衿向他们介绍过何修远，这个名字他听着并不陌生："他们在一起了？"

温叶摇了摇头："还没。"

"那我感觉可能今后也不可能了。"叶知廉把一盘青椒鱼转到了他们的面前，"这个好吃。"

温叶伸手夹了两片鱼片，问他："为什么？"

"何 par（合伙人）今年都三十三岁了，他的生活里哪还有什么空间容纳风花雪月。"

温叶不太明白："什么意思？"

"之前一起吃饭的时候，我能感觉到他对吴子衿的喜欢，但这种感情又很克制，就好像已经认定了他们之间毫无可能，所以没有半点想要发展的心思。"叶知廉停下来吃了一口饭，"对了，你刚刚在展馆里碰见章述了吗？"

温叶愣了愣，那个人果然是他，问："他也在礼堂？"

"嗯。"叶知廉点头，"这个人毕业典礼看到一半就发信息跟我说要过去逛逛。"

"那他现在在哪儿？"

“回家了吧，”叶知廉开玩笑，“我总不能喊他过来一起吃散伙饭。”

温叶拿起杯子喝了一口水，掩盖自己的失落：“确实是。”

“吱——”

突然响起的振动声将温叶从两年前的毕业聚餐上拉了回来，她抓起桌面上的冻柠茶喝了一口，发现那个在毕业典礼上突然出现又突然消失的人正坐在她的对面。

温叶收拢飞散的思绪，掏出手机，看到吴子衿刚发进来的信息。

吴子衿：【我到家了。】

吴子衿：【陪我一起去参加婚礼吧。】

接下来的几天吴子衿一直处于半失联的状态，温叶发的信息大多都需要等待四五个小时才能收到她的回复。吴子衿的反常表现，让温叶不敢确定她的心情是好是坏，更找不出一个适合的时机去问清楚那餐饭到底发生了什么。

直到校庆的前一天。

吴子衿背着一个65升的登山包风尘仆仆地敲开了温叶的宿舍门。

她一进门就拿起温叶放在桌面上的矿泉水喝了一口：“先让我缓一缓，等会儿我再告诉你，这几天我都去干吗了。”

温叶伸手把手机从上铺拿了下来，她拖开一把椅子坐下，看着吴子衿站在原地大喘气。

“我刚下飞机。”

温叶问：“你去哪儿了？”

吴子衿把系在腰间的冲锋衣解下：“去了一趟莫高窟。”

温叶感觉她说得像“我回了一趟家”一样简单，问：“你去莫高窟干吗？”

“我大彻大悟了。”

“……说人话。”

“之前我跟何修远去甘肃的时候碰上了强沙尘，莫高窟停止对外开放，”吴子衿坐到另一把椅子上，“这是那趟旅途唯一的遗憾。”

温叶问：“所以你们一起去了甘肃？”

“没，我自己去的，”吴子衿又喝了一口水，“去弥补遗憾。”

“嗯？”

“现在我彻底放下了，应该是他后悔没有选择跟我一起看壁画，不过，无所谓，我自己一个人也能看。”

温叶点了点头，她明白这句双关语背后的意思，独立成熟的吴子衿已经不像小时候这么需要何修远了。

吴子衿继续说了下去：“那餐饭确实是我们团队一起吃的，不过散场之后我找何修远单独说了几句话，我问他到底有没有喜欢过我。”

“他怎么回答？”

“他说有，但他觉得我和他不合适。”吴子衿停顿下来，耸了耸肩，“那我也只好祝福他。”

昨晚下了一场雨，温叶和章述原本打算去露天表演的现场凑热闹，他们穿着一次性雨衣刚找到位置坐下，彩排就因为雨势太大被迫取消了。

这场雨一直延续到了现在，尽管雨势已经缓和了不少，但细雨还是打湿了吴子衿的登山包。温叶从纸盒里抽了几张纸递给她，又站起来去把窗帘打开。

吴子衿把登山包擦干净之后，从里头拿出了一套换洗的衣服：“我今晚跟你一起睡，”她瘪了瘪嘴，“借我饭卡。”

温叶把饭卡放到刷卡器上看了一眼热水余额，只剩六毛钱：“最近饭卡缴费系统崩溃了，你等会儿，我下楼充个热水。”

吴子衿抄起了一件外套披温叶在身上：“我跟你一起去。”

充热水的机器在小卖部附近，路途不算远，她们把卫衣的兜帽戴上就走进了雨里。

正好是晚课下课的时间，路上来往的行人很多，有人骑着自行车从他们身边经过。学校到处都挂着校庆的宣传标语，往体育馆方向看去还能看到不断变换的灯光，小卖部门口贴着海报，说校庆期间全场九折。

五年前，她们也参与筹备过道城大学的九十五周年校庆，但那次远没有这次百年校庆的声势浩大。

那时候，温叶和吴子衿被安排到门口检票，学生们在田径场外排着长龙，为了维持排队秩序，温叶还在队尾举着“在此排队”的纸牌。

吴子衿向何修远借了两个望远镜，演出开始之后，她们就坐在检票处看完了整场晚会。后来看着观众离场，灯光熄灭，工人开始拆舞台的钢筋脚架，明明全程参与，但这种无法沉浸其中的狂欢又让她们觉得自己与校庆无关。

毛毛雨落在镜片上，温叶伸手胡乱抹了一把：“顾珏给我跟章述各送了两张晚会的门票。”

吴子衿问她：“顾珏是谁？”

温叶愣住：“你上次还拍了人家的肩膀。”

“那个……”吴子衿调起那天的回忆，“你们学院的文娱部部长。”

“对，明晚一起去看吗？”

吴子衿挽过温叶的手臂，看了她一眼：“当然去，终于轮到我们当观众了。”

雨后的泥土气味也没有盖过宿舍区空气中弥漫的沐浴露香，小卖部旁边停着很多共享单车，有人刚扫了开锁的二维码，一声开锁提示音插入了人们的交谈声中。

吴子衿感叹：“大学校园原来是这样的。”

温叶笑着说：“你才毕业多久啊。”

“两年。”吴子衿顿了下，“突然有点想继续读书。”

排到充热水的队伍末尾，温叶跟吴子衿建议：“那你干脆考研回来读研究生吧。”

吴子衿的眼睛乱转，像是进入了大观园：“让我想想，但近几年法硕都太卷了，我可没有二战的勇气。”

温叶拿饭卡戳了下她的手臂：“没事，你还有一年的复习时间。”

吴子衿把饭卡抢了过来："你就是想让我当你学妹吧。"

温叶嬉皮笑脸："被你发现了。"

吴子衿熟练地点击着显示屏让饭卡里充了五十块钱的热水，道城大学的热水收费还算合理，跳数很慢，五十块钱足够她们使用一段时间了。

小卖部旁边还有一个移动的夜宵摊，像是夜晚才会出现的深夜食堂，品种不算多，只卖着烧烤和关东煮。吴子衿拿纸起碗挑选了一些丸子和豆腐泡，她问温叶："你想吃什么？"

温叶摇摇头："我不吃了，明早交流会全程录像，我怕脸肿上镜不好看。"

"那你就看着吧。"吴子衿故意在温叶面前吃了一大口，嘴巴变得鼓鼓囊囊的，"你明早得多少点起？"

温叶把手机闹钟调出来伸给吴子衿看："六点。"

在等着吴子衿把关东煮吃完的时间里，温叶看了一眼明天的天气预报，上面显示明天的天气是小雨转晴。站在屋檐下，她们一起打量着这一场雨，它看起来有些不合时宜，却又在合时宜的时间点停止。

吴子衿联想到自己对于何修远的感情，她加快了自己咀嚼的速度，用力将纸碗丢进了垃圾桶里。

然后她默默决定。

就让这段感情随着这场雨一起停止吧。

2

吴子衿睡得很早，习惯了她在睡前叽叽喳喳和自己分享八卦的样子，温叶突然有点不太适应。雨在接近零点的时候便偃旗息鼓了，但外头杂音并没有随之停息，推车经过柏油马路时和地面的碎石摩擦发出"轰轰"的响声，各个部门都在为校庆做着最后的准备。

不知道是受到什么的影响，这一觉温叶睡得并不踏实，在梦到自己上台忘词之后，她就被吓醒了。她从枕头下摸出手机，时间刚过了五点半。

温叶的宿舍离楼梯很近，陆陆续续听见有人上下楼梯，回笼觉是睡不成了。绕开吴子衿，她轻手轻脚地下了床，然后给章述发了一条信息。

温叶：【我醒了。】

章述：【在买早餐。】

他配了一张早餐铺的照片。

章述：【你想吃什么？】

温叶放大图片扫了一眼上头的菜单：【你吃什么我吃什么。】

章述：【好！】

章述：【应该十五分钟后就能到你宿舍楼下。】

温叶：【好。】

章述：【我昨晚买了一双棉拖鞋放在车上，你可以不用自己带了。】

今天主持，温叶要穿一条长至曳地的白色礼服和一双八厘米高的细跟高跟鞋，走路很不方便，试穿的时候还需要章述扶着她才能上下楼梯。

洗漱完毕从厕所里出来，温叶发现吴子衿正坐在床上睡眼惺忪地看着她："你现在就要出门了吗？"

"嗯。"温叶压低了声音，"章述已经到楼下了。"

"我等下去哪二找你？"

温叶想了想，说："去建院一楼的会议室吧，九点半之前大礼堂有个开幕式，我们不能用那里的化妆间。"

"行，"吴子衿又戴上眼罩躺了下去，"那我睡醒了再联系你。"

"你睡吧，等会儿见。"

说完，温叶拿起衣服防尘袋跟托特包就走出了宿舍。

外头还是一片漆黑，月亮的身影清晰可见。

一楼大厅的黑板被写上了"欢迎回家"几个大字，几个穿着黄马甲的学生会成员拎着早餐从一食堂里匆忙地跑了出来，章述接过她手上的东西。

上了车，温叶瞥见章述将一把吉他正跟他们的礼服并排放到了后座上。

温叶忽然想起了章述之前反复重申过的事情。

记得认真听他唱歌。

从小到大温叶被家人叮嘱过无数个记得，“记得早点回家”“记得多穿衣服”“记得出门带伞”等等，这两个字似乎总会带着一些温度，就像是章述家工业风装潢中的一抹绿植，在平淡生活里让人徒增期待。

广播早前被章述随手调到了交通电台，深夜节目还没结束，主持人正在接听听众来电。这是一个很简短的故事，大概可以概括为“我爱他，我感觉他也爱我，但要怎么样才能更进一步”。

温叶把视线收了回来，不着痕迹地试探：“今晚路演定在哪里？”

“在情人坡。”他看着后视镜开始倒车，“我买了几样早餐，你看有什么喜欢的。”

温叶伸手拿起后排位置上的袋子：“你买了这么多？”

“顺便给顾珏他们也买了。”

温叶揶揄他：“学长人好好哦。”

绕开面前正在搬展板的学生，章述问她：“你怎么这么爱给我发好人卡？”

“哪有，我在真情实感地赞美你。”温叶拿出了一份牛肉酥饼，“对了，你今晚会唱什么歌？”

章述说：“《I know you know I love you》。”

温叶问：“然后呢？”

“然后，”章述故意停顿，“然后就是不能告诉你了。”

温叶眼睛一转：“那我去问阿廉。”

章述笑了笑：“现在几点？”

话题转换得太生硬，温叶觉得他莫名其妙：“五点五十六分。”

“你是觉得阿廉能在早上五点五十六分起床吗？”

温叶悻悻地收回手机：“他不能。”

叶知廉对园林设计不感兴趣，在大四的时候跨考了知州大学的新闻传播专业。他的学制两年半，如今临近毕业，秋招到了尾声，他手持互联网大厂 offer，闲着没事也就打算回来道大看看。

同时，叶知廉还是朋友圈里出了名的熬夜大王，凌晨五点之前消息秒回，但在五点钟之后就会进入失联状态。

“保持神秘感才能得到惊喜。”章述安慰她。

温叶明白这个道理，就没有继续追问。温叶咬了一口牛肉饼，饼皮酥脆，牛肉多汁，怕等会儿场面混乱章述吃不到，她还多拿了一份出来单独拎着。

章述瞥到她上手的两袋牛肉饼：“你早上胃口这么好吗？”

“这个好吃，我特意给你留的。”

章述愣了愣，模仿起她刚刚的样子，怪声怪气地说：“学妹人好好哦。”

温叶瞪了他一眼：“学人精。”

章述把车停到学院楼旁，心情好地点了点头：“走吧，被学人精。”

月光从天井倾泻进来，几盏过道的灯与其呼应。他们的脚步声在四方楼里清晰回响，这个点建院里没有什么人，只有一楼会议室的大门正敞开着。

他们走进去的时候，看见顾珏正坐在软椅上玩着手机，章述把早餐放到桌面上：“你吃了吗？我多买了一点。”

“没，原本还打算等七点后叫外卖，”顾珏走过来随便挑了一样，“谢谢学长。”

温叶把留给章述的那份牛肉饼丢到了他的怀里，然后转向顾珏问：“我们什么时候化妆？”

“跟化妆师约的七点。”

章述指了指自己：“我也要化吗？”

温叶：“你说呢？”

章述喝了一口咖啡，认命地说：“我要。”

章述吃完早餐靠在椅背上小憩了片刻，醒来的时候天光大亮，化妆师正在给温叶化妆。她已经换上礼服，及地的裙摆被她卷了起来攥在手上。

温叶拍了拍身边的椅子，让章述坐下来陪自己聊天。

章述托起下巴打量着温叶。因为是舞台妆，妆面比她平时的样子浓艳许多，假睫毛忽闪忽闪，像是一只亚马孙河流域中的蝴蝶，在他心中引发了龙卷风。

为了搭配温叶的礼服，章述今天穿着一套黑色的双排扣西装，他的刘海被吹成中分，人看起来格外精神。但他嘴里一直问个不停，这个眉毛是不是不够自然，眼影是不是太显色了，甚至还伸手蹭了蹭脸颊的阴影希望它们能淡一些。

趁着化妆师出门接外卖，温叶压低了声音跟他说："假如我是Christina我能被你气死。"

章述解释："我不习惯。"

温叶安慰他："还挺帅的。"

章述拿起镜子仔细端详："真的吗？"

温叶点了点头："真的。"

"章述认命吧。"Christina拎着两袋奶茶走了进来，"这个点已经没时间重新化妆了。"

接下她丢过来的奶茶，章述脸上交替浮现着"事已至此"跟"好像还不错"的表情，虽然这个妆容不太在他的审美之内，但章述并不讨厌，这种女性凝视下的尝试让他充满了新鲜感。

温叶拿着奶茶，掀开窗帘一角，看见许多校友正从天井的石板步道经过。院方在天井上种了不少绿植，银杏树独居一隅，碎石和蕨类植物散布在它的周围。

假如是碰到倾盆大雨，从天井两旁的过道望向对面时，眼前所有景象都会被覆上一层薄纱，像是雾里看花，看不清楚，却又分外惊艳。

温叶第二次碰见章述就是在一个大雨天。

当时她拿着转专业用的材料从教务处出来，正在透过雨分辨天井上的植物，音乐随机播放到《Just the two of us》的时候，章述抱着一沓图纸闯入了她的视线。

社团招新周之后，温叶鬼使神差地把这首歌加入进了歌单里，明明当时她更偏爱 X-japan 乐队那样的重金属，但一切就是鬼使神差。

甚至章述在对面出现的一瞬间，耳机里还正好传来“I see the crystal raindrops fall（我看见水晶般的雨滴落下）”。

滂沱的大雨和朦胧的水雾仿佛又给这首歌添上了些许注解。

温叶对章述这个名字早有耳闻。

建院大厅的荣誉墙上正挂着他的证件照，旁边文字介绍了他参与的课题已获得国家自然科学基金的资助。

温叶打量的目光已经从植物移到了章述身上，他的后背已经湿透了，怀里的图纸却看起来毫发无损。听见愈演愈烈的雨声，教务处的年轻老师从办公室里走了出来：“温叶，你带伞了吗？”

温叶摇了摇头。

老师从窗台上拿下自己的雨伞递给她：“这雨实在太大了。”

“谢谢老师，”温叶没有接过雨伞，“我还想在这里待一会儿。”

她又转身望向对面。章述走得很快，温叶似乎能看到他发梢的水珠在颠簸后随着雨滴落到地上，然后听见他对电话那头的人说：“你非逼我们明天交图纸的话，今晚我就去找个牢坐坐。”就消失在了楼道里。

现在回想起来，温叶还是觉得他当时说的话很好笑，原来学霸也有着“deadline（最后期限）”的压力。

章述凑到她旁边，问她：“你对着窗外傻笑什么？”

温叶放下窗帘，跟章述复述了自己之前碰到他的场景。

“那时候你怎么不跟我打招呼？”

温叶心想着这都哪儿跟哪儿啊，说：“我们当时还不认识。”

“对哦。”章述愣了愣，“那就是一个小组作业，离最后期限还有半个月，江邻川非要我们提前交。”他拎起温叶装衣服的几个袋子，又把手肘伸到她面前方便她搀扶，他又想到了什么，“好啊温叶，你偷偷关注我。”

温叶一边手抓着裙摆，一边手搭在章述手臂上借力站稳，开口狡辩：“我只是记忆力好。”

车正停在建院门口，温叶踩着细高跟先坐了上去，因为还要帮学生会运物资到大礼堂，章述又折回会议室跟顾珏搬了几箱矿泉水出来。

盖下后备厢之后，温叶摇下窗跟顾珏说一会儿见。

顾珏站在路旁看着他们，突然感觉自己像是在看一对准备外出旅拍的新婚夫妻。

刚拐出建院门口的小路，温叶就隐隐觉得大事不妙，本来在学校里的行人就比过往车辆霸道不少，加上今天是校庆，密密麻麻的人群就这么堵到了他们的面前。

知行路是去往大礼堂的必经之路，但这也是连接几个主要活动地点的主干道，许多车辆在这里相会，他们都高估了校警对于路面交通的应急疏导能力。

顾珏骑上自行车搭着吴子衿从车边经过，吴子衿敲开了车窗，放声嘲笑他们。

温叶假装垮起了脸，伸手想把车窗摇上，吴子衿见状说了一声：“等一下。”

她把顾珏从自行车上一起扯了下来：“你们也下车。”

章述索性把车停到了路旁：“怎么？”

“你们先过去。”吴子衿说，“等一会儿车少了，我再把章述的车开到大礼堂。”

交流会十点开场，王诚在五分钟前就在群里催促他们快点赶过来。

温叶看了一眼时间，又望向顾珏问他：“后备厢那几箱水重要吗？”

“不重要。”顾珏说，“给校友的矿泉水我们昨晚就拿过去了，这些是打算放在后台让工作人员喝的。”

章述跟温叶交换了一个眼神，然后一起把安全带解开走下了车。

吴子衿弯腰帮温叶拢起礼服裙摆，顾珏开玩笑：“你们这个样子像是要去结婚。”

温叶愣了愣，她不想否认让章述尴尬，可又找不出什么可以巧妙回应的句子。

像是捕捉到了她眼里闪过的局促，章述笑了一声，看着水泄不通的知行路意有所指地说道：“那你千万要赶上我们的婚礼。”

不同于上次夜骑，他们这会儿正穿着礼服，把吴子衿和顾珏抛在身后，就像是从晚宴上出逃的王子和公主。

途经篮球场的时候，他们看见限定一日的学生市场已经开张，不少学生在路边发着广告吆喝宣传，人声和上校园电台里播放的校歌，温叶感觉自己跟章述回到了本科时期。

不论是在校庆还是每年的十二月三十一日，道大都有着开学生市场的惯例，同学们可以提前在网上向团委申请摊位，用于贩卖饮料小吃或者手工艺品。

那个被温叶带去音乐节的帆布包就是在大二跨年夜时买的。

夜晚的篮球场比白日里热闹不少，温叶十一点半到那里的时候，烧烤摊前还在排着长龙。

路过篮球架，温叶看见叶知廉正端着一碗醪糟汤圆跟女朋友徐庭蔚坐在音乐协会的摊位上聊天，阿廉挥手跟她打了个招呼：“温叶，你自己一个人？”

校园歌手比赛结束之后，温叶就退出了学生会，但吴子衿为了综测加分还一直留在部里。她说：“我先过来逛逛，等吴子衿那边晚会结束了，再跟她一起出去吃夜宵。”

叶知廉舀起一粒汤圆放进嘴里：“我还以为你是来找章述的。”

温叶愣了愣：“我找他干吗？”

叶知廉自顾自地说：“他好像是去升旗台那边了。”

徐庭蔚也朝温叶露出了一个暧昧的微笑，还顺着他的话说了下去：“章述刚走。”

温叶换了另一边手拎纸袋，故意转移着话题："醪糟汤圆在哪儿买的？"

叶知廉冲她眨了下眼："升旗台左数第三个摊位。"

"还挺巧，"温叶感觉自己的太阳穴突突地跳着，"那我过去看看。"

叶知廉催促："去吧去吧。"

篮球场上有着上百个摊位，人头攒动，尽管他们指出了章述可能会去的地方，但想要透过人群找到他并不是一件简单的事情。

想着晚会准备散场了，温叶也就没有特意给章述发信息。她在摊位之间走走停停，然后被面前一个做道大文创用品的小摊吸引了注意。

道城并不是一个标准的旅游城市，在这个工业化痕迹随处可见的地方，道城大学凭借保留下的谢氏园林，成为旅游攻略上标着五颗星的推荐打卡景点。

温叶顺手将纸袋放在脚边，刚想拿起明信片挑选，就听见有人在一旁说了一声："别放。"

她下意识地转头看着他："章述？"

章述弯腰把纸袋提了起来，温叶这才发现地面的积水已经把纸袋浸湿了。

温叶问他："你怎么在这儿？"

"阿廉告诉我你也在学生市场。"他把纸袋丢进附近的垃圾桶里，又回到摊位上买了一个印花帆布包将温叶的雨伞和眼镜盒放进去，"我就一列一列找过来了。"

温叶接下："我等会儿把钱转给你。"

"不用。"他指了指市场入口处的LED屏，上面的秒针不断跳动，时间逼近新年，五，四，三，二，一，在零点短暂的沉默之后，篮球场上不断有人大喊着新年快乐。

温叶转头看向章述，发现他也在盯着自己。

章述插着兜："祝你新年快乐。"

校歌结束，广播里响起了校长的声音，他情绪激昂地欢迎各位校友返校，同时也把温叶的思绪拉了回来。

从知行桥往下骑，不过一会儿他们就来到了大礼堂侧门。

章述伸手扶着温叶走进后台，幕布被工作人员严丝合缝地闭上了，灯光正在不断地变换调试。

王诚摇了摇手招呼他们过去，还拿着一支笔在题词卡上涂改："等会儿这两个人就不用介绍了。"

温叶接过题词卡，问："老师，还有什么需要修改的地方吗？"

"没有了。"王诚打量着他们的打扮，"金童玉女，不错。"他拍了一下章述的后背，宽慰道，"你们等会儿别紧张。"

章述嬉皮笑脸："老师，我怎么可能紧张。"

"噢——"王诚指着他，"我差点忘了，你小子读书的时候什么不要脸的事都干得出来。"

章述错愕，又瞟了一眼温叶才问道："我什么时候干过不要脸的事了？"

王诚看破不说破地走开。他故弄玄虚的样子，搞得章述开始疑惑自己为什么会给行政老师留下这样的印象。

温叶凑近问章述："学长到底干了什么不要脸的事啊？"

"我真没有。"章述接过工作人员递过来的话筒，拉着温叶退回后台候场，他突然灵光一现，"估计主任记岔了，他说的应该是阿廉。"

"是吗？"温叶转着手里的话筒，"阿廉可是我们班的好学生。"

章述蹲下身把温叶的裙摆铺开，又转身提醒身后的工作人员小心不要踩到，才凑到温叶旁边狡辩说："我也是好好学生。"

温叶退后了几步，故意当着他的面把话筒打开，还笑着把手指放在嘴唇上做了一个噤声的姿势。

3

交流会以一段水袖舞开场，作为道城大学里的王牌学院，建院在舞台装置方面的花销也毫不吝啬，仿真的竹林跟地面上喷的干冰把观众拉入了那个情境中。

但他们是在最后一次联排的时候，才知道这个环节还会有干冰喷出。因为看不清脚下的路，当时温叶还被凸起的音响线绊住，险些摔了一跤。

音乐结束，校舞队的女生们鞠躬离场。

章述凑到温叶耳畔用气声说："等会儿假如又被绊到了就往我这边靠，安全比舞台效果重要。"

温叶点了点头，掐准灯光亮起的时机，挺直背朝舞台走去。

章述晚温叶几步走出侧幕，但就在这几秒的间隙中，章述突然体会到她之前作为幕后人员的感受。

温叶曾经无数次地站在这个位置，把自己送上舞台，而现在位置反转。

面光打了下来，章述看着温叶迎着光上前，她身上的白色礼服和深红色的地毯形成巨大反差，就像是永远不会变成饭粘子的床前月，在他心中熠熠生辉。

章述迈开腿走到她身边，温叶笑着向他点了一下头："尊敬的各位领导，各位来宾。"

章述配合默契地接上："亲爱的老师、同学们，大家——"

然后两人异口同声："早上好。"

交流会结束之后，校友们陆续离席，顾珏用话筒召集学生会的成员到台上合照。

吴子衿从侧幕旁钻了出来，企图混进学生的队伍里，温叶把她拉到自己身边："你什么时候到的？"

"刚到没多久。"吴子衿把车钥匙丢到章述手里，"我建议你今天别开车了，外面根本找不到停车位。"

章述接住钥匙："那你把车停哪儿了？"

"停在职工宿舍区。"吴子衿又看向温叶，"请我吃午餐，我可是拎着你们俩的衣服徒步过来的。”

温叶故意逗她：“顾珏说包盒饭。”

吴子衿拒绝：“不要，吃学生会的盒饭不如去吃食堂。”

“那就吃食堂吧。”温叶让吴子衿看镜头，“笑一个。”

章述侧了个身，给她们腾出位置去摆那些动作夸张的合照姿势。

摄影师摁下快门，闪光灯高频率地闪着，章述没有直视镜头，转而把视线落到了温叶身上。她把头发绾到了一侧，还趴在吴子衿的肩膀上做着鬼脸，表情灵动到章述庆幸他们这刻正站在相机面前。

过了一会儿，摄影师举手比了一个“OK”说：“拍好了。”

顾珏又打开话筒：“大家上午辛苦了，收尾工作结束之后都回宿舍休息一下，我们下午四点半在学院一楼会议室集合。刚刚我已经去把盒饭领回来了，之前报过名的同学记得上二楼休息室拿。”

吴子衿捏了捏温叶的手，严肃地问：“你没报名吧？”

“没。”温叶坐到椅子上脱掉高跟鞋，“我跟章述也不爱吃盒饭。”

吴子衿怪声怪气地复读：“你跟章述。”

章述揶揄她：“吴子衿，你好酸。”

“闭嘴。”吴子衿伸脚踹了一脚章述的椅子，“阿廉呢？”

温叶笑了笑：“你想到底是想让他闭嘴还是想让他说话？”

吴子衿比着一个“1”在他们面前来回踱步：“那就允许他再说一句。”

章述：“阿廉说，他会在校庆晚会开始前到。”

吴子衿问：“他怎么这么晚才来？”

章述转向温叶，可怜巴巴地说：“她又逼我讲话了。”

“救命啊！”吴子衿皱起眉头惊呼，“温叶，这人平时都这么跟你说话的？”

章述跷起二郎腿，看着温叶故作嫌弃地点头：“他确实是这样。”

吴子衿打了一个寒战：“太吓人了。”

他们换上便服，就近将西装裙子寄存到了温叶的宿舍楼下。

生活区不像教学区这么热闹，戴着黄色帽子的校庆志愿者从不同的地方回来，校歌还在不断地回放，在走去一食堂的路上，章述接到班上团支书的电话："还在道大吗？"

"还在。"

也没问他吃没吃，对方就继续说了下去："我跟老刘他们正在航山吃饭，一会儿我把包厢名发你微信。"

温叶小声问："怎么了？"

挂断电话，章述向她解释："我们班的人喊我去吃饭，你想一起去吗？"

温叶摇了摇头，挽过吴子衿的手臂："我就不去了，我跟你们班的人也不算熟。"

他把手机收回口袋："那我吃完饭再回来找你们。"

"对了，"温叶说，"我记得你们班的人都特别能喝。"

章述："嗯？"

"别喝酒。"温叶把头偏到一边，拉着吴子衿继续往前走，还多余地补充道，"今天穿高跟鞋站了这么久，我可不想再开车送你回家了。"

章述帮她把碎发撩到耳后，满口答应了下来。

往年这个时候道城都处于阴雨季，但今天放了晴，她们的影子被正午的太阳拉短，短到只有一个小小的圆形围在脚边。

掀开一食堂的软门帘，温叶跟吴子衿一起走了进去。

"吃什么？"温叶问。

吴子衿拿起餐盘，看着快排到门口的队伍说："我们好像来晚了。"

温叶忽然听见广播打开的声音，零星几句说话的声音从音响里传了出来，她竖起耳朵又仔细听了一会儿，嗡嗡的电流声时大时小。温叶问："你听到有人说话了吗？"

吴子衿觉得她说的话好笑："难道我们面前这些在说话的都不是人吗？"

温叶解释："我刚刚听到广播响了几声。"

"是吗？"吴子衿站在队尾伸头往前望，"好像还真是。"

顺着她的目光看去。

只见一位端着餐盘的女生正在缓缓走离队伍，“小蜜蜂”被挂在她的耳边，食堂中庭的人散去为她留出了一片空地。而后，又有一位男生抱着吉他从餐桌旁起身，他轻扫琴弦，《同桌的你》的前奏就在嘈杂的食堂里响了起来。

吴子衿转头看温叶：“快闪？”

温叶从包里翻出眼镜戴上：“估计是。”

“过去看看。”吴子衿拉着温叶往前挤，“说起来，我第一次知道快闪这个词还因为《破产姐妹》里李憨组织的快闪族活动。”

“我也是。当时觉得特别新奇，但卡洛琳不是说，”温叶顿了顿，回忆剧中的台词，“Flash mobs were over a year ago.（快闪早在一年前就玩完了）”

在她们说话的间隙，陆续有人拿着麦克风从各个角落走到中庭，食堂里的情绪被挑动，女生把手持话筒伸向人群，《同桌的你》由男女对唱变成了全场大合唱。

你总说毕业遥遥无期

转眼就各奔东西

……

合唱让温叶感觉自己掉入了一种群体情绪中，她很难准确形容现在的感受，像是看见了落雪或者飘花的慢镜头，又像是听到长跑赛道旁摇旗呐喊的加油声。

蓬勃的生命力将她裹挟，时间停滞，没有多余的工夫去思考其他内容。

温叶当然知道毕业不是遥遥无期，但她也不希望一切以各奔东西结束。周围的人都在扯着嗓子唱歌，她不禁掏出手机录了一个几秒的视频发给章述。

温叶：【你错过了。】

吴子衿凑过来，看她在微信上输入的信息，戏谑道：“快闪显然没有玩完。”

对面的人很快就回了消息。

章述：【但我没有错过你分享的视频。】

4

散伙的时间比章述预想的晚了很多，在饭局的后半段江邻川和谢佳予也过来了，他们三个人都借口晚上还有工作，推掉了其他人劝的酒。

这餐饭从中午延续到了傍晚，走出航山饭店的时候暮色四合。

谢佳予跑去附近的水果摊买东西，章述跟江邻川就坐在罗森门口等她。

面前有一个透明的烟灰缸，随着光线移动，它在桌面上折射出白光。道大南门旁边有一家喜士多，在每个小组讨论结束的傍晚，章述都会跟江邻川坐在那里看着归家的行人，吃一碗咖喱鱼蛋。

但比起喜士多，温叶更偏爱罗森。

她说自己在知州生活的时候，总会捧着一个饭团跑到路上踩落叶。她还告诉他，道城的秋天不算是秋天，哪怕所有人都换上了长袖秋衣，但还是少了那种树叶枯黄的萧瑟与温馨感。

谢佳予提着一个果篮回来，伸手抢过江邻川嘴里的烟掐灭，然后恶狠狠地警告他这一周的抽烟份额已经用光了。

江邻川拿起桌面上的柠檬茶，开玩笑地跟章述说：“千万不要结婚。”

“现在后悔已经来不及了。”谢佳予把链条包挂到江邻川的脖子上，跷着二郎腿坐下，“两位休息够了吗？”

“你们等我一下。”章述转进便利店里买了一个饭团，他让店员帮忙加热，氤氲的热气让他怀疑自己已经感受到了知州的秋天。

谢佳予挑着眉：“你还没吃饱吗？”

章述拎着塑料袋走在前面：“不是给我吃的。”

谢佳予“哦”了一声：“给你的小学妹。”

章述笑着点了点头没有多做解释。

江邻川问：“等会儿跟我们去院长家吗？”

章述掏出手机看了一眼时间：“不去了，我一会儿还有事。”

“你还当自己是小组作业的小组长吗？”谢佳予拍了一下江邻川的胳膊，“就别打扰人家去谈恋爱了。”

章述附和她：“就是。”

拐进教职工宿舍区，章述在院长家楼下跟他们告别，但当他背上吉他赶到情人坡的时候路演已经准备开始了。坡底的平地支起了架子鼓，音乐协会的同学正在接线调音。

情人坡是可开放供人入内活动的游憩草坪，温叶提前准备了野餐用的防潮垫，丈青白格，周围胡乱摆放着一圈的零食。叶知廉正跟她们坐在一起，吐槽着知州的交通。

叶知廉朝章述怀里丢了一瓶矿泉水：“你怎么这么久？”

让叶知廉往旁边挪了一个位置，章述把饭团放到温叶手上：“找车。”

温叶撕开包装袋：“找车？”

章述掏出手机给他们看自己刚刚拍的照片：“吴子衿把我的车停到了别人杂物房的背面。”

凑上前仔细打量，那是条大概只是三米宽的通道，一面是杂物房的后墙，一面是灌木丛，犹抱琵琶半遮面，看起来及其隐蔽。温叶笑着戳了戳吴子衿的腰：“看来科二考得不错嘛。”

吴子衿接茬：“我科目二可是一次过。”

坡下的学弟挥手招呼章述跟叶知廉过去，章述拉开琴包的拉链，把吉他拿了出来，看着温叶欲言又止地想要再强调些什么。

温叶咬了一口饭团，芝士和汁水丰盈的牛肉亦如知州罗森的味道，她更快地做出反应：“这次我会认真听的。”

秋夜晚风拂过发梢，情人坡的视野开阔，从他们的角度望去，落日余晖正与田径场上炸开的烟花相呼应。

看着章述向坡下跑的背影，温叶缓缓地躺到了防潮垫上。

在日语里，夕阳被写作“夕焼け”。每次看到这个词，温叶眼前

都会浮现出无边无际的红色晚霞，联想起松隆子的《夕焼けのワルツ（夕阳下的华尔兹）》。

这首歌的末尾，松隆子唱道：“想去注视，铭记在眼中的难忘景色。想和你在一起，一直，永远。”

左手边的第七朵云又往北飘了好几公里，在晚霞的对比下，烟花都显得相形见绌。

这里虽然没有枯黄的落叶，但夕阳会为万物包裹上了金边，跟章述一同待在晚霞底下，温叶突然发现自己也能在道城里找到秋天。

前奏响起，吴子衿把她从防潮垫上拉了起来：“这是什么歌？”

“《I know you know I love you》。”

吴子衿随手抓起身边的一袋零食打开：“章述在毕业典礼的时候来过学校。”

“我知道。”

“你当时就知道？”吴子衿顿了下，“怪不得那天你这么奇怪。”

温叶笑着问：“奇怪吗？”

吴子衿把浪味仙丢进嘴里，回忆道：“你老是走神，我还以为你是因为毕业太难过了。”

温叶坦荡地承认：“我当时确实不太开心。”

温叶收回视线往坡下望去，发现章述也在看着自己。在间奏的部分，章述习惯退后几步随着音乐摇摆或是跑去跟其他乐手互动，但他唱完“Just wanna love you baby（只想爱你宝贝）”之后又凑近了话筒，“附加一首《Best Part（最佳部分）》送给那位点歌的朋友。”

“……”

If life is a movie（如果生活是一部电影）

Then you’re the best part（你就是最精彩的片段）

天色渐晚，情人坡上已经开起了照明灯，路演的场地被照亮，温叶和章述的眼神穿越人群在空中交汇，就像是之前为阿廉出谋划策时构建的情景，他们在沸腾的人群中也拥有了心照不宣的秘密。

温叶愣了愣，随即抓起手机跑到了坡底平地。

她边喊着借过边往前排走去，拨开人群，站在距离章述不到三米的地方。

所有乐器的声音突然停止，阿廉带头举手击掌拍打着节奏，章述伸手将一枝风信子别到了立麦上，他看着温叶清唱道：

If you love me won’t you（如果你也爱我，能否）

If you love me won’t you say something（如果你也爱我，能否向我表明心迹）

结尾的阿卡贝拉被观众当作乐队的特殊处理，大家如常地鼓掌叫好，这个告白就像是藏匿在人群中的秘密。

温叶静静地望着章述，直到主持人接过麦克风说：“感谢‘图书馆卡号 K0312’乐队带来的两首歌曲。”

章述把吉他递给阿廉，拿起原先放在音响上的一束风信子跑到温叶面前，伸手拉着她往坡上走。

温叶仰起头看他：“我一直很疑惑。”

章述紧张得不行：“疑惑什么？”

“你们乐队名字为什么要叫‘图书馆卡号 K0312’？”

“就这个？”他胡乱地把风信子塞进温叶手里，“当时我把借书卡弄掉了，怕自己把卡号也忘记就干脆把它取作了乐队名。”

“阿廉没有意见吗？”

“乐队成立的时候你们还在读高中。”

走回坡顶，吴子衿冲他们吹了一个口哨，语气暧昧地重复着：“If you love me won't you say something.”正以为她会继续开玩笑的时候，她顿了下，“刚刚的视频我发给你们了。”然后识趣地起身往坡下走去。

章述坐到防潮垫上，看着温叶：“所以听完你是怎么想的？”

温叶不置可否地说：“你看微信。”

章述打开微信，看见温叶在五分钟前给他分享了一首歌。

温叶：【[音乐] I know you know I love you – 落日飞车】

“这是我的回应。”

章述笑了一声，像是在笑她的多此一举，又像是在笑她的古灵精怪：“那你愿意当我女朋友吗？”

温叶往章述那边挪近了一些，上衣外套碰到一起发出黏腻暧昧的摩擦声。她抬头望着西边的方向：“我刚刚脑海里都是松隆子那首歌，其实最早的时候我一点也不了解她，甚至还会把她跟演道明寺姐姐的松岛菜菜子弄混。直到我看了《四重奏》，剧里有很多絮絮叨叨的对话，主角们会因为要不要往炸鸡上挤柠檬展开争论，进而发现彼此生活观念上的不同。”

目光下行直至平地，接过吉他的阿廉正站在立麦前唱着一首温叶叫不出名字的德语歌。

阿廉的声音沙哑，就像是在偷用父母辈的CD机听着老套情歌，面前的晚霞也被渲染上了老照片的颗粒感。

温叶抬头看了一眼章述，又继续说：“生活好像就是这样看起来毫无关联又有迹可循，最近我发现喜欢也是。每当我复盘对你的感情时，脑海里只会出现无数个备选答案。我自己都说不出到底是在那个瞬间喜欢上你的，我猜可能是在文化广场碰见你唱《Just the two of us》的时候，是在你借我笔记的时候，又或者是你在篮球场上跟我说‘新年快乐’的时候。

“这首歌里有一句歌词唱到‘两个人漫步在，有晚霞的街头。牵着手的温暖，永不消失’，章述，现在太阳还没有消失。”

章述望了一眼太阳又把目光转向她。

“我是说，我当然愿意。”

章述眼睛中的神色被夕阳映照得明晦难辨，他没有说话，只是低头对上温叶的视线。

在短暂的沉默之后，他们默契地攀上了对方的后颈。

为了不错过最后的晚霞，章述俯身吻了上去。

所有游刃有余跟故作轻松都在此刻瓦解，他们小心翼翼地交换鼻息、交换唾液，等到阿廉把第二首德语歌唱完，才依依不舍地分开。

章述把温叶搂在怀里，太阳已经下山，天边的阵营转换，朦胧的月色代替晚霞倾泻爱意。

第十章
/
她是没有被定义的特别

1

章述跟温叶牵着手去到田径场的时候，校庆晚会已经进行到了最后的校歌合唱，门口检票处的学妹开玩笑说这个点检票也没什么意义了。

顾珏为他们预留的位置很靠前，穿过密密麻麻的人群，弯腰在座位中经过，周围开始有人起身离场。

看到他们，吴子衿挑了挑眉：“你们是过来参加大合唱的吗？”

叶知廉把放在空位上的包拿开，跟着她一起揶揄：“果然小情侣就是不喜欢参加集体活动。”

温叶笑了一声没有反驳：“等下一起去吃夜宵吗？”

温叶接受“情侣”这个称谓时的坦荡态度，让章述嘴上不饶人的功夫全部失效，他坐到位置上安静地听着他们讨论夜宵地点。

音响里正放着改编后的校歌，管弦乐层层叠叠，稳固的音块将情绪铺上高潮，LED屏上闪过一张张老照片，历史的长河被具象化地呈现在面前。

时间来到了十点钟，晚会结束。

观众席中的呼声此起彼伏，外国语学院的学生带头挥舞起院旗，别的学院也不甘示弱，他们四个人起身随大流往出口走去。

路边的纸箱里被丢满了各色的荧光棒，没走几步温叶就被一个熟人喊住，章述扫了对方一眼，故作大度地走到一旁为他们留足叙旧的空间。

当时被阿廉误认为她男朋友的梁云先说了一句："好久不见。"

温叶也说："好久不见。"

梁云用余光打量着章述开始没话找话："你男朋友？"

人群的热浪抵挡不了深秋的晚风，温叶裹紧外套点了点头。

"那你回绝我时说的学长呢？"

"就是他。"

梁云一怔，大概是觉得没有继续对话的必要，转而轻描淡写地祝她："校庆快乐。"

"校庆快乐。"温叶越过他的肩膀望着不远处的章述，示意梁云自己的男朋友还在那儿等她，"那我先走了。"

舞台的灯光熄灭，章述站在路灯旁边，许多学生嬉嬉闹闹地从他身边经过，今天温叶跟他都把卫衣当作内搭，站在一起的时候就像是一对普通的大学情侣。

昏黄的路灯带着暖意，晚风也突然变得温柔。桂花被顽皮的学生摇着树干抖落，香气铺满了整条街道。

温叶笑着上前，把手塞进章述的外套口袋："走吧，我们去吃夜宵。"

夜晚的知行路比白日里通畅很多，装饰性的彩灯将彻夜通明，路上的窨井盖也被绘制成了校庆相关的图案。

车载音响播放着原唱版本的《Best Part》（《最美好的》），叶知廉趴在驾驶座和副驾驶中间的空位，八卦地问："刚刚那个是梁云？"

温叶抬头在后视镜中对上叶知廉探究的目光："是啊，怎么了？"

吴子衿抢过温叶的手机调高音响音量打断了他想说的话，让他别这么八卦。

叶知廉挪到靠窗的一边看着她：“当时不是你跟我说梁云是温叶男朋友的吗？”

吴子衿故作镇定：“骗你的。”

温叶伸手把音响的声音调小，问：“我怎么不知道梁云还是我男朋友？”

吴子衿自然地接话：“当时我就是想激一下章述。”

章述语塞：“你能不能别当着面算计我？”

温叶宽慰他：“她已经算计完了。”

把车停到小吃广场旁的路边，他们四个人并肩往里走。路口的店家在大声地叫卖，孜然味绕开桂花香，在路上里横冲直撞。

吴子衿眼尖发现一张没人的四人桌，兴冲冲地跑过去坐下占位。

叶知廉识趣地往另一个方向指：“我去那边买小龙虾。”

小吃广场在年初的时候外包给一个餐饮公司管理，停业整顿了一段时间，现在每个摊位前都标有序号，还挂着款式相同的招牌。章述牵起温叶的手拐进左手边的小路，路尽头有一家很出名的南疆美食店，之前聚餐他们都会去那儿点上一盘红柳木羊肉串。

章述把手伸进自己的外套口袋，从里面掏出温叶上午放在他那儿的发圈：“你等会儿要用吗？”

“要。”温叶接过，熟练地给自己扎了一个低马尾，“我刚刚还在包里找了它好久。”

“完蛋了。”章述拿起手机扫码付款，“我的女朋友不仅色盲，就连记忆力都不太好。”

“那怎么办呢？”

章述接过店家递来的不锈钢盘：“我只好认栽了。”

烧烤架前烟雾缭绕，油脂滴到木炭上助长了火势，有一定重量感的红柳木签被店家轻巧地翻动，就像是在摆弄小时候学数学用的塑料小棒。

电光石火间，一个猜测突然在温叶的脑海中闪过，她抓起桌面的调料瓶往上头撒了一把辣椒粉，试探地问道：“你当时是因为我特意回来看毕业典礼的吗？”

看到章述点了点头，温叶乘胜追击：“然后误以为我有男朋友，所以被发现了就马上离开？”

正直吹着烧烤架的风扇被路过的小孩随手换成摇头模式，风扇的强风扫过，吹乱温叶额前的刘海。章述单手端着盘子，帮她把碎发拢到耳后，然后轻轻地“嗯”了一声。

“他不是我男朋友。”

“我知道。”章述收回手，跟在她身边往四人桌的方向走。

温叶冲着他眨了眨眼睛：“那我说一个你不知道的事。”

“什么事？”

“一开始我就告诉梁云我有喜欢的人了。”

章述愣了愣，随即低头在温叶脸颊上留下一个蜻蜓点水的吻，拥挤的人群和热气腾腾的烧烤让气氛持续升温，他又看着温叶傻笑了一会儿：“谢谢你喜欢我。”

不同于工作时的认真严谨，在温叶面前，章述从来不会吝啬于展露他的感情，同时温叶很开心自己能够独享他这些幼稚且直率的表达。

两个人又在路上磨蹭了一会儿才慢悠悠地往回走。

吴子衿的面前已经堆起了龙虾壳的小山，叶知廉手边的啤酒瓶也快见底。

“你们怎么这么久？”吴子衿问。

章述面不改色：“今天排队的人太多了。”

“章述，”温叶从包装袋里取出了两个新的塑料杯，“你喝酒吗？”

他们四个人酒量都很好，章述没有拒绝的必要。

吴子衿跟叶知廉交换了一个眼神，她从座位上变出了一瓶白酒推到章述面前，阿廉起哄似的把瓶盖拧开。

章述自觉地给自己倒了一杯白酒，而后端起一饮而尽。

正对面有一条长桌，像是正在部门聚餐，和那边闹哄哄的场面相比，他们就显得安静了许多。四个人喝酒聊天，话里都在回忆着过往的大学时光。

将近凌晨两点的时候，周围的人渐渐散去。章述叫了代驾，吴子衿跟叶知廉走在前面谈论知产相关的话题，温叶挽着章述的手臂低头回复信息。

今天他们都往朋友圈里分享了《Best Part》，不同的是，温叶在分享的同时还附带着一句意味不明的“I love you”，同事察觉到了异样，纷纷在工作群里问他们，让他们出来解释清楚。

章述低头扫了一眼她的屏幕，又掏出手机，往群里丢掷一颗惊雷。

章述：【我们是在一起了。】

温叶把他手机抢了过来，压低了声音问：“烁林允许办公室恋情吗？”

章述笑了笑：“朋友圈都明显成这样了，公司不允许难道他们还会不知道吗？”

“确实是。”温叶嘟囔着将手机递回章述的手上。

先把吴子衿跟叶知廉送了回家，他们才麻烦代驾往松屏路方向行驶。温叶把车窗摇下，任凭秋风灌入。章述用手机放着End of the world的《Roller Skates（溜冰鞋）》，星光从天窗照了进来，他们的脑袋歪歪扭扭地靠在一起。

拐进邮职院的时候，歌里正在唱着：

We don’t need the light of day.（我们不需要阳光）

Cause I’ve got the starlight and you.（因为我有星光和你）

可惜来电振动打断了音乐跟车内的浪漫气氛，代驾把车停到温叶家楼下，章述的屏幕上显示着江邻川的名字，说：“等我一会儿，我送你上去。”

温叶摆手，抓起已经自动关机的手机，凑在他耳边说了声“晚安”就径直下了车。

邮职院的楼道里还用着老旧的开关灯，接触不良一闪一闪的样子像是岌岌可危的积木塔。楼下传来的汽车引擎声陪着温叶走上了光线昏暗的五楼。

陆继杨家门口的便笺条还大大咧咧地贴在上面，温叶从托特包里翻出钥匙，金属碰撞在安静的夜里发出了一阵不小的声响。

隔壁的房门突然被打开，那张便笺摇摇晃晃地落到地面。

温叶看着从陆继杨家里走出来的陌生男人，他在短暂的错愕之后，张口解释："好巧啊，我回来帮小孩拿东西。"

2

为了修复陆芳和她父母支离破碎的亲子关系，温叶去过陆家几次。面前这个精瘦的中年男人，跟印象中陆父大腹便便的形象相去甚远。

况且陆父将她跟孟欣怡视为麻烦，温叶可想象不出来他慈眉善目地跟自己打招呼的样子。

楼道里的灭火器旁挂着新的点检表，上头注明前天刚进行了最新一次的维修检查。

从横云回来，温叶也有一段时间没回邮职院了。她把钥匙回握在掌心，他们就这么僵持在门口。

温叶因为不确定他是否有同伙所以不敢贸然开门，更因为不信任自己能在正面冲突中全身而退，所以不敢声张。

对面的人同样猜不透温叶的心思，无数个善后的方案在他脑海中闪过。

他向前逼近了几步，脸上挂着不怀好意的笑容。

陪伴她上楼的引擎声在这个时候戛然而止，又有几辆车驶过楼下的过道，她不清楚章述还在不在下面。

她在心里深吸了一口气，让自己镇定下来试图回旋："院里的邻居都很热情，叔叔你不用担心陆继杨他一个人生活没法照顾自己。"

对方接话："真是麻烦你们了。"

他换了一边手拎包，这个粗呢帆布包看起来有一定的重量，还因为晃动发出了闷响。

他们都沉浸在被设定的角色中，温叶扯出了一个微笑顺着他的话演戏：“不麻烦，大家都是邻居嘛。”

头顶上的过道灯忽明忽暗，像是风雨将至的前兆。

温叶不动声色地把手藏在身后，她的邻居是一对朝九晚五的同居情侣，只要对面的人再靠近一步，她就会用力敲响背后的房门。

灯泡中的钨丝被他们之间焦灼的气氛灼烧，温叶分明没有戴眼镜，却仿佛亲眼看到了钨丝被烧断的瞬间。

周围一片漆黑，一阵脚步声从楼梯井传来。

大概没有比这更糟糕的事情了。

突如其来的黑暗打断了她所有自我防卫的计划。

脚步声逐渐逼近。

面前的人把手伸进了口袋里，刀刃出鞘的声音让温叶不寒而栗。

“宝贝。”章述在四五楼之间的拐角亲昵地叫她。

“你怎么不等我？”他跨步走上台阶，自然地绕开面前的男人，揽过温叶的肩膀问她，“这位是？”

温叶镇定了下来：“这是邻居的爸爸。”

“哦。”章述假装信以为真，没等小偷反应过来就拿起温叶手里的钥匙打开了房门，“叔叔晚上好，我们先回家了。”

进到屋里之后，温叶还是没能彻底放松，她草草地环视一周，试图找到一些被翻找过的痕迹。

章述让她待在原地，大步流星地走进厨房、厕所、卧室一一确认。

温叶转身用猫眼观察着门外的情况，那个男人在他们进房不到十秒钟的时间，就飞快地转身下楼。

确定没有问题，章述才拉着她坐到沙发上。

“你怎么突然上来了？”温叶问他。

“我等了几分钟没见你开灯，打电话还关机，不太放心。”

她把手机连上充电器：“我现在给陆继杨打电话，你去报警。”

在等待手机开机的时间里，章述惊魂未定地问：“你不怕吗？他兜里好像还揣着一把刀。”

“怕，所以幸好你上来了。”

章述把手覆在她的脑袋上，顺着毛流的方向轻轻抚摸，不懂是在安慰她还是在安慰自己：“邮职院什么时候拆迁？”

“应该是明年年初，房东跟我说他已经签了旧房改造的合同。”

“你要不要搬到我那里去住？”章述顿了顿，“我没有别的意思，我只是觉得旧院不太安全。”

温叶把他的手从头顶上拿了下来，指尖穿过指缝紧扣在一起：“我签的租房合同到明年二月初。”

“那到时候再说。”章述不想勉强她。他当然知道温叶聪明独立，假如刚刚灯泡没有被烧坏，他相信她也能想出办法保护自己。

但他回想起来还是觉得太危险了。

窃贼就像赌徒，他们孤注一掷在偷盗这件事情上，偶然碰见的路人让胜负难成定数。温叶就这么变成了破绽百出的庄家，热衷于以小博大的赌徒没理由不去戳穿这个偷天换日的把戏。

“我以后不会再让你自己上来了。”

为了不让他担心，温叶答应了下来：“就拜托你来保护我的安全了。”

章述盯着她看了一会儿：“我去阳台打电话报警。”

在他起身之后，温叶也拿起手机给陆继杨拨了一个微信电话。

温叶习惯在对方接通电话之后才把手机放到耳边，她等待了一会儿，通话界面关闭，屏幕上显示着：

温叶：【已取消】

又打了一个电话依旧显示着这样的结果，温叶想了想转而打开和孟欣怡的对话框。

孟欣怡接电话的速度很快，她声音清亮地喊了一声：“温叶。”

“你现在在哪儿？”

电话对面嘈杂的背景音让温叶怀疑孟欣怡还在外头。

果不其然，孟欣怡说：“在网吧，怎么了？”

“你现在能联系上陆继杨吗？给他打电话他不接，我刚刚回家发现他家里进贼了。”

“陆继杨把手机调静音丢在包里了，你等会儿。”孟欣怡顿了下，像是捂着话筒在跟别人说话，“他就在我旁边。”

章述抓着手机从室外进来，他伸手指着自己的屏幕，用气声告诉温叶：“警察说一会儿过来。”

听筒那边陆继杨的声音已经响起，温叶冲着章述比了一个“OK”。

环视了屋内一周，章述把果篮里变质的橙子挑选出来丢进垃圾桶，然后坐回餐桌旁，伸手从书柜上抽出一本表皮破损的杂志。

没注意到他的动作，温叶跟陆继杨复述今晚发生的事情。

陆继杨沉思了片刻：“我明早回道城，今晚就麻烦你了。”

“没事。”温叶瞥了一眼章述，发现他在津津有味地翻看着什么，“陆芳还好吗？”

陆继杨说：“她很好，我跟孟欣怡是在她休息之后才出的门。”

温叶：“好。那假如等会儿有什么结果了我再发信息给你。”

挂断电话，温叶蹑手蹑脚地走到章述身后，发现他手上正捧着自己之前参加设计比赛杂志社寄过来的样刊。当初杂志社寄的是平邮，书脊因为运输碰撞变得歪歪扭扭的。

章述忽然转头，她鬼鬼祟祟的动作被抓了一个现行。

“你这本杂志怎么这么烂？”他问。

温叶坐到他旁边：“我想起来的时候已经买不到新的了。”

“我送你。”章述轻车熟路地翻到印刷着温叶作品的那页，“我家里还有很多本。”

3

温叶望着章述的侧脸突然出了神，在心中推算他复数购买的时候有没有从那几棵隐蔽的樟树中，猜出几分她的心思。

温叶凑上前：“你好喜欢我。”

章述手指敲了一下铜版纸上的设计图，重复她的话：“你好喜欢我。”

温叶耍赖："我不管。"

章述笑了笑："那我们半斤八两吧。"

温叶伸手把杂志抽开，挤到章述的怀里坐着，掏出手机播放吴子衿几个小时前给她发的视频。视频不长，被镜头带到的叶知廉正看着他们傻笑。

章述点了截图，再把图片放大发送给了对方。

温叶突然想起之前章述跟叶知廉就很爱做这种无聊的事情，他们总会在合照中截出对方的表情包，然后像城墙告示一样张贴出来，用作自己的微信头像。

最初没有章述的联系方式，温叶看着叶知廉每周变换的头像，暗自猜测他会做出什么样的反击。

但显然在幼稚这件事情上，章述不会输给别人一分一毫。

章述点开叶知廉发过来的语音，是一个言简意赅的"滚"字，整蛊得逞，他靠着温叶笑出了声。

下一秒对方又发语音补充："温叶，建议你离章述远一点。"他停顿了一下，"算了，你不如趁早分手。"

温叶笑着望向身后的人："阿廉的话也不是没有道理。"

"这可不行。"章述抢过手机反扣在桌面上，想着要怎么转移话题，"你们最近是不是该开题了？"

温叶揉乱他的头发："是。"

温叶也不明白自己为什么总是乐此不疲地做着这件事情，像是一种不自觉地主权宣示，章述私下乱糟糟的真实面貌只有她能看到。

"主题想好了吗？"

"道城市青环区半岛滨水公园的景观设计。"

这个答案不算意外。

"挺好的。"

温叶往他手里塞了一沓草稿："但是跟烁林的方案有些差别。"

"毕设当然是要以自己的想法为主，"章述接过来认真翻看，"严乐达毕竟是个商人。"

作为滨水区，各地的半岛大多都坐拥着不菲的地价和租金，它们往往会被“私有化”建造住宅，或被“公有化”建设公共空间。前者可以使资源在短期之内变现，但后者更符合可持续发展的需求。

乐达的董事长严乐达是一个既想要名又想要利的人，他设下了许多条条框框，希望前来投标的人可以为他找到两者交界的中间地带。

温叶听过章述跟江邻川的几次谈论，他们都认为乐达难搞的地方不是那些复杂的嫡庶之争，而是严乐达本人。

为了达成他的要求，项目组在较大比例的住宅区和商业区之外，规划了一片条带区域用作开放式的滨水公园和配套的人造沙滩。

在城市布局规划中带型结构并不少见，但它一定程度地限制了温叶跟其他同事的发挥。

章述看着面前这份几乎全新的方案，才发觉先前的话只是温叶的谦辞。

他把下巴搭在温叶的肩膀上：“这才是你一贯的风格。”

温叶好奇：“我是什么风格？”

“很自由。”章述解释，“相比于人造的硬质景观，你更喜欢使用大片的植被构建软质景观。”

温叶抓起他的手，把草稿举到方便自己观看的高度：“我自己都没发现。”

从横云回来的那天，温叶边跟着章述一起看月亮，边拆封了吴子衿送给她的晶石香薰。

晶石盒被温叶摆在书架旁，精油滴在扩香石上可以维持一个星期的时间。延续至今的气味并不浓烈，雪松和天竺葵的淡香将他们环绕，像是去到了千阳普照的昆仑雪山，章述偏过头盯着她的侧脸，什么话也没说。

“章述，你渴了吗？”温叶从他怀里钻出来，走到厨房倒了两杯水，“你再帮我看看还有什么地方需要修改。”

章述收起心思，把视线落在面前的开题报告上，伸手拿起一支水性笔进入了工作状态。

温叶趴在桌子的另一端看他："其实也不急，最后期限在月底。"

"是吗？"章述头也不抬地问她。

"算了。"温叶有点后悔，她伸手想把草稿抢过来，"现在是情侣时间。"

章述把刚刚找到的问题快速地批注出来："我感觉这里有些奇怪，不过你也知道，我对园林的了解不深，还是得以你们导师的意见为准。"

温叶连连点头："正好我下周要去找老刘。"

章述放下草稿，端着水杯坐到温叶身边，他发现他们拿在手里的是一对手工陶瓷杯，杯面被一层歪歪扭扭的涂鸦覆盖着，像是幼儿园小朋友上陶艺课时的作品。

温叶清了下嗓子："这是我自己做的。"

章述犹豫了一下："很童真。"

"真的吗？"温叶憋着坏，其实她早就计划在下次断舍离的时候把这对丑杯子舍弃，她跑去厨房把杯子洗干净，又塞进了章述手里，"既然你这么喜欢，就把它们送给你吧。"

她继续说道："你的杯子一会儿自己拿去洗。"

章述反问她："你怎么看出我喜欢了？"

温叶言简意赅："心电感应。"

章述哭笑不得，盯着手里的两个杯子，试图找到它们跟家里装潢相匹配的地方。

可还没有找到答案，急促的敲门声就把他的思考叫停。

章述走到玄关询问了才知道，是陆继杨联系了房东，拜托她过来开门协助警方调查。

还没等房东拿出钥匙，他们就看见门锁上有着明显的被撬动过的痕迹。推门进去，抽屉柜子大多都敞开着，桌面上还散落了不少资料文件。因为不了解屋内情况，房东拍了几条视频让陆继杨粗略计算财产损失。

陆继杨回复得很快，他罗列的清单跟小偷落网时身上携带的物品基本一致。

民警给温叶和章述做了一个详细的笔录，嘱咐陆继杨明早去派出所认领失物并交代房东换锁之后便准备收队。

下楼的时候，民警捡起门口的便利贴："这种东西直接省了人家踩点的时间，今后外出就别贴了。"

回想到先前吴子衿胡乱说的那句玩笑话。

——家里没人，小偷速来。

温叶一口应了下来。

送走他们，夜色又变得更浓稠了一些，野猫的叫声从楼下传来，温叶看了眼时间，问章述："你今晚还回去吗？"

"我今晚待在这儿陪你。"他伸手把门关上，看着客厅的方向，"我睡沙发。"

前些日子学院发奖学金，打着方便朋友们留宿的旗号，温叶叫上吴子衿去宜家买了一张米黄色的折叠沙发床。

沙发腿很高，温叶在床下放置了一些聚丙烯储物盒做收纳用。

"我想想，"她跪在地毯上把储物盒抽了出来，"我可能能帮你找到一套睡衣。"

章述问："男士睡衣？"

"我爸明年本命年，我妈让我帮忙买的。"温叶拎起一套深红色的保暖内衣，"你要不要凑合穿穿？"

后半夜突然下起了一场雨，雨滴砸在车棚铁皮上的声音惹得邻居家的宠物狗对着窗外吠了好一阵，章述躺在沙发床上被吵得有些睡不着。

他伸手拿过温叶摆在茶几上的 Kindle，从头翻到电子书柜的最后一页，一本美国加利福尼亚州的旅游攻略混在一堆专业书里显得有些格格不入。

章述想了想，不着痕迹地放回原来的位置。

本科毕业之后，他到加州待了三年。

学校的研究生宿舍不好申请，在民宿住了一段时间，章述就跟几个留学生朋友商量着整租下了学校附近的一栋 house。他们来自世界各地，语言不同，文化不同。章述隔壁的古巴男生喜欢极限运动，研一暑假，男生组织大家从洛杉矶自驾到 Santa Barbara（美国加利福尼亚州的圣塔芭芭拉市）潜水。

全程大约九十公里，路上他们争着用蓝牙播放自己国家的流行歌曲。章述坐在驾驶室，看着眼前那些西班牙殖民复兴风格的建筑，就在想温叶也一定会喜欢这个地方。

距离日出还有不到一个小时的时间，外头的雨势已经减小，窗边飞过了一只被雨水打湿的小麻雀。章述猜测他跟温叶真的有心电感应，才会在他望向卧室的时候，正好看见温叶推开房门从里面走了出来。

两个人借着楼下路灯的灯光对视了一会儿，然后默契地打开手边的开关。

温叶坐到他旁边："你怎么还不睡？"

章述指了指外头："刚刚有狗叫。"

温叶晃着手里的杯子，主动交代："我出来倒水。"

章述捞起卫衣套上，他实在没有办法接受自己清醒之后还穿着深红色保暖内衣的样子。

"别啊，"温叶说，"超级帅。"

"那我宁可丑点。"

"你不喜欢，"温叶假装委屈，"难过了。"

章述扫了她一眼，弯腰从沙发下抽出另一套保暖内衣："不然你也换上？到时候我们就是天造地设的一对帅哥美女。"

"不管换不换，我们都是天造地设的一对帅哥美女。"温叶扬起脸冲着章述笑，又默默地将他手上的包装袋塞回储物盒里，"但这件还是留给我妈吧。"

章述得逞，站起来问她："跟我一起去阳台吹吹风吗？"

屋内暖气开得足，章述推开门，泥土的味道和晶石香薰的味道相互冲撞。

之前房东跟温叶商量，在阳台摆放了几张闲置的藤椅，章述随手拖了两张出来，用纸巾擦掉上面的灰尘。

温叶端起杯子跟上：“你说何修远会不会后悔？”

“后悔结婚吗？”章述回头，“我觉得不会。”

温叶跟他挤在一张藤椅上坐下：“为什么？”

“何修远不会允许自己后悔的，”章述抢过她的水杯喝了一口水，“他说那些话就没打算给自己留余地。”

温叶扯着章述卫衣上的绳子，把叶知廉当初在散伙饭说过的话向他复述了一遍。

章述抓住温叶的手：“只能说我们对何修远的看法相同。”

温叶低下头在章述手背上轻轻咬了一口：“你们男的真难懂。”

“我可没有。”章述看着手上的牙印，突然想到了方才在 Kindle 里看到的旅行攻略，“我们还没有一起去旅游过吧？”

温叶靠在章述身上：“好像是。”

章述问她：“想不想去 Santa Barbara？”

显然温叶知道这在哪里：“那个加州的海滨城市？”

“嗯。”章述把水杯放到另一张藤椅上，“等北流半岛的项目结束我们就去。”

温叶有些兴奋：“好啊，去潜水吗？大三的时候我跟吴子衿去巴厘岛当国际义工混志愿者服务时长，支教结束我们就在那里考了 OW 的潜水执照。”

章述有些惊讶：“你连这个都考了？”

——Open Water Diver（开放水域初级潜水员），不需要有教练陪着，只要有潜伴同行便可以自行下潜到不超过十八米的地方。

“你没有？那你岂不是只能下潜十二米？”温叶凑过来挑衅，“章述你好菜。”

“是是是，”章述笑起来，伸手挠着温叶身上的痒痒肉，“我的女朋友世界第一。”

4

雨已经彻底停了，麻雀飞落在树梢上抖擞着羽毛。

一辆溪竹牌号的出租车拐入楼前通道，车灯一晃，温叶推开章述的手往楼下看去，看见陆继杨拎着行李箱从车上走了下来。

不到半分钟，门铃响起。

“我看见灯还亮着就直接过来敲门了，希望没打扰到你们。”陆继杨把一袋横云特产递到温叶面前，“陆芳让我给你的，她下午会跟孟欣怡一起坐高铁回来。”

温叶看了章述一眼，又看向陆继杨：“需要我们帮忙收拾吗？”

陆继杨掏出钥匙：“就不麻烦你们了。”

温叶叫住他：“你等我一下。”她趿拉着拖鞋走回客厅，“这是房东阿姨让我转交给你的东西。”

陆继杨接过：“温叶，谢谢你。”

她笑了笑：“没事，只是举手之劳。”

章述一直觉得温叶很特别，但他又一直不愿意为温叶的这份特别定性。关上房门，章述揉了揉她的头发：“快去睡觉吧。”

温叶哼哼了两声，又跑回阳台：“我要看日出。”

章述无可奈何地跟在她身后，他在想其实世界上一定还有很多种没有被人做下定义的特别。特别就是特别，她特别逞强不爱示弱，她特别大胆喜欢尝试，她特别自由不受拘束。

还有她特别聪明，特别可爱，特别特别。

天色渐亮，远远望向东边，能隐约瞧见太阳的光晕。

没听到预想中的声音，章述低头看了一眼，刚刚还亢奋得唱歌的温叶现在已经躺在他怀里睡着。

章述小心翼翼地把她抱回卧室。这是他第一次有机会仔细打量这里，房间不大，衣柜紧挨着床放置，床上三件套印有可爱的卡通图案，窗边的花瓶里还放着他刚送的风信子。

何修远的婚礼在宜秋山庄举行，那里离市区不算远，章述特意跟叶知廉约了在附近吃晚饭，顺路捎她们过去。

山庄位于宜山的半山腰，因为地势比较高，沿着盘山路往上开的时候能明显地看到路旁的树叶呈现着与市区内不同的颜色。

车里放着 Eric Clapton 的《Autumn Leaves（秋天的落叶）》，叶知廉坐在副驾驶，把车窗摇了下来，和上歌曲最后的吉他 solo，山风逆着前行的方向往后排灌了进来。

吴子衿把碎发撩到耳后："我记得宜秋山庄刚建成的时候我们就来过这里。"

章述问："我怎么不记得？"

温叶说："因为是除了你的我们。"

叶知廉跟着起哄："也就是我们三个人的我们。"

"行。"章述打着方向盘转过了一个弯，"你们搞小团体孤立我。"

吴子衿难得出来打个圆场："那个时候你不在国内。"

加足马力开上了一段坡路，向下俯瞰的时候可以依稀看见宜秋山庄里的建筑，叶知廉透过后视镜瞥了吴子衿一眼："当时还是你带我们来的。"

吴子衿托着腮点了点头："当时何修远刚帮山庄老板打赢了一个涉及产权纠纷官司，律所里人手几张酒店抵用券。"

其实那段时间他们三个人都过得不算太好，温叶毕设的初稿被打回重做，叶知廉跟徐庭蔚分手，吴子衿和母亲也因为今后是进律所还是公检法的问题吵得不可开交。

吴子衿望向窗外："还挺感谢他安排的那次解压之旅。"

"吴子衿，"叶知廉伸手把音响的音量调小，"你是真的看开了吗？"

吴子衿确信："我是真的看开了。"

驶进山庄，路旁堆满了还没来得及清扫的落叶，车轮碾过发出"嘎吱嘎吱"的声音。

为了维系人情关系，何修远还将请柬发给了律所的合作伙伴。看着登记处长长的随礼名单，相比于婚礼，温叶感觉自己更像是参加了一场商业活动。

进入宴会厅之后，吴子衿拉着温叶跑到角落坐下。吴子衿今天穿了一条丝绸质地的香槟色长裙，很漂亮，但又不至于喧宾夺主。

温叶把毛呢外套脱了搭在自己的手臂上：“阿姨呢？”

“我妈？”吴子衿伸长脖子环视了一周，“她可能跟何妈妈待在一起吧。”

“你要不要过去打声招呼？”

“我在微信上跟他们说一声就好。”吴子衿随手从托盘上拿下两块红丝绒蛋糕，“你看见那个站在长桌左边的人了吗？”

“看见了。”温叶接过其中一块，“熟人？”

吴子衿说：“不熟。”

温叶特意转身看了一眼：“那他是之前你跟我吐槽的那个同事？”

“就是郑敏航。”吴子衿连连点头，“自己拉不到案源，又嫌何修远让他跟的案子标的小，反正我们团队里的老人都不喜欢他。”

温叶舀了一勺蛋糕，余光中似乎瞥见有人正朝她们的方向走过来。

宴会厅里的灯光突然变暗，配合以紫藤萝为主题布置的会场，夜灯都发出了淡紫色的幽光。左侧的LED屏开始播放视频，在介绍新郎时，温叶看见了一张何修远教训吴子衿的照片。

吴子衿说：“那个时候我好像才十岁。”

温叶说：“年纪好小。”

“当时好像是离家出走？还是跟同桌约定好放学后一起私奔，”说着说着，吴子衿也被自己小时候做过的事情逗笑，她拿起手机对着屏幕拍了一张照，“何妈妈就爱偷拍这样的照片。”

随着最后一张单人照片的切换，他们的婚纱照开始在宾客面前呈现。

看着何修远的笑脸，温叶突然发现自己很难判定他到底有没有后悔，或者是不是真的开心。可能章述跟阿廉都没说错，有些人的感情是理性的，会趋利避害，而有些人是感性的，喜欢就是喜欢，没有道理，不顾结果。

情感的多样性就是这样，虽然很不解，但他们永远没有办法判定与自己不同的何修远就是错的。

视频结束，一道追光打在了宴会厅的入口处。

三米高的木质拱门被缓缓推开，管弦乐团开始演奏门德尔松《仲夏夜之梦》的第五幕前奏曲，新娘穿着婚纱从她们面前经过，花童抛洒的花瓣也落到了吴子衿的脚边。

“上位失败了，你是不是恨得牙痒痒？”

不知道郑敏航是什么时候凑过来的，他把地毯上的花瓣踢开，就像是随意踩死了一只路过的蚂蚁。

吴子衿坐回位置上：“我不懂你是什么意思。”

“当时你使手段吹何修远枕边风的时候，我也不懂你是什么意思。”

前奏曲经过扬声器被放大到宴会厅里的每个角落，郑敏航的声音被压制，婚礼已经进行交换戒指的那步，何修远把戒指戴进了新娘的无名指上，还在掌声中跟她接吻拥抱。

吴子衿鼓着掌收回视线，笑了笑：“嗯嗯嗯，嫉妒吗？不然你也去试试？看看何修远能不能托关系给你泄题过司考。”

温叶也“扑哧”一下笑出了声，她看了吴子衿一眼：“你想走了吗？”

吴子衿弯腰抓起位置上的手包：“走吧。”

没来得及多走几步，温叶看到一旁的郑敏航从桌面拿起了一块红丝绒蛋糕，正打算往吴子衿的方向丢去。她反应得很快，伸手把蛋糕扣回郑敏航身上，一语双关道：“你不如先顾好你自己。”

室外跟室内是截然不同的景象，不同于大片紫藤萝呈现出的深情，宜山的旁边有一处峡谷，狭管效应让温叶觉得自己清楚地听到了风声。像是预料到这样的情况，早前温叶就跟章述商量好，让他们留在门外等待。章述冲着温叶招了招手，叶知廉跑去路旁捡起了两片落叶递给她们。

“秋天已经结束了。”

章述帮她们打开车门，布鲁斯音乐在身旁环绕，Eric Clapton 缓缓唱道：

And soon I’ll hear

Old winter’s song.

（在这不久，我将会听到一首关于冬天的老歌）

吴子衿重复叶知廉说的话：“秋天已经结束了。”

第十一章
/
在公园长椅上坐了一下午

1

十二月三十一日的那一天，温叶跟章述都有工作，乐达计划在年前完成招标，两个都忙得不可开交。

等到方案成型，他们才找了一个相对空闲的晚上，延迟庆祝新年。

入冬之后昼短夜长，温叶在制图室里待了一整天，望向窗外，看着刚过六点便夜色浓稠的天空，她突然意识到现在已经是一月中了。

中午的时候制图室的空调出了故障，吃过午饭，温叶披上章述挂在工位的外套又回到了这里。与之前熟悉的草木花香不同，章述最近换了新的衣物留香珠，薰衣草的味道让人昏昏欲睡。

温叶打了一个哈欠，在模糊视线中望见罪魁祸首推门走了进来。

“困了？”章述问。

“还好。”温叶示意他坐到自己旁边，指着图纸的一角，“就差这里没上墨线了。”

章述凑过去在她脸颊上亲了一口：“要不要我帮你？”

“不用。”温叶说，“你等我一下就好了。”

章述靠在椅子上："那我打一盘游戏。"

温叶伸手掐了掐他的脸，说："别人男朋友一般不是都说'那我看着你'吗？"

章述操控界面返回游戏大厅，他用手撑着下巴："那我看着你。"

"还是别了。"温叶扭头，"我突然发现你这样怪恶心的。"

章述没说话，继续这样笑着看她。

不到一分钟，温叶就举手投降："我认输了。真的，我认输，求求你去做一些离我一米远的事情。"

章述随手抄起了一支笔在指尖转："学妹，你怎么这么不专心？"

"我很专心。"温叶瞪了章述一眼，抢过他手里的笔开始把剩余部分补上。

天色渐晚，对面广场的照明灯也被夜幕点亮，温叶还能隐约听到三两声汽车鸣笛的声音，大概过了十分钟，她脱下外套塞回章述的手里："弄完了，走吧学长。"

靠近年末，各小组的工作大多都告了一段落，烁林实行弹性上下班时间，穿过走廊，只有壁画旁的铜灯还亮着。

章述掏出口罩给温叶戴上："下午邻省确诊了首例本土病例。"

"那我们这里？"

"暂时还没有，不过最近出门要小心。"他把包装袋丢进一旁的垃圾桶，"好像明早后勤部会安排消杀公司过来消杀。"

"胡克晗下午跟我说了。"温叶捏了捏章述口罩上的鼻梁条，帮他把口罩摆正，"我们现在去哪儿？"

章述低头牵过她的手："去看水幕电影。"

去到停车场，温叶发现章述停在车位的车变成了本科时开的玛莎拉蒂，粉色的内饰皮革，放在手套箱里的紫水晶手链，让她感觉自己又对章述妈妈多了几分了解。

温叶把安全带系上，问："你上午不是还开着自己的 SUV 吗？"

章述踩了一脚油门："中午我爸过来跟我换车了。"

温叶疑惑："什么？"

“我爸妈下午要回老家。”章述叹了一口气，“他们怕自己的车被剐蹭到。”

温叶大笑：“所以就把你的开走了？”

“是的。”章述摆出可怜虫的语气，“这两个人合起伙来欺负我。”

温叶附和他：“我们章述真可怜。”

章述跟着她一起傻笑：“对了，下周就要过年了，你打算什么时候回知州？”

温叶看了他一眼：“你先说说你的计划。”

“我？”章述想了想，“应该会留在道城吧，你也知道我们小组比较特殊，感觉很多事情都没有办法在年前收尾。”

“这样哦。”温叶说，“那我偷偷告诉你，我订的是二十四号中午的航班。”

章述立马猜到：“为了凌晨陪我过生日？”

温叶晃了下脑袋：“可能是吧。”

驶出地下车库，对面的广场照常进行着喷泉表演，正在播放的歌很有冬天的气氛。

航城大道两侧的街景飞快掠过，章述把车停在民航路室内游泳馆的门口。

“到了。”章述伸手从后排的座椅上拎起一个野餐盒。

温叶笑出了声：“难道我们还要在游泳馆里野餐？”

“嗯。”章述冲着温叶眨了眨眼睛，“是不是觉得特别浪漫？”

温叶没回答，只是伸手接过管理员钥匙把门打开：“今天只有我们？”

章述站在温叶身后解释：“这是我大学舍友开的，里头有投影可以投在水面上，今天闭馆换水，确实只有我们。”

温叶突然想起自己不久前看的一部青春片，在电影开头，几个主人公以不同的姿势跳入泳池中。一段嬉闹的镜头之后，他们仰漂在水面上，身旁是浮标和彼此，然后阳光洒下，声音渐弱，电影标题浮现。

温叶总能从细枝末节中捕捉到一些对于浪漫的全新阐释，进入馆内，在昏暗的灯光下，水面看起来波光粼粼。

她觉得现在好浪漫。

温叶上前挽住章述的手臂：“我们看什么？”

“我们一起说？”

温叶点头：“《智取威虎山》。”

章述和她异口同声：“《智取威虎山》。”

听完温叶的转述，吴子衿在电话的另一头忍不住笑了起来：“我不是嘲笑你们的意思，但这……这实在是太不浪漫了，”她顿了下，“我第一次听说会有情侣跑到游泳馆里看《智取威虎山》。”

蓝牙耳机还在充电，温叶只好把手机举在耳边：“其实我觉得挺浪漫的。”

吴子衿问：“是吗？”

温叶回想起自己当初为了逃避谢佳予的话题，随口说的那一句话。

——“可它（水幕电影）是你童年的一部分。”

她躺到床上，回答吴子衿的问题：“因为章述很傻。”

就像阿廉说的一样，虽然章述看起来很精明，在工作上也不会轻易让甲方占什么便宜，但他就是一个冒着傻气的人，他不喜欢再现那些常人眼中模板化的浪漫，他幼稚、无厘头，却会凭空变出一场今夜限定的水幕电影，把温叶也拉回了自己的童年。

吴子衿“啧”了一声：“好酸，酸掉牙了，温叶你跟章述不分上下，你也很傻。”

2

和吴子衿聊到电量告急，温叶退出通话界面，看见章述在十分钟前给她发了两条信息。

章述：【严乐达进 CCU（冠心病监护病房）了。】

章述：【我现在开车去找你。】

温叶穿上外套就下了楼，深冬寒意刺骨，野猫窝在物业临时搭的棚里一动不动。

章述刚到，正跟江邻川打着电话。临近竞标，严乐达却进了医院，这对于他们而言可不是一个好兆头。

“怎么回事？”看见章述挂断了电话，温叶问他。

章述倒着车：“心梗。听说做完手术已经没事了，现在正在CCU里观察。”

“那我们能做什么吗？”

“什么也做不了。”章述说，“刚刚严乐达把江邻川的堂哥江蕴康叫了进去，后天就要竞标了，也不知道会不会发生什么变动。”

温叶摇下车窗，伸手帮章述交了停车单：“去医院？”

闸口打开，机器大声喊着“出入平安”，章述“嗯”了一声：“江邻川也在过去路上，我们在那附近碰个头。”

“明明下周一就要竞标了，”温叶把刚刚摘下的围巾攥在手里，“我还是第一次碰上这种情况。”

“我也是。”章述打着转向灯，“温叶，你说，万一这次真的是徒劳无功呢？”

温叶转身看着章述问：“你是很在意结果的人吗？”

章述说：“不是。”

“真巧，我也不是。”温叶说，“那就让它徒劳无功吧。”

医院停车场没有空余的位置，章述开着车在附近转了几圈才找到一个车位。时间将近零点，来往的行人很少，只有马路对面的几家商铺还亮着灯。

逆着晚风，他们走进了一家二十四小时营业的便利店，温叶看见江邻川和谢佳予正坐在窗边，面前各放着一瓶苏打水。

“现在什么情况？”章述走到江邻川对面坐下。

江邻川说：“严乐达说要延期招标。”

温叶问："延到什么时候？"

谢佳予回答她："可能是年后。"

温叶转头跟章述对视了一眼："对我们会有什么影响吗？"

江邻川摘下口罩，拿起瓶子喝了一口水："具体的还没来得及问清楚，江蕴康就被人叫回公司了。"

章述伸手搭在温叶的椅子靠背上："那我们也只能等着了。"

谢佳予托着腮："事已至此，再发生什么也不是我们能改变的。"

江邻川点了点头，算是表示认同。

江蕴康是一个能力很强的人，学院的阅览室里放有《道城日报》，大二的时候温叶到阅览室值班，她在报纸上见过这个名字几次。之前聚餐，谢佳予跟她科普过乐达内部的故事，总结起来就是一对针锋相对的父子需要一个外人来保持表面和谐。

温叶看向窗外，店员走过来向他们推销最新的打折商品，相较于北方的萧瑟，南方的冬天更多的是凄清。年关将近，街道两旁的路灯都被挂上了红灯笼，便利店里正循环着一些贺岁的歌曲，新旧交接的时候总有一种囿于生活的忙碌。

接下来是周末，他们都没有什么工作，四个人坐在店里，随便就着一个话题聊到了清晨。

趁着太阳还没升起，江邻川和谢佳予回了附近的家，温叶向章述提议一起去附近的老街逛逛。省一医院位于道城的市中心，再往北走三个路口有一条去年新建成的仿古老街，在老街尽头有一家精品超市，他们过去的时候，超市刚刚开门。

章述推着购物车："要不要带一些道城特产给叔叔阿姨？"

"不用，我已经给他们买好新年礼物了。"温叶上前挽住他的手臂，指向一旁的货架，"你喜欢吃酱鸭吗？"

章述想了一下："还行。"

"吴子衿跟我说，这个牌子的伴手礼都不错。"温叶把酱鸭礼盒拿下来放进车里，"到时候你加热一下就能吃。"

"好。"章述拿过中岛货架上的方便面，"你家一般会怎么过年？"

“我感觉旁边那个冬阴功味的更好吃。”温叶说，“我家啊，除夕那天中午会去姥姥家吃饭，然后晚饭就在家里吃。”

章述把方便面换成温叶推荐的口味：“说起来，我已经很久没在国内过年了。”

温叶懒洋洋地靠着他：“前段时间，阿廉还给我发了你跟朋友一起包饺子的照片。”

“那好像是去年的。”

温叶抬头瞥了他一眼：“阿廉没说。”

章述拎起两瓶可尔必思和一提百威啤酒：“那个朋友叫Felix，是一个美籍华人，每年春节他的父母都会把我们叫去一起吃饭。”

温叶点点头：“这样过节也挺有意思的。”

“假如你想的话，我们去Santa Barbara的时候可以顺路去找他玩。”

走到收银柜台，章述把购物车推到队伍的末尾，温叶问他：“Felix是什么性格的人？”

“他跟阿廉有点像，也是园林专业的。”章述顿了下，看见温叶打开付款码，抢在他前头买了单，“你们肯定能聊得来。”

温叶帮他提着一袋零食：“你怎么这么确信？”

章述笑起来说：“那还不是因为我的女朋友世界第一平易近人。”

走出超市，天已经彻底亮了。温叶拉着章述穿过人群，跑去早点铺买了两份早餐。章述看着自己手上大大小小的包装袋，侧身将口袋对向温叶：“我好像有电话。”

“有吗？”温叶伸手把手机捞了出来，背着光看了一眼备注，“是谢佳予。”

停车的地方离老街不远，章述把后备厢打开，让温叶顺手帮他接下电话。

温叶把手机举到耳边：“学姐，怎么了？章述现在正在放东西。”

谢佳予问：“你们还在老街附近吗？”

温叶坐进副驾驶室，听到车尾传来关闭尾箱的声音：“我们还在。”

谢佳予继续说着：“今早道城确诊了一例肺炎病例，听说刚刚转进省一医院。”

章述伸手帮她把安全带系上，温叶下意识地看向他。

谢佳予的声音在耳边响起：“假如可以的话，你们还是尽快回家吧。”

随着疫情的爆发，航班被陆续取消，烁林事先策划好的年会也被迫叫停。

和别的城市相比，道城的情况还不算紧张，但在除夕前四天，公司附近的临江雅苑发现了病例，整个小区被封锁隔离。出于稳妥起见，跟父母商量后，温叶还是决定留在道城过年。

大年二十九一早，温叶就收到了气象局的橙色预警，上头写到预计在未来的两小时内，道城局部地区会出现暴雨。伴随着电闪与雷鸣，这场强降水从上午一直延续到了傍晚。

吃过晚饭，温叶跟章述从谢德林家里出来，并肩走在一楼的入户花园。

雨快要停了，这里离松屏路不算远，温叶看着章述，说自己想要淋雨回去。

章述把伞收进包里：“小心感冒。”

温叶牵住他的手：“不会的。”

大概是去年年底，温叶曾经看到过一场很特别的大雨。

那天她随便在路边找了一家咖啡厅等孟欣怡下课，店里有两只猫，老板和店员也懒洋洋地趴在桌面上。没待多久，屋外突然刮起大风，雨声与研磨咖啡豆的声音同时响起。

温叶坐在落地窗前，看着老板故意把朋友的摩托车头盔放到室外，店员跑出去把一只拴在门口的金毛牵了进来。

那段时间堆积了很多事情，假借大雨忙里偷闲让她觉得好惬意。

走出小区，街道两旁没有什么行人，平日里车水马龙的市中心受到疫情的影响都变得萧条了不少。章述从口袋里掏出 AirPods，分了一边给温叶，耳机里正放着 Bill Withers 的《Just the two of us》。

“前段时间一直在赶进度，”温叶说，“但没想到招标会就这么延期到了二月十一号。”

章述把自己的围巾解下来罩在温叶身上：“正好可以休息几天。”

“你爸妈还回来过年吗？”温叶用围巾把自己裹得更严实了一些。在她的强烈抗议之下，章述把衣物留香珠换回了原来的味道，草木花香混进雨夜，恰合时宜并不突兀。

“不回了。”章述说，“老家那边管得很严，现在回来不太方便。”

温叶把手伸进章述的衣领，冰得他下意识地缩了一下脖子：“那我明天中午去找你，我爸妈给我寄了好多吃的。”

章述抓住她的手：“你年夜饭想吃什么？”

温叶问：“我想吃什么你就能做什么吗？”

“嗯。”章述点了点头，“我可是中华小当家。”

“中华小当家，拜托拜托，”温叶双手合十，“我明天想吃到男朋友做的白灼虾。”

章述开玩笑地“啧”了一声：“你也太小看我了吧。”

温叶嬉皮笑脸：“你怎么不能把这当作是一种体贴？”

章述附和她：“学妹，你可真体贴。”

温叶拍了拍章述大衣上的水珠，看见雨已经彻底停了。回到邮职院门口，物业坐在保安亭用测温枪给他们量体温。

章述走到温叶的另一侧：“我在建设局今年的公示名单里看到邮职院了。”

温叶把手伸了出去，又在桌子上挤了一些酒精免洗洗手液：“房东跟我说了，我前段时间和孟欣怡去看了几套房，但一直没找到特别满意的。”

章述偏头望着她：“你要不要？”

温叶又把围巾往上拉了一些，蒙得自己只剩一双眼睛：“要不要搬去山汇花园？”

“嗯。”还没等温叶说话，章述又继续说，“我可以回我爸妈家住。”

温叶蹦蹦跳跳地跑到他的面前：“那我这算是什么？鸠占鹊巢？”

章述笑了笑：“只要你想。”

温叶晃着手臂：“让我考虑一下。”

3

拆迁在即，走进楼道，温叶才突然意识到楼里已经不剩多少住户了。

陆继杨的租期比温叶到期得更早，从横云回来没多久，他就带着陆芳搬离了邮职院。温叶时不时会从孟欣怡那里听到他们的近况，据说陆继杨去到一家投行上班，而陆芳也回到了学校。

摁亮五楼的过道灯，章述把拎在手里的托特包递给温叶：“明早醒来了给我打电话，我开车过来接你。”

“好，礼物我偷偷放进后备厢里了，”温叶顿了顿，“过了十二点才能看。”

章述笑起来：“你中午问我要车钥匙的时候我就猜到了。”

温叶恶狠狠地威胁他：“那也不许看。”

章述举手投降：“好好好，我不看。”

“这还差不多。”温叶把托特包挂到衣帽架上，又冲他挥了挥手，“早点回去吧，晚安。”

“晚安。”章述扯下自己的口罩，凑上前亲了亲温叶的脸颊。

临走之前，他指着衣帽架：“等会儿你记得看一下包。”

听见关门声，温叶伸手取下背包，她发现在包内成沓的文件资料旁，多出了一个陌生的红丝绒材质方盒，盒里正装着一枚珐琅发夹。

温叶掏出手机，对着它拍了一张照片，还在聊天框里附上了几个的开心表情。

温叶：【所以这是新年礼物还是礼尚往来？】

章述：【是给你安全到家的奖励。】

章述：【新年快乐。】

看着屏幕上的内容，温叶感觉自己很难形容当下的心情，就像是风雨欲来时落在水面上的蜻蜓，嗡嗡嗡的。她推开窗户向下看了一眼，车前灯照亮了楼下通道，熟悉的引擎声在耳边响起，章述还没有离开。

回到室内把发夹戴到头上，温叶边拨了一个微信电话，边往楼下跑去。

章述很快接通："喂。"

温叶明知故问："你走了吗？"

"还没有，"章述逗她，"我正看着后备厢饱受折磨。"

温叶笑了一声，把话筒改成静音，弯腰绕到了驾驶座旁。她敲了敲玻璃，示意章述把窗户降下。

章述转身看着她："你怎么下来了？"

"章述。"

"我在。"

温叶问："你家还有空余的房间吗？"

温叶抬手到他面前晃了下："章述？"

章述看着她点头："有。"

"那麻烦寿星过几天来帮我搬家，"隔着车门，温叶把章述刚刚拉开的门锁又再关上，"你别下来了，等到十二点我就回去。"

章述还是将车门打开，走到温叶面前伸手抱住她。

室外气温接近零度，章述低下头，亲了亲她被冻红的耳朵。

章述前段时间剪短了头发，后剃发扫过温叶敏感脆弱的脖颈，让她呼吸一滞。

温叶推开他的脸："我突然发现，你好像一只黏人的小狗。"

"嗯，"章述说，"毕竟我和'袋鼠'是不同物种的亲兄弟。"

温叶仰起头和他对视，忍不住笑了出来。

“袋鼠”是章述妈妈养的一只边牧，毛发是少见的蓝陨色，很聪明，不认生，见到温叶的时候还会摇着尾巴跑到她的脚边吐舌头。

“叔叔阿姨都回了老家，”温叶钻进他的大衣外套，“那‘袋鼠’最近是不是在你那里？”

“是。”章述掏出手机给她看“袋鼠”的进食视频，“我今天出门前还随手录了一段。”

温叶转过身，后背贴上章述的胸膛：“好可爱。”

“但它晚上偶尔会打呼噜。”

温叶问：“那你呢？”

“应该不打吧？”

“真的吗？”

“不过我好久没住宿舍了，可不敢保证。”

温叶开玩笑：“看来我还得先买些耳塞备着。”

章述揉了下她的头发：“不信任我呢。”

温叶摇头：“我可没有。”

湿冷的晚风从他们身旁刮过，车载音响传来了电流的声音。

章述和温叶最近很喜欢听播客，这期播客主邀请了一位小有名气的文艺片女演员作为嘉宾，和她一起讨论今年西京电影节的几部展映作品，其中有一部是五年前热映的悬疑片续作。

“你看过这部电影吗？”章述环着她问。

“看过，”温叶如实回答，“但我已经记不清剧情了。”

五年前，影片上映的时候，道城刚刚入冬，温叶打着喷嚏从图书馆里出来，迎面碰上了吴子衿。

她手里拿着一个信封，看起来心情不错，上前给了温叶一个大大的拥抱。

“你的感冒还没好吗？”吴子衿问。

“还没有。”温叶的鼻音很重，“昨晚突然降温，我睡到一半被冷醒了。”

“你多穿点。”吴子衿将自己的围巾取下来递给她，“道城的天气就是这么古怪，一会儿夏天一会儿冬天的。”

温叶摆了摆手：“不用，我正打算回宿舍加件外套。”

吴子衿把围巾攥回手里：“那跟你说个开心的事。”

温叶好奇：“什么事？”

“Boss 刚刚给我送了几张观影券，还说假期要带我去西北自驾，”吴子衿晃着手里的信封，“你晚上没事吧？我们等会儿去看电影？”

“没事。”温叶从包里翻出口罩戴上，“你想看什么？”

“这部？”吴子衿低头研究着观影券的兑换规则，“我昨晚看见章述在朋友圈发了一段观后感，感觉还挺有趣的。”

兑票的过程有些烦琐，周六晚上排队的人很多，在售票处换好电影票，电影已经开场了。

吴子衿弯住腰，拉着温叶在过道间穿梭。她们定的位置比较偏，左手边还坐了一个穿着橘色毛衣的男生。

同行的朋友时不时会跟他讨论剧情，但都被他“嗯嗯啊啊”地敷衍过去，视线一直落在前方，看起来十分专注。

温叶戴上眼镜，悄悄望了一眼，又下意识地掏出手机翻看昨晚的朋友圈。

章述习惯在观影后写影评，豆瓣书影音更是标记了上千部作品。在那条朋友圈的结尾，章述说自己会二刷，但温叶没想到，竟然能如此凑巧。

不用刻意寻找机会，对方就这么出现在自己面前。

温叶用手挡住自己的左脸，还没想好要不要跟他打招呼。

这段时间，他们的关系正好处于一种不上不下的状态，是有过交集，但远不能称为朋友。毕竟在收到笔记之后，温叶在微信上表示感谢，章述也只是简单地回了一个“嗯”字。

温叶眨了眨眼睛，决定把注意力放回影片本身。

但身旁时不时会传来一些动静，短短一百分钟，她过得格外煎熬。

电影散场，她们跟在章述的身后，慢慢悠悠地随着人群朝出口走去。

温叶不经意地听到了章述对于结尾的看法，一抬头，正好瞥见同行人拍了拍他的上臂：“我一直想问，上回你借笔记的那个女生是谁？”

章述把纸杯丢进一旁的垃圾桶里：“一个学妹。”

“我们学院的？怎么感觉之前没见过。”

章述解释：“她刚外院转过来。”

“为什么？”

“什么为什么？”章述顿了顿，反应过来对方在问什么，“她很好，我想向她道歉。”

在播客的末尾，博客主照例让嘉宾读了一段结束词，女演员台词功底扎实，声音温和得像是在读一封从过去寄来的信。

温叶抓起章述的右手，看着石英表盘上的时针指向十二点：“学长，二十八岁生日快乐。”

章述笑起来：“那么，学妹，我现在可以去拆礼物了吗？”

温叶从他怀里跑出来：“当然可以。”

章述打开开关，车后盖升起，暖气也一并涌了出来。

后备厢里放了章述喜欢的乐队的胶片唱片和温叶自己设计的吉他包，包上画着一棵立在雨中的樟树。

温叶偶然抬头，发现夜色浓稠。莫名其妙地，她突然开始希望现在能下一场大雪。

“Atmosphere 乐队十周年的银胶？”章述问。

温叶告诉他：“有个朋友上周回国，我托她在发售日那天帮忙买了一起带回来。”

章述笑了笑：“糟糕。”

“怎么？”温叶问，“你不会也买了吧？”

“嗯。”章述点头，“不过我买的是黑胶。”

温叶用手肘撞了他一下：“那你把你的那张送给我。”

章述揽过她的肩膀："这算不算是一种心有灵犀？"

温叶跺了跺脚："你说呢？"

章述低头看着她："当然算。"

4

一连下了几天的雨，大年三十倒是个艳阳天。温度回升，赶跑了伴随降水而来的寒潮。

今天松屏路有些堵车，章述只好绕到东梧路的偏门进来。

跟疏于维修的路灯一样，邮职院里是没有年味的，西区有不少房龄二十年的危房，早在一月初就已经开始动工。开车经过运动器材，路面上的扬尘让他一连打了好几个喷嚏。

为了睡懒觉，他们把见面的时间定在了十二点。

正午的日光穿过榕树树缝落在地面，章述把车窗摇上，拐弯驶进楼下通道。

温叶从楼梯口走到窗边："舍友，新年快乐。"

章述下车伸手摸向她的后颈："你叫我什么？"

"我叫你学长，"温叶把小推车拉到章述面前，"学长，能不能帮可怜的学妹扛个快递？"

"可以哦，"章述扫了一眼，"这是阿姨寄的？"

"嗯，好像都是年货。"温叶打开后备厢，"我上午在快递站搬了好久，结果发现自己根本抬不起来。"

章述脱掉上衣外套，弯腰将包裹抱起："你去快递点还推车吧，我上楼帮你拿行李。"

温叶抓起章述的胳膊晃了晃："我放到玄关那里了，是一个 24 寸的黑色行李箱。"

"我记得。"章述把她的毛线帽往下扯了一些，帽顶的黄色毛线球耷拉在脑后，"你今天怎么突然戴了帽子？"

"因为我昨晚没洗头。"温叶不好意思地说，"完了，完了，章述你这么看着我，让我感觉自己特别邋遢。"

“我可没有。”章述接过她的家门钥匙，“还有谁不知道我最喜欢邋遢鬼了吗？”

“天哪，”温叶故作惊讶，“我不知道。”

章述把尾箱盖关上：“那下次我换理想型了第一个告诉你。”

“行，”温叶点头，“一言为定。”

“你快去吧。”章述笑了起来，推着她向前走了几步，“再不回家，我出门前煮的米饭都要熟了。”

温叶说：“我去啦？”

章述走到台阶上回头看她：“我一会儿开车到快递点接你。”

跟章述分开之后，温叶拉着推车往快递站走去。

推车滚轮摩擦地面发出的声音在邮职院里回响，在快递站的附近有个小坡，北风顺着地势起伏刮向坡底，温叶转头看见太阳正好悬在楼顶，她莫名其妙地，想起了大一时上的一节口语课。

当时的口语老师是一位五十七岁的美国外教，叫 Nancy。

Nancy 喜欢跟学生谈论除了中美关系以外的所有东西，还会时不时分享自己心目中的独身主义。在那节课的开头，她说，不要害怕孤独，因为她觉得未婚的自己就像鸟儿一样自由。不过，她同样鼓励大家在大学期间尝试着全身心地去投入一段感情，毕竟只有感受过，才会知道自己是否真的需要。

然后她话锋一转，又把话题拉回到口语教学上，她说美国人总觉得“boyfriend（男朋友）”和“girlfriend（女朋友）”的说法太幼稚，像是小朋友之间的玩闹，而“lover（情人）”又带着很浓烈的情爱色彩。

温叶的舍友举手向她提问，到底稳定而成熟的恋爱关系更应该用什么去表达。

她想了想，说：“life partner（生活伴侣）。”

那天晚上开完部门小会，走在回宿舍的路上，温叶跟吴子衿分享了这一段话。

吴子衿具体说了什么温叶已经记不清楚了，只记得她不太同意外教的观点。

可能是成长的语言环境不同，吴子衿更看重词语多出的浪漫寓意。

前段时间，他们和吴子衿、叶知廉约了视频喝酒，还没能聊上几句，温叶和章述就坐在电脑前旁若无人地讲起了别的事情。

叶知廉竖起耳朵仔细听了一会儿，发现他们说的东西都很生活、很琐碎，有画仓周六的驻唱乐队，有川菜馆阿姨新推出的江浙菜菜品，还有西区那只很喜欢吠叫的雪瑞纳。

吴子衿大笑，开始联手叶知廉一起揶揄。她说如果把温叶、章述丢回小学，肯定会因为赛尔号里到底是雷伊还是谱尼厉害而争论一整节体育课。

章述不以为然，还伸手再倒了一杯酒："但我最爱的是布鲁克克。"

温叶笑得倒在他的身上："而我只玩摩尔庄园。"

"可恶的红鼻头鼹鼠，"章述咬牙切齿，"当年不会就是你在我家的留言板里写满了火星文吧。"

"怎么可能，"温叶转身看他，"你少污蔑我。"

章述挑了挑眉，把杯子塞进她手里。

想到这里，温叶忍不住笑出了声，眼熟她的快递站工作人员上前问她怎么这么高兴。

温叶突然有点不好意思："可能是因为过年吧，"她随口转移了话题，"我应该把推车还到哪儿？"

"你放在寄件台附近就好，政府提倡就地过年，反倒让我不知道该怎么过年了。"对方顿了顿，才反应过来自己对着陌生人发了一通牢骚，"新年快乐。"

温叶笑着点头："也祝你新年快乐。"

疫情刚刚爆发的时候，温叶对它造成的不便也有诸多不满，但在防疫的同时，她还开启了新的一种生活。

走出快递站，看见章述开车向她驶来。

周围还挂着国庆的装饰物，彩旗在风中飘摇，门口的公告栏上注明了快递点的关门时间。章述自然地帮她打开副座驾的车门，温叶在想，好像“生活伴侣”的说法真的更为适宜。

第十二章
/
樟树已变成了观叶植物

1

再次来到山汇花园，温叶发现章述往客厅里添置了很多新家具，黑色的皮质沙发旁放着一盏一米五高的金属落地灯，暖光灯打在“袋鼠”身上，就像是朝阳照在了梅里雪山。

温叶蹑手蹑脚地坐到“袋鼠”旁边，伸手摸了摸，它便翻了身往温叶怀里蹭。

“温叶，”章述在卧室里叫她，“袋鼠”摇着尾巴循着他的声音走去，“过来看看你的房间。”

“来了。”温叶站起身，瞥见茶几上的天门冬还是郁郁葱葱。

这是一间东南朝向的卧室，打开窗户可以看到楼下花园，每天下午还不会有西晒的烦恼。

章述把房间的独立钥匙递给她：“我上午只来得及去买了新的床上三件套。”

“没事，这样已经很好了。”温叶接过钥匙，望着“袋鼠”跑到床上蹦蹦跳跳，“它真的好可爱。”

章述笑了一声：“假如你连续三个晚上被它的呼噜声吵醒，估计就不会觉得它可爱了。”他停下来冲着“袋鼠”拍了拍手，“袋鼠乖，不要在姐姐的床上玩了，我带你去吃午餐。”

温叶光着脚在长毛地毯上走：“学长，那我们中午吃什么？”

“吃肉骨茶，我昨晚在微信上找阿姨学了一下。”章述把刚拆封的棉拖鞋放到她脚边，“对了，”他指着放在飘窗上的花瓶，“那个就交给你了，我实在是不会养植物。”

凑上前看了一眼章述养在花瓶里的水培葡萄风信子，它的叶片微微发黄，温叶拿起花苞把腐烂的根须掐掉：“应该还有救。”

章述走到她旁边：“那就好，我妈每次过来都管我叫植物杀手。”

温叶转头看着他笑：“你客厅的天门冬不是养得挺好的吗？”

章述尴尬地咳嗽了一声：“那是新买的。”

温叶跟在他身后走出卧室：“你还真是植物杀手。”

章述进厨房里拿出了一个卡式炉，又把砂锅架在灶面上方：“米饭在电饭煲里。”

门外传来了狗粮被倒进碗里的声音，温叶洗完手，将撸起的袖子放下，往厨房往外走：“但是章述，我怎么觉得你的花盆有点眼熟？”

“是吗？”章述说，“你再仔细看看？”

温叶跑到茶几旁，弯腰观察：“它好像我大二丢的那个花盆。”

“就是那个。”章述举起三只手指，“但我发誓，我可不是故意要偷走三色堇的。”

温叶把花盆拿起来放在餐桌上，看着上头斑驳的真石漆痕迹，她用手指敲了敲桌面，告诉章述坦白从宽、抗拒从严。

章述夹起一块排骨放进她的碗里：“当时我陪阿廉去温室，我见到你的三色堇奄奄一息，就拿起水壶帮忙浇了点水。”

温叶点了点头：“学长可真是好心肠。”

“后来，阿廉告诉我，学校近期会处理温室里非教学用的植物，他让我好人做到底，把三色堇给你送过去。”

温叶猜到了结局：“然后你忘了？”

“嗯。”他不好意思地说，“去年回国，看见我妈在阳台上拿着它种香菜，我才想起来还发生过这件事。”

“那之前你怎么不告诉我？”

章述说：“毕竟我做贼心虚。”

看着他，温叶憋不住笑了出来：“没事，就是一个花盆。”

章述举起上回温叶送给他的陶瓷杯：“那你年后带我去陶艺工作室看看吧，让小偷有一个机会可以补偿你。”

温叶趁机伸手揉乱他的头发：“好。”

上午睡得很饱，吃过午饭，温叶也没有午睡的打算。

章述还有个视频会议，温叶站在阳台，感受了一会儿室外暖烘烘的阳光，她决定带“袋鼠”出门逛逛。

山汇花园附近有个街心公园，因为疫情，到这里闲逛的人比往日少了不少。

去年春节，温叶父亲带着一家人到露营地过年，那里的海拔很高，四周被团云围绕。

大年初一的早晨，温叶定了一个闹钟，跟刚认识的驴友，跑到附近的观景台看日照金山。

在这样一个阳光正好的午后，回忆起太阳从山后升起的景象，她突然觉得假如能跟章述在公园长椅上坐一下午也很不错。

儿童乐园那边不知什么时候来了一对双胞胎，年纪大概五岁，身上穿着同样款式的暗红色连衣裙。她们一看见“袋鼠”，就兴奋地朝着温叶的方向跑来。

两个小女孩长得很像，性格却不太一样。

姐姐安静地站在一旁，妹妹倒是直接上前抱住“袋鼠”说了一句：“你好，小狗。”

跟双胞胎的父母商量之后，温叶把牵引绳拴到了路灯上，让“袋鼠”可以跟她们在周围玩耍。

温叶坐在长椅上借机放空，她刚刚收到了几张陆继杨传来的照片，上头有年夜饭、家门口新贴的春联还有一张全家福。

陆继杨没有多做解释，只在最后说了一句："祝你新年快乐。"

温叶没有深究这些消息背后的真正含义，好几个月过去，她想陆家人可能已经找到了处理彼此问题的最优解，毕竟照片上的陆芳笑得格外开心。

等到思绪回笼，温叶发现时间也过了下午四点。双胞胎过来跟她道别，看着她们沾满污渍的裙角，温叶才意识到"袋鼠"趁着她不注意已经在泥潭翻滚了好几圈。

温叶把牵引绳攥回手上，俯身同"袋鼠"讲话："不可以再这样咯，你哥哥前天刚帮你洗澡，等会儿他又要说你了。"

"袋鼠"围着温叶转了两圈，温叶也不知道它到底听懂没有。

"算了，算了。"温叶拿出湿纸巾想要补救，"袋鼠，我们还是回家吧，大年三十他一个人在家工作也太可怜了。"

"袋鼠"吐了吐舌头，温叶就当它是在表示赞同。

街心公园离小区正门很近，温叶用门禁卡刷开通道闸，正好碰见章述拎着两袋垃圾从楼道里出来，他也望向她："你怎么就回来了？我刚开完会正打算去找你。"

看着章述把垃圾丢进垃圾箱，温叶上前挽过他的手臂："回家陪陪可怜虫。"

吃过晚饭，温叶跟章述窝在沙发里，看着央视的《春节联欢晚会》，接到了叶知廉打来的语音电话。

电话那头的风声很大，叶知廉问他们要不要出来一起放烟花。

今年，叶知廉和家人在郊区的家里过节。道城周边的度假村刚开发时，他的父亲就在那里买了一栋三层楼高的独栋别墅。

温叶之前跟着章述去过一次，那附近海拔比较高，水汽重，清晨山雾弥漫，树叶上还会结一层薄薄的霜。

挂断电话后，叶知廉在微信上发来定位。

跟着地图导航，章述开车从松屏路驶到了老旧的、光线昏暗的小镇街道。车前灯照亮他们视线范围内的一小片区域，配上汽车引擎细微的声响，温叶感觉自己正坐在一辆绿皮火车上，缓缓穿过隧道。

章述伸手打开车载音响，控制面板上显示着他们中午听到一半的《YOKOHAMA Blues》。

温叶对End of the world这支乐队产生好奇，还是因为成员中一直蒙面示人的DJ，LOVE。

实际上，叶知廉也做过这样的事。最开始，他的家人不同意他随乐队到酒吧驻唱。因为担心父母从章述的朋友圈中找到蛛丝马迹，他就在很长的一段时间里带着头套登台演出。

"对了，"章述打着转向灯，"阿廉跟我说徐庭蔚也在。"

等这首歌播完，温叶连上蓝牙，打开歌单选了随机播放："但他们不是分手了吗？"

"具体的他没跟我说，"章述说，"我也不太清楚。"

拐弯开进度假区，温叶看见左侧有一家已经打烊的农家乐，绕进农家乐后面的小门，马路也由此从双行道变成了单行道。水泥地上留有车胎碾过的痕迹，两侧种着香樟树，被风吹得沙沙作响。

叶知廉戴着口罩，站在门口等他们。

章述停好车，叶知廉伸手打开主驾驶室的车门，跟他们小声解释："我和徐庭蔚正好碰上了，她跟舍友来这里吃年夜饭。"

温叶和章述交换了一个眼神，她试探着问："那我们等会儿带她一起回市区？"

"就不麻烦你们了，"他给温叶递了一扎仙女棒，"我今天也开了车。"

章述从口袋里掏出打火机给他们，他问温叶："你要不要先跟我进去和叔叔阿姨打声招呼？"

"行。"温叶把仙女棒放到一旁，又朝着徐庭蔚挥了挥手，说了一句"新年快乐"。

2

推开一楼大门，他们和一个柜式的玻璃鱼缸打了照面，里头没有水，只剩下细碎的沙石平铺在底部。叶知廉一家不常来这里居住，上前一看，还能发现柜顶落了层灰。

章述把口罩取下，换上室内拖鞋，帮温叶挤了两泵酒精洗手液。

电视上的小品演员卖力地抖着包袱，叶知廉母亲从厨房里出来，转身发现了他们：“大过年的，小章你怎么过来了？”

章述拉着温叶到沙发上坐下：“阿廉喊我们过来放烟花。”他停顿了一下，向长辈介绍，“叔叔阿姨，这是我的女朋友，温叶。”

温叶笑起来：“叔叔阿姨好。”

叶知廉父亲点点头：“你爸妈呢？”

章述说：“他们回老家了。”

“替我向你父母问声好。”叶知廉母亲说，“行了，你们年轻人也别在屋里待了，出去找他们玩吧。”

她的话音刚落，温叶看见徐庭蔚在外头点燃了一个铁树银花。

客厅有一面落地窗，窗外是两米宽的木质平台，叶知廉坐在台阶上，院子里燃放的烟花将四周照亮。徐庭蔚走到他旁边坐下，叶知廉转身望了她一眼，拍了拍自己另一侧的空位，对着章述他们说：“过来坐。”

温叶拿起打火机将仙女棒点燃，抽出一支递给徐庭蔚：“感觉我们好久没见了。”

“从 17 届起，外院就把研究生宿舍搬到老校区了。”阿廉解释，“你们应该没什么机会碰到一起。”

徐庭蔚拿着仙女棒在空中画了一个五角星：“我好像就回过本部三次。”

叶知廉接过母亲端出来的四碗汤圆：“哪三次？”

徐庭蔚把瓷碗捧在手里：“不记得了，都是回去办事。”

叶知廉问她：“那去年校庆你回本部了吗？”

“嗯？”徐庭蔚舀起一个汤圆，顿了下，“没有。”

院子里只有一盏瓦数低的路灯，烟火剂燃烧结束，纸筒里喷出的烟花从一米高的地方慢慢下降，光线又变得昏暗了起来。

叶知廉之前喜欢在音乐软件上帮人翻译德语歌词，他的署名很有意思，但大多数都和徐庭蔚有关。温叶不知道叶知廉在校庆路演时是不是出于同样的原因选择了那几首歌，隔着章述，她也看不清他脸上的神情。

章述伸手搭过叶知廉的肩膀："你那把木吉他还在这里吗？"

"还在。"他站了起来，"我上楼找给你。"

章述拍了拍温叶的手臂，跟着阿廉一起离开。

他们走后，徐庭蔚又点燃了一支线香烟花，温叶挪到她旁边坐。

"你跟章述在一起了？"徐庭蔚问。

温叶说："嗯。"

徐庭蔚感叹："有情人终成眷属。"

温叶问："那你们呢？"

徐庭蔚盯着手里的线香烟花："我们说好了今后当朋友。"

时间将近凌晨，市郊的气温骤降，她们刚起身打算回到室内，一抬头就看见章述背着吉他和叶知廉从楼上走了下来。

章述揽过温叶的肩膀，小声说："我们走吧，让他们自己解决。"

温叶把手揣进章述的口袋，发现里面还放着两个利是红包。

"这是叔叔阿姨给我们的。"章述拉开车门，问温叶还有没有想去的地方。

温叶摇了摇头："回家吧。"

章述没有启动车辆，他伸手打开音响，听着电台的主持人在广播里倒计时。

五、四、三、二、一之后，天边突然炸开了很多烟花，不远处的香樟树林被照得忽明忽暗，章述捧起温叶的脸亲了上去："新年快乐。"

半夜楼下响起了警笛，高音和平音声声交替，章述伸手从床头柜上捞起手机，现在是凌晨四点五十六分，他们刚睡了一个小时。

床尾的加湿器还在工作，借助空调显示屏投下的光线，章述能在夜里看清水雾上升的形状。鸣笛声渐渐远了，给温叶盖好被子，他打算起床到厨房倒一杯水喝。

经过客厅，章述发现“袋鼠”也没睡，它趴在落地窗前，似乎在听着楼下的动静。他过去揉了下它的脑袋：“你不睡觉在看什么？”

“袋鼠”抬脚贴到玻璃上，轻轻地叫了两声。

他站起来向下望去，三个穿着防护服的医护人员从草坪上匆忙跑过，他拿起打火机和一盒香烟，推门走出阳台。

“袋鼠”跟了过来，章述夹着一根烟在它面前晃了晃，示意它回去室内。

在隔着两栋楼的地方，停有一辆救护车，一旁的空地上还摆了成套的消杀设备。

章述没有点烟，他掏出手机看了一眼业主群，除了2602的住户在不久前询问物业发生了什么之外，没有其他的新消息。

去年在Felix家吃过年夜饭，为了坐车，章述冒着雪走了很长的一段路。读研的学校就在巴士站附近，校园很大，路上种了两排的棕榈树。

每班巴士的间隔时间很长，章述在等车的时候，刷新朋友圈看见了温叶新发的照片。照片里的她穿着臃肿的羽绒服，戴了一顶配色奇怪的毛线帽，单手搭在一把除雪铲上，开心地对着镜头比了一个剪刀手。

章述给照片点赞，还私聊温叶说了新年快乐。

加州不常下雪，消息发完没多久，雪就彻底停了。路面的积雪将化未化，走起路来还有水声。章述在旁边逛了好几圈，直到巴士到站，他都没有收到她的回复。

其实章述也没想到，一年之前还沮丧地觉得可能会彻底没有联系的人，今天正跟着自己一起过年。

整日的太阳让道城有了气温回升的迹象，但睡前温叶还是逼他穿上了加绒的情侣睡衣。卧室里开着暖气，章述把香烟盒放回原位，解掉睡衣最上面的两颗扣子，倚靠在窗框上吹风。

看着医护人员重重地关上车门，不到一会儿，救护车就闪着灯驶出了他的视线范围。

章述把“袋鼠”抱回狗窝，重新烧了一壶热水，端上两个陶瓷杯回去房间。

听见开门声，温叶起身抱了抱他，她的声音听起来有些哑：“外面怎么了？”

“来了一辆救护车，我感觉可能跟疫情有关，不过物业还没发通知。”章述把杯子递到她面前，“我是不是吵醒你了？”

温叶接过，杯子里的热水被兑到合适的温度：“不是，是我不太睡得着。”

章述拉开衣柜柜门：“怎么了？”

温叶摇摇头：“我腿有点酸。”

章述笑了出来，转身望着她：“是吗？”

温叶一愣，放下陶瓷杯，拿起枕头往他的方向丢去：“都怪你。”

“你冷暴力我。”章述接住枕头，假装委屈，“能不能对二十八岁的我好一点？”

温叶爬到床尾，握拳伸到他面前：“是热暴力。”

“嗯嗯。”章述附和她，“你现在扎个春丽头还能给我一记霸山天升脚。”

温叶哼哼了两声：“那你就是坏人维加。”

章述从衣架上取下一件短袖，抛到温叶身边：“我很坏吗？”

温叶装傻：“维加在 SNK VS CAPCOM（拳皇游戏之一）里都统治宇宙了还不坏啊？”

章述弯腰和她视线持平：“是吗？”

说完，他抓起后领把上衣脱掉。章述的身材匀称，肌肉线条分明，就连出生时，医生也发挥稳定，给脐带打了一个漂亮的结。

“你也太暴露了。”温叶顿了顿，“春丽可不吃这一套。”

章述继续凑近，抓起温叶的手贴近脸颊：“坏人太热了。”

他身上还散发着运动后的热气，睡前两个人都气喘吁吁的场景又浮现在温叶眼前。

温叶回想起了很多事情，有重逢时柏油路上冒的气，有室内游泳池波光粼粼的水面，还有大学时章述和人打完篮球，满身是汗跑向她的样子。

那个时候，阳光正好撒到章述的身上，温叶在心里想可能就是他了。

章述趁着温叶发呆的时间，把衣服穿好，坐到她旁边："在想什么？"

"在思考怎么阻止你统治世界。"

温叶撑起下巴看章述。看着章述脖子的吻痕，她突然想起自己刚刚还趁机做了不少坏事，也不知道明天他发现锁骨上的牙印之后会有什么反应。

温叶从章述的睡裤口袋里掏出手机照镜子，打算恶人先告状："章述，你这也太过分了吧。"

章述抢过手机看自己："彼此彼此。"

到了暖气之前设定的关闭时间，空调内机不再出风，机器运作的声音也随之停止。温叶躺回床上，把被子全部抢了过来。

章述侧躺到她身边："我一直很想问你一个问题。"

温叶很愿意为他答疑解惑："什么问题？"

"去年春节的时候，你为什么不回复我的信息？"

"我回了。"

章述回忆了一下："'你也是'？"

"你又不是不知道，我逢年过节都不爱给人发信息。"温叶转身和他面对面，"这已经很真诚了。"

"嗯。"章述说，"我去年也只给你发了。"

温叶把被子掀开，大方地让章述进来，她伸手抱住他："我们现在可是男女朋友。"

章述忍不住吐槽："维加和春丽在一起也太OOC（Out Of Character，常出现在角色扮演和同人文学中，意为'不符合个性，预料不及'）了。"

温叶哄他道："那我明天去研究一下街霸里还有什么帅气的男性

角色。”

章述环过温叶的腰，话到嘴边还没来得及开口，突然响起的手机铃声把所有暧昧气氛叫停。

温叶凑上前，和他一起点开屏幕。

几秒钟之前，物业在业主群里发送了一条 @ 全体成员的通知。

山汇物业：【根据道城市疫情防控指挥有关文件，南屏区疫情防控指挥部决定，对我小区采取疫情防控管理措施。封控时间定于 1 月 25 日 6 时起，解除时间以具体公告时间为准。】

3

工作之后，温叶和章述都变成了完完全全的宅家派，对于他们来说，居家隔离后的日子也不算难熬。

在不长的新年假期里，他们把一半的时间都浪费在了阳台。

温叶总会靠在章述的身上，感受着他胸腔的起伏，在沙发上坐一下午。有时候是晒日光，有时候是听雨声，像是逃到了与世隔绝的桃花源，什么都不用考虑。

收假后的时间过得很快，章述开始接触下一个项目，温叶提交了毕设二稿。

第二天是周五，也是情人节，赶在周末正式来临之前，乐达将在今天下午公布北流半岛招标的结果。

天气预报说二月十三号是一个阴雨天，果不其然，早晨就下了一场小雨。

站在阳台向外看，到处都是雾蒙蒙的，伸出手，似乎还能揪下一片灰褐色的云。

温叶喜欢侧躺睡觉，偶尔也会钻进章述怀里，把腿搭在他的腰上，让人感觉蛮横得不行。

章述和同事约好在下午三点钟开视频会讨论方案，将她的腿轻轻地挪到一旁，他起床推开房门。

冷风吹来，“袋鼠”趁机跑进卧室，和温叶一起霸占了他的床。

雨虽然已经停了，但寒潮加剧，走进没有暖气的书房里，章述忍不住多加了一件外套。

书房也有一扇落地窗，这是整套屋子里采光最好的房间。可惜今天天公不作美，要是在往常，太阳直射进来，照到窗边的垂丝茉莉，木地板上还会出现一片斑驳的树影。

江邻川早早就在视频会议软件里创建好了会议房间，他的背景还是项目一组的办公室，左上角的墙面上正挂着师母林秋予的水彩画。

“你不去乐达等结果吗？”章述坐在屏幕前问他。

“王哥中午带着胡克晗过去了。”

章述没说话，只是看着他点了点头。

“对了，”江邻川说，“刚刚老谢让我问你，知不知道山汇花园什么时候能解封？”

“还不清楚，”章述猜测，“不过应该快了。”

“他希望解封之后，你和温叶都能回来线下办公。”

“嗯。”章述说，“我知道了。”

前后两个项目的组成人员有一定的重合，看见人没到齐，同事小苏跟他们分享自己听到的八卦。小苏说严乐达从冠心病监护病房出来之后，严颂一直在病房里陪护，还说下午的招标会也会由他主持。

大家都往江邻川的方向瞟去，试图探听到更多的内部信息。

“江平有事要晚点来。”江邻川看了一眼手机，摆出一副没有接收到暗示的样子，“会议推迟到四十五分钟后，也就是三点五十分开始。”

天气阴沉，北风不断吹打，就连途经窗外的信鸽都有些重心不稳。

在去年，章述刚刚入职烁林的时候，附近的人民广场举办了一场信鸽大赛。上千只信鸽从这里起飞，飞往六百公里外的鸽巢。

当时松屏路上漫天啁鸣，章述边吃着早餐，边点开了工作群里的考察视频。视频中一只麻雀突然惊起，他在想北流半岛的小鸟是不是听到了同类的呼声，也想加入进来。

回过神，章述把摄像头跟麦克风关上，听见门外传来了不小的动静。像是“袋鼠”的玩具球被它丢到地面滚动，橡胶和地板相互摩擦，发出了“嘎吱嘎吱”的声音。

温叶蹑手蹑脚地推门进来，她用气声说：“你们开始了吗？”

“没有。”章述摘下耳机，“江平有事延后了。”

温叶继续问：“那你关声音了吧？”

章述告诉她：“我关了。”

温叶跑过来蹲在章述旁边，还皱着眉叫了一声他的名字。

章述低头问她：“怎么了？”

“我刚刚梦见我的二稿被导师要求重做了。”

章述笑着：“就这件事？”

“什么叫‘就这件事’？”温叶抬手捏着他的脸，没想过给他辩解的机会，“这明明很恐怖。”

章述抓住她的手：“比你昨晚看的《安娜贝尔》恐怖吗？”

“还是《安娜贝尔》更恐怖。”温叶停顿了一下，意识到自己差点被他带跑，“章述，我在跟你说别的事情。”

“好啦，别怕。”章述说，“梦和现实都是相反的。”

没来得及开口，温叶攥在手里的手机突然振动起来，她连忙按亮屏幕查看信息。章述推开椅子，凑到她的身边：“刘教授的消息？”

“嗯。”温叶点开文档，上下滑动了几页，“老刘把修改意见发过来了，不过他说整体没什么大问题。”

章述转头邀功：“看吧。”

温叶开心地放下手机：“那你好好工作，我回房间继续睡觉咯。”

看见温叶打算起身，章述拽住她：“不在这里陪我待一会儿？”

温叶想了想，跑到客厅搬了一张椅子进来。书房的书桌只用了两块亚克力板作为支撑，椅子很高，温叶伸腿晃了一下，故意踩到他的脚背上。

“你别乱动。”章述有点后悔把这个捣蛋鬼留了下来，“胡克啥在群里发消息了，说我们技术标第一。”

温叶问：“商业标呢？”

章述说：“第二。”

温叶也打开了工作群：“成磐是不是更擅长做公路桥梁？”

“嗯，市里几座主要的立交桥都是成磐设计的，”章述伸手挠她脚的痒痒，“假如最后输给他们也不算不能接受。”

“哪怕中间有暗箱操作？”温叶胡乱蹬了几下，把脚收回来，“很痒欸。”

章述没有回答她的问题：“你可能不知道，在北流半岛彻底荒废之前，那里还有一片人造沙滩。”

温叶：“嗯？”

“阿廉去过那里。”章述说，“当时他刚上一年级，课本还没领全就拿着照片跑来我们班上和我炫耀。”

“确实是他能干出来的事。”温叶问，“后来呢？”

“四年级的时候，我妈从邮局里辞职出来，和我爸注册了一家贸易公司。尽管他们答应我，会找一个周末带我去那里露营，但公司刚刚起步，他们根本腾不出一点时间。”

在叶知廉的描述中，那里种着很高很高的棕榈树，清晨摇下车窗，能望见朝阳落在江面上，漂亮得像是莫奈的印象画。

长大之后，章述在一个途经北流半岛的深夜，跟着地图导航，找到了那片人造沙滩。

章述下车在路边站了一会儿，看着掺有塑料垃圾的白色沙石，看着印有宣传语的铁皮被腐蚀得摇摇欲坠。在那个时刻，他突然有些难过，难过小时候的自己没有机会看到沙滩的另一面。

温叶看着他：“所以你当时提出了城市露营地的方案？”

章述说：“算是吧。”

“你之前怎么没跟我说？”

“因为我知道，假如我告诉你，你就会露出这副难过的表情，”章述捧起她的脸，“但我不想要你的同情，更不觉得自己可怜。没有父母陪伴的小章有很多自由时间，”他故意压低声音，“我甚至还能在放学之后跟阿廉溜进动漫城里打 Xbox。”

“袋鼠”摇着尾巴从门口经过,他们反扣在桌面上的手机同时响起,温叶按下他的手：“我来看。”

胡克晗：【分差 0.5，成磐胜。】

温叶扯了扯嘴角。

章述问：“输了？”

温叶上前抱住他的胳膊，把手机举给他。

章述扫了一眼：“没事，总会有遗憾的。”

温叶抬头，望着章述将视线从手机屏幕移回她的身上，他的睫毛纤长，哪怕在昏暗的光线下，也能投出一片阴影。

“假如二十年前小温就认识小章，他们会成为好朋友吗？”温叶问他。

章述的语气很肯定：“一定会。”

温叶苦着脸：“那小温不希望自己的好朋友留遗憾怎么办？”

“其实也不是遗憾。”章述说，“这可能更像是一张差了 0.5 分就能考全班第一的期中试卷，过段时间大家都会忘记的。”

这时,“袋鼠”的玩具球滚了进来,砸到种有垂丝茉莉的陶瓷花盆上,温叶突然反应过来，章述正在安慰她。

窗外天气阴沉得像是在酝酿一场大雨，电脑屏幕右下角的时间跳到 15：45，江平进入视频会议房间，在留言区里说了一句“抱歉”。

章述弯腰把玩具球捡起来，放进温叶的手里：“看起来它想要找你玩。”

温叶问：“那你呢？”

章述伸手揉了揉她的头发，整理好头戴式耳机，说：“我先开一会儿会。”

温叶帮章述把落地窗前的百叶帘关上，拿起 iPad 轻手轻脚地走出房间，哄着“袋鼠”一起去到了阳台。

茶几上还放住昨晚没有读完的武侠小说，从窗户缝隙漏进来的风，将页码吹到了新章节的开头。作者写到主人公在月下独酌，温叶看着墙面上的壁灯，白光与天边的乌云相对，壁灯好像变成了一轮可以悬挂在室内的圆月。

凌晨的时候，物业转发了防疫局的通知，在居家隔离二十一天之后，山汇花园将于今日解封。

温叶看了一眼时间，把手机放回床头柜："章述？"

章述睡眼惺忪地搂过她："怎么了？"

"五点半了，"温叶说，"还有半个小时就要解封了。"

"嗯？"

"你能不能陪我去个地方？"

章述问她："去哪儿？"

温叶枕着手臂："去看日出。"

睡前温叶就做好了准备，她在平板电脑里保存着从旅游网站下载的沙滩照片和多年前的卫星图。

小时候父亲喜欢用"Google 地图"教她地理常识，从地球的眺望图出发，温叶找到过自家楼顶，甚至还在一个闲暇的午后，在市郊的湖泊里发现了可疑的黑影。

十几年前的卫星拍摄并不清晰，但对于她来说，确定人造沙滩的具体位置不是一件难事。

昨天下了一整夜的雨，温叶把车开出停车场，发现到处都还是雾蒙蒙的。

章述坐在副驾驶室，用吸管戳开一盒牛奶："喝吗？"

温叶小心翼翼地查看着来往的车辆："你自己喝吧。"

章述看着她："真的不用我开？"

"不用。"温叶打亮转向灯，"学长你别忘了，当初可是我开车把你这个醉鬼送回家。"

章述笑着将座椅向后调了一些：“我当然不会忘，那么就麻烦学妹当我的一日司机了。”

在小区门口排队等候的车辆依次出场，驶过举着“新春快乐”的生肖雕塑，薄雾弥漫的街道和两侧明亮的路灯相继出现在他们眼前。

章述拿起社区昨晚送来的粗粮面包：“这种情况还会有日出吗？”

温叶摇摇头：“我也不确定。”

章述翻看手机：“气象局说，今天太阳会在六点三十二分从东南方向升起。”

“东南方向啊,”温叶顿了顿,没头没尾地问,“章述,你地理好吗？”

“还行吧。”

“偷偷告诉你，我的地理不太好。高中的时候，我都不记得印度洋洋流冬夏的流向。”

章述想了一会儿：“受东北季风的影响，冬天应该是流向西南？”

“学长好厉害。”

章述感觉她话里有话：“骗人鼻子可是会变长的。”

“我没骗你。”温叶说，“一直以来，我都觉得你是无所不能的。”

“现在这样也是吗？”

温叶毫不犹豫：“当然。”

章述被温叶直白的夸赞弄得有些脸红，看着她把车开上了跨江大桥，他开始分心去观察两侧的街景，试图找到新的话题。

“我们是要去北流半岛？”章述问。

“是。”温叶看了他一眼，语气有点犹豫，“你会不会觉得我在多管闲事？”

章述说：“我不会。”

温叶继续说：“其实昨天下午我想了很久，我在想你是真的不在意，还是因为要顾及我的感受，所以没有把自己的真实想法说出来。”

雨刮器突然启动，贴在玻璃上来回摇摆。章述转头注视着她，张了张嘴，却没有说话。

“后来阳台突然刮起大风，我刚起身想往客厅走，就看见袋鼠把它最喜欢的玩具放到了我的脚边。当时它还冲着我吐了吐舌头，像是在说，别难过啦。”温叶关掉误开的雨刮器，“既然十八年前我没有办法安慰小章，那我现在无论如何都要告诉你，我很在意，很在意你是否开心，也很在意你经历的每一件事是否能合你心意。所以啊，我呢，就决定帮你完成小章的心愿，陪他一起到人造沙滩看日出。”

河畔的风带着潮意，路上的车辆寥寥，章述笑了笑，目光温柔得像是一片被融化的初雪：“好，那我替小章谢谢你。”

越过跨江大桥，温叶把车停到路边，跟章述提议步行进去。

两旁的青果榕被风吹得沙沙作响，章述帮温叶把碎发捋到耳后，低头看了一眼手表，时间接近六点三十分，雾却依旧很重。

北流半岛的人流量小，周围被投放了许多按钮式红绿灯。温叶没接下章述的话，她故意挡在他面前，偷偷按向开关：“我们闯过去吧。”

还没等章述同意，温叶就抓起他的手，朝着马路对面跑去。

在迈向斑马线的瞬间，交通信号灯由红转绿，浓雾好像也开始渐渐消散。

他们身后是沉默的阔叶林，曲折蜿蜒的河道将道城划分为南北两岸。正在江面行驶的渔船如同光线洒落，船桨拨弄江水，日光搅动夜色。

温叶回头望了章述一眼，看着风把他的头发吹了起来。

她伸手指向天边：“章述，你看，太阳要出来了。”

4

在本科毕业之前，温叶丢过一串钥匙。

钥匙环上挂有一只帕恰狗，毛茸茸的，像是章述邻居家养的马尔济斯。当时帕恰狗在国内的名气不大，吴子衿每年看到三丽鸥的总选排名，还会为了库洛米而愤愤不平。

舍友让温叶顺其自然，安慰她说不只是钥匙，很多东西都会失而复得。

温叶将信将疑，直到毕业晚会那天，阿廉把她留下，从口袋里掏出了一串钥匙，还神秘兮兮地告诉她，这是一位好心人捡到的。

入夏之后，白昼变得很长。

知了攀附在香樟树上，隔着围栏，温叶把临时通行证塞进章述的手里：“你是不是等了很久？”

章述摇了摇头：“不久，我也刚到。”

他捧着一束纯白色的无尽夏，走过校门口的红外测温装置，温叶凑上前翻开贺卡，看见上面的字迹飘逸，章述写着：

Good girl

Best wishes and congratulations on your graduation.

（祝你毕业快乐）

温叶发现他最近很喜欢说“Good girl”，在英文的语境中，“Good”可以代指许多正面的、积极的东西，如好的、厉害的、勇敢的。“Good girl”这个词似乎比“My girl”多了一份独立，还比“girl”多了一份赞赏，让温叶不自觉地认为自己就是冒险故事里的年轻女侠。

章述撑开遮阳伞：“今天你有什么计划吗？”

“先不说这个。”温叶把单肩包挂到他的身上，“我问你，这两周我不在家，袋鼠有没有想我？”

章述说：“有。”

温叶追问：“那你呢？”

章述开玩笑：“一点点吧。”

温叶知道他在说反话：“真的只有一点点吗？”

章述说：“真的。”

温叶勾住他的脖子。章述低头看她，莫名其妙地就败下阵来：“好吧，是假的。”

温叶满意地扬起脸：“小朋友不能骗我哦，大人可是火眼金睛的。”

章述笑了笑，伸手摘下她的口罩，趁着她没反应过来，俯身吻了上去。大概是家里换了新的牙膏，温叶能明显地尝出桂花和乌龙茶的味道。

他贴近她的耳边，低声说："袋鼠很想你，我也很想你。"

分开之后，温叶开始得寸进尺："有多想？"

章述反问她："你说呢？"

温叶得出结论："章述你好'恋爱脑'哦。"

章述环过她的腰，也没有反驳。

时间将近九点，气温开始渐渐爬升，温叶打开挂在胸前的小风扇给章述吹了吹。

"孟欣怡跟我说，校长上午会在礼堂里录制毕业致辞。"

"嗯？"

"你能陪我过去看看吗？"温叶解释，"今年没有线下的典礼，我想请她帮忙拨穗。"

"当然可以，"章述故意说，"都听女朋友的。"

正门和礼堂之间有些距离，走了大概十五分钟，他们才到达那里。

礼堂门前的空地上堆放了许多纸箱，里头装着油漆和木匠工具。前段时间，校方给礼堂的正门重新上了漆，红褐色的胡桃木庄严肃穆，四周的玻璃珐琅折射阳光，看起来就像湖面一样波光粼粼。

大厅的冷气很足，章述推开门，却发现里面的灯光已经暗了一半。

一楼的人不多，只有几个学生会的学生，聚在一起分配收尾工作。

温叶转了一圈回来，说："他们说校长已经走了。"

"我去问问她在哪儿？"章述顿了一下，"或者我们回学院楼找院长？"

工作人员正在拆除桁架，写有"毕业典礼"的背景墙被他们慢慢放倒在地板上。温叶说："算了，好麻烦。"

深红色的幕布也开始合拢，满地都是礼花碎屑。章述想了想，循着追光，把她带到了一个相对明亮的地方。

章述帮温叶戴好硕士帽，伸手将垂穗从右向左拨去，声音朗朗："温叶同学，恭喜你完成了全部的硕士学位课程，以优秀毕业生的身份，从道城大学建筑与设计学院顺利毕业。"

温叶抬起头看着他，心里想着完蛋了，她又被章述这些幼稚的角色扮演给击沉了。

温叶回想起来，之前就碰到过无数个这样的瞬间。

人们很喜欢将爱解构成其他东西，或是赋予新的定义，但温叶觉得，爱就是一种魔法。就好像现在，只要她眨一眨眼，还能看见丘比特站在旁边冲着自己放箭。

章述俯下身跟温叶平视："这位同学怎么一点反应都没有啊？"

温叶挽过他的手："谢谢章述老师。"

"不客气。"章述笑了起来，"走吧，我们去楼上看看毕业展。"

礼堂建有一些年头，楼梯的地砖样式像是小时候校门口卖的万花筒。爬上顶层，温叶拿出备用钥匙，打开展馆的后门。

入口处放有一沓昨晚刚印好的观展指南，吹了一晚上的风，油墨味都没有完全消散。

不同展区之间立着一扇玻璃砖墙作为隔断，章述分给她一边的AirPods，翻开地图，按照上面规划的路线往园林展区的方向走。

温叶把钥匙放到他的口袋里，新买的帕恰狗玩偶露出了半边耳朵，随着他走路的步伐一晃一晃。她看着章述的背影愣了愣，突然想到了什么："说起来，我之前还在这里丢过一串钥匙。"

章述也不意外："我知道。"

"阿廉告诉你的？"

章述摇头："不是。"

温叶眯起眼睛："那为什么？"

章述问："你觉得呢？"

"那个不留名的好心人该不会就是你吧？"

章述承认："是我。"

温叶凑到他面前，在章述的眼睛里找到了她自己的影子。

章述伸手把她抱进怀里："我只是碰巧有机会，能够送一只迷路的帕恰狗回家。"

展馆里没有什么人，蓝牙耳机正播放着Bill Withers的《Just the two of us》，温叶突然明白，舍友那句“失而复得”是什么意思。

头顶的铜灯将暖黄色的灯光射下，不远处的区域还在装修，工程梯孤零零地立在地面上。学院里德高望重的老教授带着夫人，慢悠悠地从他们身后经过。

章述望向面前的展示墙。

上面挂着温叶的毕业设计和一些个人作品，唯一例外的是，右上角还有一张不太起眼的黑白线稿。这是北流半岛的另一设计版本，长条形的人造沙滩和棕榈树将其环绕，落款处标注着：Wen and Zhang。

番外一
/
吴子衿·给自己买束玫瑰

1

学校最近正在放春假，合租的女生跟男友自驾去了惠特比看海，吴子衿躺在床上，看着对方发来的风景照，打开软件，计划约一个还算顺眼的男生到附近的咖啡厅见面。

上周配对之后，她和Riley聊过几次天。

Riley是吴子衿同校的校友，微生物与免疫学的在读硕士，头像里他抱着一只忧郁的胖橘猫，自己倒是笑得格外灿烂。

吴子衿：【听说W咖啡厅的新品有佛手柑水果挞。】

吴子衿：【你想去尝尝吗？】

Riley：【那我们一个小时后见？】

收到回复，她满意地坐起身，感叹Riley十分上道。

伦敦的气候与道城不同，但好在今天天气不错，途经特拉法尔加广场的时候，还能看见鸽子成群飞过。

来的路上没有堵车，吴子衿到得早，向店员要了菜单，坐在室外等他。

没过多久，Riley 穿过河面上的石桥，向她走过来。

他穿着一件连帽的灰色卫衣，头上有发胶的痕迹，看起来很高。

“不好意思，让你久等了。”

“没有，是我来得太早了。”

吴子衿把菜单推向他，问他想喝什么。

“一杯冰摩卡。”

“那我也一样。”

她快速地合上菜单，还给店员。

美院的学生在河对岸支起了画板，不远处有警察在骑马巡逻，Riley 和吴子衿对视了一眼，主动开启话题。

“这样的天气很适合到周边踏青。”他说。

吴子衿点头同意：“要不是因为论文还没写完，我估计我会死皮赖脸地跟着舍友去惠特比假扮吸血鬼。”

“惠特比？”

吴子衿小心翼翼地切开曲奇挞胚：“德古拉的家乡。”

“噢，”Riley 顿了顿，“我知道那里。”

从小到大，吴子衿都很喜欢吸血鬼。

无论是帅气的爱德华，还是不再年轻的德古拉伯爵。

大概是中学那会儿，她就曾拎着自制的南瓜灯敲开过邻居家的门，向何修远讨要一颗糖果。

不过随着岁数不断增大，吴子衿也渐渐对此失去了兴趣。比起文艺作品中虚构出来的角色，现实中的何修远对她更有吸引力。

在大一的寒假，吴子衿报名参加了法学院组织的在校生法律援助活动，到周边乡镇进行志愿服务。

平渠依山傍水，大巴绕过盘山公路，抵达平渠镇一中。吴子衿从车上下来，就着日光望见了远处延绵不绝的山脉。

在食堂吃过午饭，她和学姐沈欣搬来两张板凳坐在入口处，向前来咨询的老人讲解如何让子女履行赡养义务的问题。

纪凡走过来同她们打招呼：“子衿，你现在有空陪我去旁边的职工院拿一份材料吗？”

吴子衿仰起头，看着他蹙了蹙眉。

“我没有别的意思，”纪凡解释，“只是因为对方是独居女性，我可能不太方便。”

沈欣不清楚他们之间的关系，便说：“现在还不忙，学妹你陪他去吧，我一个人没事。”

吴子衿不情不愿地起身，跟在纪凡身后往外走。

中学门前有着一小片农田，冬季寒冷，农民种植了耐寒的茼蒿。

吴子衿并不算挑食，却也一直受不了这种蔬菜的特殊味道。倒是何修远，好像要跟她打擂台，每次吃火锅都会点上一把。

茼蒿会改变锅底的味道，但在那个时候，吴子衿还不能预见何修远在未来会影响着她什么。

成团的乌云在上空飘浮，预示着山雨将至。

步行穿过茼蒿田，纪凡突然转过头对她说：“我们可以聊聊吗？”

吴子衿回过神，掏出手机，不想搭理他：“我想我之前已经把话说清楚了。”

微信里躺着几条三个小时前的未读消息。

何修远：【我妈买了大闸蟹，想问你要不要过来吃晚饭。】

……

何修远：【阿姨跟我说你去平渠做法援了？】

何修远：【天气预报说今晚会有大暴雨，要不要我去接你？】

“吴子衿。”

吴子衿没有抬头：“怎么了？”

“你就不能认真听我说话吗？”纪凡说，“之前是这样，现在也是这样，你总让我觉得，我只是你无聊时候的消遣。”

吴子衿认为自己有必要提醒他：“纪凡，当初是你提的分手。”

“但你明明知道我不是那个意思。”

“可我没有兴趣去揣测了。”吴子衿抬手指着面前的一栋居民楼，“看地址应该就是这里吧？”

“是。”纪凡停顿了一下，意识到自己语气不佳，“那你是跟我进去？还是……”

吴子衿挥挥手：“不了，你去吧，反正这是一楼，我就站在门口。”

“好。”

看着纪凡进到屋内，执意把房门敞开，吴子衿收回目光，打算去前边的小卖部买一瓶水。

其实纪凡是吴子衿的第二任男友。他的相貌不错，品学兼优。

不过吴子衿在感情中一向缺乏理性思维，更喜欢凭着自己的感觉去爱。所以，当纪凡表示，希望他们之间的亲密关系能更进一步时，她总觉得不该是这个人。

室外刮起了大风，小卖部的老板正在看一个访谈类的综艺节目，罐头笑声挤满了整个小店。

吴子衿伸手从货架上拿下一瓶柳橙汁：“你好，请问多少钱？”

“三块五。”老板指了指付款码，“买把伞吗？外头开始下雨了。”

“我再等等吧。”

“这个时节的雨，一时半会儿都停不了。”

“嗯。”

“听口音，你不是平渠人？”

“不是。”吴子衿告诉他，“我们学校过来做活动。”

“平渠周边都是泥山，暴雨天最容易发生山体滑坡，你们回程的时候都注意一点。”

“好，谢谢。”吴子衿挑选了一把米白色的晴雨伞，“我一起付款。”

老板看了一眼标签：“一共三十二块五。”

转完账，吴子衿拎着雨伞走到店外。

这场雨下得很急，远处群山上的雾气才刚刚升起。吴子衿站在屋檐下，望着雨幕另一头没有关上的房门。

纪凡走出来招了招手：“过来吧，雨太大了。”

吴子衿摇头。

她的裤腿已经被雨水打湿，但她就是不愿意乖乖听话。

吴子衿甚至在想，假如刚刚强硬一点，没有答应纪凡，她是不是就不会被大雨困在这里。

纪凡淋着雨跑到她面前：“蒋女士说我们可以进她家里躲一躲雨。”

吴子衿拒绝：“我不想去。”

纪凡问：“为什么？”

“没有为什么，”吴子衿说，“在外面也很好。”

“吴子衿，你外套已经湿了。”

“你能不能别管我？”

“雨这么大，”纪凡抓过她的手腕，“你到底在耍什么小孩子脾气？”

吴子衿把纪凡的手甩开：“我再说一遍，别管我。”

“我不想看着你被雨淋湿，我还有错了？”

“你没错，”吴子衿说，“但我不愿意做的事你也别逼我。”

纪凡反应过来是什么意思：“子衿……”

吴子衿撑开伞，说：“纪凡你是聪明人，分手的理由我不想再讲第二遍。”说完，她甩下纪凡，自顾自地走进雨里。

大雨滂沱，山顶的雾气像是弥漫到了眼前，雨水落在伞面上发出不小的声响。院子门口停了一辆打着双闪灯的黑色轿车，里头的人将车窗摇下。

“吴子衿。”

“哥？”吴子衿凑上前，“你怎么在这儿？”

“我在微信说了要来接你回家。”何修远看着她，“你手机打不通，我刚刚问了你们的带队老师，才知道你跟同学来了这边。”

“我中午设了静音。”吴子衿打开副座驾的车门，坐进车里，“你都看见了吧？”

何修远点点头：“嗯。”

“他就是我的前男友。”

“嗯。”

“你就不好奇发生了什么？”

“这是你自己的事，”何修远挂好前进挡，“而且我相信你已经处理好了。”

吴子衿轻轻地吐了一口气：“我们回镇一中吗？”

“不了。”何修远说，“我们现在回家才能赶上晚餐。”

“好。”吴子衿转过身看他，张了张嘴，口腔里却像是被人灌了黏合剂，发出来的声音还有些许哽咽，“哥……”

她费了好大地劲才把这句话说出来：“你真好。”

何修远腾出手，递给她一包餐巾纸：“别哭。”

“我没有哭。”吴子衿捂住脸，“你也知道我妈的控制欲很强，我只是觉得，这个世界上只有你会放手让我凭着自己的喜恶做决定，只有你会在乎我是不是真的开心。”

“子衿，”何修远把车停在路边，“阿姨也是为了你好。”

“我明白。”

何修远叹了一口气。

吴子衿问：“那你为什么从来不管我呢？”

“到了我这个年纪已经很难碰见什么顺心事了，人总要开心几年。”

吴子衿破涕为笑：“只有几年吗？”

“那就多几年吧，趁我还有能力给你兜底。”

“你别骗我。”

“嗯，不骗你。”

大雨浇在山上，泥水顺着坡面向下滑来，何修远突然踩了一脚油门，开车冲向附近的安全地带。

惯性将吴子衿往椅背上甩。

“轰隆”的一声，他们能清晰地感知到身后有重物坠落。

吴子衿转过头向后望，山体滑坡将一块巨石带到了他们刚刚停车的地方。

碎石还在不断落撒下，何修远拉起手刹，推开车门走到她的那边。

何修远轻声说：“已经没事了。”

吴子衿颤颤巍巍地，张开双臂抱住他。

何修远拍了拍她的背：“放心，有我在。”

2

吴子衿与Riley远不如线上合拍，吃过下午茶，他们各自找了借口，默契地提了分手。

咖啡厅和特拉法尔加广场的距离不算远，她步行过去，和其他人一起坐在阶梯上，把握今天的最后一点日光。

伦敦还没转暖的时候，吴子衿生了一场重感冒。

舍友帮她冲好感冒灵，她病蔫蔫地躺在床上，透过窗帘，望着对面阳台的干花。

那是一簇中亚苦蒿，常用于苦艾酒的酿造。

吴子衿伸手遮住眼睛，随后猛地起床，从客厅抽屉里翻出一瓶还未开封的苦艾酒，“咚咚咚”地全倒进厕所里。

浓烈的酒味在四周扩散，仅是闻到，她都感觉自己的鼻腔在被灼烧。

吴子衿确信自己已经释怀了，只是在这种意志薄弱的时刻，她难免会回忆起一些不太开心的往事。

吴子衿上一次同时碰见重感冒和苦艾酒，还是在三年前。

当时，她正在为一家酒业公司做收购前的尽职调查。

其中有一家酒厂建在山谷口，那段时间突然换季，吹了一下午的风，回程的时候她更是头昏脑涨。

和她一起出外勤的同事让司机把空调关掉，吴子衿缩在后排，听着键盘敲击的声音，想睡却睡不着。

“子衿，我等会儿自己回律所就好了，你回家吃点药，盖着厚被子好好睡一觉。”

吴子衿抽了抽鼻子，“嗯”了一声。

汽车在深夜疾驰，她望向窗外，想到中午母亲发的信息。

吴瑜：【你自己想清楚了吗？】

……

吴瑜：【我已经找小何谈过了。】

吴瑜：【等这个案子结束你就去陈 par 的团队。】

明明觉得自己已经成熟，但那种无力感还是能够轻而易举地将她包裹，像是悬浮在半空，不知道什么时候会坠落。

吴子衿掏出手机，划开屏幕，艰难地呼气吐气。

吴子衿：【妈，你没必要这样。】

过了一会儿。

吴瑜：【我哪样？】

……

吴瑜：【吴子衿，你别以为我不知道，当时你非要当律师是为了谁。】

吴瑜：【何修远马上就要订婚了，只有你还在那里傻呵呵地把别人的同情当作爱。】

吴瑜：【清醒点。】

几条消息涌了进来，吴子衿搓了搓眼睛，索性关了机，不打算让这段对话继续下去。

司机拐进东梧路，吴子衿拜托他靠边停车。

“你家不是在前面吗？”同事问。

“我去药店买点感冒灵。”她隔着窗户挥了挥手，“没事，不用担心，明天律所见。”

看着汽车驶远，吴子衿才走进药房旁边的便利店。

她在店里逛了一圈，发现酒架的后排摆着一瓶绿色的苦艾酒，瓶盖上落了薄薄的一层灰，生产日期距离现在已经过了一年，孤零零地立在那里，看起来和其他商品格格不入。

吴子衿伸手把它拿了出来，决定带它回家。

本科毕业后，吴子衿在律所附近租了一间 loft 公寓。

没有阳台，但有一扇景观极佳的落地窗。搬家的时候，她买了两个蒲团，心里想着，兴许有朝一日，何修远会跟自己一起坐在这里。

可那天还没等到。

不过愿望本身就容易落空。

回到家，吴子衿枕着蒲团，慢慢躺到地上，望向远处的双子塔。

身后突然传来密码锁打开的声音，她没有回头："妈，消息我都看到了，你放心，我会听你的话。"

来的人脚步很轻，却离她的方向越来越近。

那瓶苦艾酒被拿起，又被放下。

"子衿，对自己好一点。"

双子塔的外屏换上了一则婚纱广告，吴子衿四肢僵硬地转过身，看着对方一句话也说不出。

何修远把药放到桌面，拿起水壶重新烧了一壶热水。

"你怎么知道我家的密码？"她问。

何修远坐到饭桌旁："你原来告诉过我。"

"那是两年前的事了。"

"嗯。"

吴子衿抱着手臂，走到他面前："听说你要订婚了。"

"还没有，"何修远把热水兑到合适的温度，"不过应该也快了。"

"是谁？我认识吗？"

"陆 par（合伙人）的女儿。"

陆 par 是律所的创始人之一，吴子衿早就听说过他十分赏识何修远。

吴子衿拖开旁边的一把椅子坐下，她的嗅觉一向敏锐："联姻？"

"你可以这么理解。"

"为什么？你现在需要吗？"

何修远将水杯推到她的面前："他们觉得我需要。"

吴子衿点点头："哦。"

"给，"他把药片从铝塑板里取出来，"先把药吃了。"

"等会儿再吃。"吴子衿把它们接过，紧紧地攥在手里，"既然如此，我想知道你是以什么身份过来？陆 par 的女婿慰问下属？"

何修远低头收拾桌上的垃圾："我一直是你的哥哥。"

“我这么觉得吗？我妈这么觉得吗？”

像是没听见吴子衿说的话，他把苦艾酒拿在手上就要往外走：“生病了别喝酒，我先把它拿走了，你吃完药好好休息。”

吴子衿叫住他：“我不是小孩了。”

说完，吴子衿绕到他的面前，抢过酒瓶，灌了自己一大口。

她的舌头被酒精刺激得发麻，满嘴都是茴香的味道。

“苦艾酒不是这么喝的。”何修远掰开她的手指，把酒瓶抛进垃圾桶，“你什么都可以冲着我来，但以后别这样伤害自己。”

门外有人经过，吴子衿伸手攀上他的后颈，让他弯腰迁就自己的身高。

他们无声地对峙，直到吴子衿放弃从他眼里找到答案，仰头吻了上去。

玄关处灯光昏暗，何修远没有回应，但也没有推开。

“你喜欢我吗？”她哽咽着问，抬手想要解开他衬衫上的纽扣。

何修远屈起食指，将她的眼泪抹去：“阿姨独自把你养大不容易，不要让她伤心。”说完，他退后了一步，推开房门，离开了这间公寓。

但不论如何，生活总要继续，太阳落下了，月亮就会升起。

在广场上看完落日，吴子衿到附近的法餐店，独自吃了一份奶油龙虾浓汤。

看着章述在微信群里询问他们求婚意见，她还一时兴起，跑去即将关门的花店，给自己买了一束玫瑰花。

早在一个星期前，何妈妈告诉她何修远正在英国出差，今晚途经伦敦，会给她带几份礼物。

果不其然，刚走出花店，她就收到了何修远的信息。

何修远：【我刚刚敲门，发现你好像不在家。】

何修远：【我把东西放到你邻居那里，拜托他们帮忙寄存了。】

何修远：【你要记得拿。】

吴子衿退出对话框，又再点开。

吴子衿：【好。】

吴子衿：【谢谢哥。】

番外二 / 去定义延绵不绝的未来

1

今年九月份，市美术馆办了一场艺术装置展，温叶在外地出差，章述取好戒指，独自到附近逛了逛。

在出馆口，有一台可以随机成句的机器。

他走上前，随手画了一个图案，不过两秒，身后的屏幕映出一句话：定义延绵不绝的未来。

章述转过身，看着自己的影子被一同投在幕布上。

不远处有人经过，一旁的独脚椅接收到红外信号，发出了齿轮转动的声音。

“咔哒咔哒——”

像是录音机里的磁带开始倒带，让他突然想到了大四那年的夏天。

当时，他和叶知廉在云南的一家客栈做暑期义工，利用劳动抵消食宿的费用。

旅游旺季，客栈每晚都会举办主题活动。

那天大家围坐在一起，向彼此分享自己最近在听的一首歌。

叶知廉向来大方，他接过话筒，念了一段很拗口的德文，说这是他喜欢的女生推荐给他的。

老板盘问了一些细节，煞有介事地让他下次一定要带对方过来。

叶知廉点头说好，紧接着，把话筒传到章述的手里。

章述那段时间在听 Oasis（绿洲乐队）的歌，便随口说了《Let there be love（让爱相随）》。

坐在对面的女生追问他，没有什么故事吗？

他耸了耸肩，说没有，自己的感情生活很无聊。

客栈的位置靠近洱海，附近几栋民宿都被节目组包了下来，录制情感类的真人秀。

节目录制大概到了尾声，夜晚没开始多久，节目组燃起焰火，将其他人吸引去了室外。分享活动暂停，叶知廉从冰柜里拿出两瓶啤酒，调侃他天天听情歌却不愿意去谈一场恋爱。

章述跟他解释，说只是还没碰到喜欢的人。

叶知廉伸手和他碰了一下杯，语气坚定，“你今后一定会碰到的。”

章述不置可否，“可能吧。”

叶知廉又说，“不要质疑爱。”

章述答应了下来。

之前和朋友们玩狼人杀，他抽到丘比特牌总会恶趣味地告诉法官，快让两个不熟悉的人命运相连。

而轮到他的身上，他又会觉得游戏十分难熬。

他真的会有那种好运气吗？章述突然有些疑惑。

他从来没有否认过爱的存在，但他期望丘比特能公正一点，让他可以因为爱，心甘情愿地待在一个人的身边。

叶知廉拍了拍他的肩膀，让他仔细听，不远处传来了一声又一声的起哄声，依稀还听到有人大喊着“在一起”。

去年音乐协会招新，章述被几个学弟起哄，站在街头唱了 Bill

Withers 的《Just the two of us》。环境很嘈杂，其他社团的朋友时不时经过挑衅，马路对面有个人站在那里，听他唱完了整首歌。

他记不清对方的脸，却对这件事情有着很深的印象。

高中的时候读《1Q84》，村上春树谈到了契诃夫的枪，第三部的结尾却依旧谜团重重，小小人，深绘里，还有日本放送协会的收费员都被村上留在那个拥有两个月亮的 1Q84 年。

人生时有遗憾，章述也不爱追忆往事。

但在他知道那个人就是温叶时，胸腔还是会突然感到震颤，就像发现丘比特往枪装有子弹，他确信，他想要和温叶一起，去定义延绵不绝的未来。

2

温叶最近迷上了 U2，一个来自爱尔兰的摇滚乐队。

耳机的音量很小，还在播放着他们的《Song for Someone（给某人的歌）》。时间接近零点，输液室里只亮着几盏灯。章述回过神，望向温叶的侧脸。

“你醒啦？护士刚刚过来换完药。”他听见她说。

“嗯。”他回应了一声。

温叶凑过来，伸手探了一下他的额头：“还有点烫。”

章述捉住她的手：“我没事。”

温叶严肃道：“章述，学会示弱会是一件很可爱的事。”

“那你帮帮我，”他伸手环过旁边的人，说话像是在撒娇，“我现在急需一些温叶能量。”

温叶摸了摸他的头发：“你的智齿还疼吗？”

章述趁机凑近她的颈窝：“还好，应该已经消炎了。”

“都怪我，”温叶有些自责，“昨晚不该拉着你去吃火锅。”

章述摇头：“是我太胆小，一直不敢去拔。”

温叶说：“我刚刚帮你约好了医生。”

章述歪着脑袋，亲了亲她的脖子，小声说：“陪我去，你之前答应过我的。”

温叶顺着他的话：“好，我陪你去。”说完又想到什么，“不过我之前可没答应。”

他问：“是吗？”

“当时陆继杨来敲门，我还没想好该怎么回答。”

章述点点头，忽然换了一个话题：“你知道那天早上我为什么会突然去你家吗？”

“你说想来见我。”温叶直起身，看着他，觉得这个理由不够充分，“……为什么？”

章述很坦诚：“你们前一天吃完饭，吴子衿用陈天浩的手机给我发了几条微信，让我有点吃醋。”

“我怎么不知道这件事？”

“因为我让他们别告诉你。”章述看了一眼吊瓶，“快吊完了，我们等会儿直接去露营地吧。”

温叶没掉进他的圈套：“我想看看吴子衿说了什么。”

“没什么好看的。”

“让我看看嘛。”

章述叹了一口气，把聊天记录打开递给她。

内容不多，温叶一下就看完了：“章述，你好容易被骗。”

“嗯。”章述说，“毕竟我不想和你只当朋友，所以得警觉一点。”

温叶被他的说法逗笑，看到吊瓶准备见底，她起身去喊护士过来帮忙拔了针。

之前计划好去Santa Barbara浮潜，却因为种种原因无法成行，他们索性趁着国庆假期，飞到三亚，感受热带明媚的海。

这次出行不算仓促，章述早早做好攻略，定了车子跟临海的露营地。

先前温叶问他，要不要叫上叶知廉和吴子衿一起，他像是不愿意跟人共享劳动成果，还没联系，就说了一句他们没空。

温叶想了想，觉得这样也不错，她和章述不在同个项目组工作之后，很少有时间能够整天黏在一起。

昨天晚上回到酒店，他们相拥着，在床上待了很久。

章述不时亲吻着她的发丝，又和她唇齿相接，交换了无数个缠绵的吻。温叶回忆起来，只觉得章述的脊背像是岸边起起伏伏的礁石群，她双手抱着他，感受潮涨潮落。

她在他们急促的呼吸中，丧失了所有判断力，逐渐分不清水声是发自于室内还是室外。

温叶中午醒来，感觉章述有些不太对劲。

往常章述总会精力充沛地提前起床，准备双人份的早餐。温叶想和他打闹，伸手摸过去，发现他的体温烫得吓人。

傍晚吃了一粒退烧药，章述还不见好转。

温叶连哄带骗，他才不情不愿地跟着她去了医院。

医生给他开了消炎药，说是智齿发炎引发的高烧，让她不用这么担心。

输完液，章述看了一眼时间，又把手机放回口袋里。叶知廉和吴子衿前天就去到了露营地帮忙布置，但他突然觉得现在不是一个很好的求婚时机。

章述把球抛给温叶，让她来做决定："我们现在去露营地吗？"

"别去了。"温叶牵过他的手，"我订了附近的酒店，虽然你已经退烧了，但我还是想你能多多休息。"

章述回握住她，面色不改："那走吧。"

温叶坐进驾驶座，预热发动机。

章述撑着车窗，突然问："想到沙滩边逛逛吗？"

温叶注视着他，推开车门："想。"

医院附近有一片被开发过的海滨浴场，大胆的浪人还在海里冲浪，坐在酒吧门前的年轻人皮肤黝黑，谈笑的声音越说越大。

路旁有人在卖鲜切白玫瑰，章述买了一束送给温叶。

过了零点，海边依旧很热闹，沙滩上有一对新人正在举办婚礼后的“after party（余兴小聚会）”。新娘见他们经过，跑过来问他们要不要加入进来，说酒水畅饮，还不用份子钱。

温叶谢过她的好意，把手里的玫瑰递给她，祝她新婚快乐。

温叶始终觉得，能见证陌生人的幸福时刻，是一件很神奇的事情。

像是误入了对方的人生，她也扮演着一个重要角色。

新娘没走几步，又转回头叫住他们。

她挑选出一枝玫瑰，递到温叶手上：“最漂亮的一朵，也应该送给在场最漂亮的女生。”

温叶愣了愣，上前接下来，给了新娘一个大大的拥抱。

“好了，我走啦！”新娘拎起婚纱的一角，冲他们挥手，“收到你们的礼物我感觉我很开心，希望我的幸福也可以传递给你们！”

看着新娘回到人群，将其余的玫瑰分给在场的女性朋友，章述捏了捏她的手：“你明天想吃什么？”

温叶想了一会儿：“想吃抱罗粉。”

章述问：“还有呢？”

“我听说醪糟醋也不错。”她摸上章述的脸开玩笑，“不过，学长脆弱的智齿应该经不起折腾了。”

章述哼哼了两声：“你小瞧我。”

“怎么会呢。”温叶牵起他的手往前走，“我们可以去买上几瓶，等回到道城了，再学着做，学长做菜这么好吃，醪糟醋火锅肯定也不在话下。”

章述故意别开脸：“花言巧语。”

“才不是，”温叶凑近他，“我只是信赖我的私厨。”

海边夜晚会降温，章述拉着温叶在沙滩上坐下，伸手搂住她。

看着面前这一片漆黑的海，温叶忽然想起自己在出门之前买的乐高积木，她跟章述早有计划，要尝试用一个周末的时间拼好 9090 块零件的泰坦尼克号模型。

她拉过他的手：“我下午收到短信，说快递已经到快递站了。”

他也望向海，过了一会儿才回应："等回去了，我去拿。"

温叶往他的怀里靠："嗯。"

"温叶。"他突然喊了她的名字。

"怎么了？"

她听见他说："不如我们也结婚吧。"

虽然早有预感，但球向她抛来时，温叶还是不知道该以什么姿态接下。

章述让她看向自己，继续道："刚刚在医院的时候，我迷迷糊糊听见耳边有人在唱：'You let me in to a conversation, a conversation only we could make, you're breaking into my imagination, whatever's in there it's yours to take.（你和我谈笑风生，谈的是只有我们懂的话题，你闯入了我所有的幻想，那里的一切全都属于你）'很早之前，我就在试图寻找能代表我们的歌，现在看来，我好像找到了。"

"温叶，"他看着她笑了一声，"完蛋，我脑子已经乱得什么漂亮话都说不出来。"

温叶伸手抱住他，眼眶红红的，有些想哭。

"其实我做了很多准备，阿廉和吴子衿都在三亚，是我拜托他们过来，帮忙装饰帐篷。昨晚阿廉给我发了三个视频，那里摆着很多鲜花，还有一台留声机播放黑胶唱片，我猜你一定会喜欢。可是没想到，我今天突然发烧，将计划全部打乱……"章述捧起她的脸，抹去她流下的眼泪，"你别哭。"

温叶摇了摇头，嘴硬地说着："我没有。"

"在医院的时候，我自暴自弃地认为今天绝对不是一个合适的时机。但就在刚刚，看着你和新娘相互送上祝福，我突然觉得，我无论如何也应该在这里告诉你我的心意。"

章述从口袋里掏出戒指："温叶，我想往后的每一天都能和你待在一起。一起坐在客厅的地毯上拼乐高，一起去诚品或者西西弗书店购买我们喜欢的图书，一起下厨房尝试做出那些我们都没有吃过的料理……”

“温叶，”他单膝下跪，“你愿意嫁给我吗？”

温叶低头看向章述，就像是昨天在浮潜时，意外地发现了一片漂亮的珊瑚群，她想要留住那个瞬间，也想要留住面前的这个人。

三亚的秋季晴雨变化难测，海边忽然刮了一阵风，淅淅沥沥地下起雨来。

温叶握住章述的手，点了点头。

章述把她抱起来，一下又一下地啄吻她：“我爱你。”

她说：“我也是。”

番外三
/
温叶，我是不会后悔的

1

大年初七，画仓酒吧开门营业，章述和温叶送了老板一幅在中古市场淘到的手绘海报，画的是袁牧之执导的《马路天使》，一部具有代表性的三十年代电影。

他们照例去到画仓二楼，坐进 207 包厢，观看五个乐队的拼盘演出。

孙青和戴着口罩进来，走到章述身边，递给他两只包装精美的香槟杯，祝他们新婚快乐，还问了他们春节假期过得如何。

前段时间，章述陪温叶回去知州过了年。

飞机落地的时候，知州在下着小雪，透过舷窗，温叶看见地勤人员正拿着除雪铲，为摆渡车清扫过道。

积雪被堆在路边，机场内的商店橱窗都贴上了“恭贺新春”的标语。

叶知廉开车来接他们，他在知州买了房，今年不打算回道城。

路上的来往车辆不多，章述接到了一通工作电话，跟甲方的设计师同步项目进度。叶知廉将车载音响的音量调小，给温叶递去两罐奇异果酱汁。

“我妈前段时间寄给我的，我记得你们也很喜欢。”

奇异果的味道清爽酸甜，配上玉米脆片或是全麦吐司都格外可口。

温叶伸手接下：“上次在你家吃完饭，我和章述在网上找教程做过几次，但都没有阿姨做得好吃。”

叶知廉说：“回头我去问她要配方。”

温叶点头说：“那帮我谢谢阿姨。”

叶知廉又说：“不用客气。”

音响在放着 Oasis 的《Don’t look back in anger（不要愤怒回首）》，车里的暖气开得很足，章述挂断电话，将围巾解下。天气预报说今天会有大雪，下飞机之前，温叶让他往大衣里加了一件薄款的羽绒背心。

听到他们谈话的内容，他看着叶知廉问：“我们昨晚去松屏百货的时候，还这里碰见了叶叔，他们没来知州找你？”

“没有，说是年纪大了不想走动。”

温叶问：“叔叔阿姨身体还好吧？”

“还好，其实他们就是找借口，嫌知州冬天的太冷了。”

温叶又想了想，向他提议：“要不然，今晚你到我家里吃年夜饭？”

“不用了。”叶知廉摇头拒绝，“徐庭蔚也在这里。”

他们都明白他是什么意思，于是不再勉强。

年三十还有空位的餐厅不好找，时间将近四点，和叶知廉吃过午餐，他们才去到了温叶家。章述站在门口，把提前准备好的礼物拎在手上。

温叶笑话他：“你不用这么紧张。”

章述俯下身，亲了她一口：“好了，不紧张了。”

温叶牵起他的手，输入密码把门打开。

去年看了他们和“袋鼠”的合照，温叶妈妈没忍住，领了一只柴犬回家。

它的名字叫 Nono，和“袋鼠”相比，不算上黏人。

Nono 比其他人更早地察觉到门口的动静，章述还没进屋，它就跑到玄关，四肢朝上地躺下，等着他抚摸自己的肚子。

章述上前把它抱起来。

温叶有些不满："它也太喜欢你了。"

章述笑着顺了顺它身上的毛："Nono，好久不见。"

Nono吐出舌头，还没来得及继续撒娇，又被温叶妈妈抱走。

章述向她问了一声好，主动请缨要去厨房帮忙做饭。

温叶家是顶层的跃层住宅，她的卧室在楼上，旁边还有一间小的会客厅。房间的摆设保持着原样，她推着行李箱走进屋内，忽然发现书桌上多出来一个陌生的白色信封。

寄信人与收信人是相同的名字。

信封右上角盖有横云的邮戳，温叶大概记起来是怎么一回事。

她拿出美工刀把信封拆开，时间过去了太久，她也很好奇信里写着什么内容。

室外的风刮得很急，像是大雪将至，管理气象的神灵连忙向人们发出预告。听着风声，温叶展开手里的信纸，快速地浏览了一遍。

前半段都是当时自己对于未来的期许，但她的字迹从倒数第三段开始，逐渐变得凌乱。

她看向最后一段话：

突然发现我还是好想他。

章述站在岛台旁帮忙剔除虾线，温叶爸爸跟他讲了许多温叶喜欢的跟忌口的东西，他在心中把那些逐一记下，包括刚刚温叶妈妈同他分享的她初学旱冰鞋时发生的糗事。

基围虾只用于白灼，将材料码齐，温叶爸爸便让他上楼休息。

楼梯拐角有一扇玻璃窗，章述从窗户望出去，发现雪越下越大，天边阴沉得留不住夕阳。

温叶房间在右手边，他推门进去，看见她趴在桌子上，像是在想着什么。他问："你怎么了？"

"没什么。"温叶把信纸随手夹进书里，"是要吃饭了吗？"

章述说："还没有。"

温叶走过来："那我们下楼去找 Nono 玩。"

章述挡在门口不让她出去："发生了什么事你可以跟我说。"

她摇头："真的没事。"

去时光邮局之前，温叶和孟欣怡到电影院里看了一部很老套的爱情电影，男女主角因为种种原因无法相见，看着最后的字幕滚动，她不可避免地联想到了她和章述。

当时她只能从叶知廉的嘴里偶尔听到他的消息，就连偷偷看一眼他的朋友圈，也只有深夜里才能鼓起勇气。

尽管最初是她主动断掉联系，但在很长的一段时间内，她都过得不太舒服。

凭借着对她的了解，章述难免心存疑虑。他伸手抱住温叶，低头吻了吻她的耳朵："我不相信。"

温叶没办法，又把信纸取出，放到他的手上："但你要发誓，你看完了可不能笑话我。"

章述轻声说："我发誓。"

温叶从他怀里钻出来，章述坐到床上，将信纸翻过正面。

温叶的字漂亮工整，平时办公室有需要手写提交的材料，大家都会举荐她去完成。信里的内容不多，后面三段却格外潦草，他耐心地一一辨认：

今天阿廉告诉我，他毕业之后也不打算回国工作了。

下午我和孟欣怡去看了一场电影，放映结束，影院里灯光亮起的时候，我却还在流泪。孟欣怡问我怎么了，我只好骗她，告诉她是结尾让我觉得很难过。孟欣怡抱了抱我，跟我说这些都是虚构的，让我别哭了，兴许男女主角在平行世界里拥有着 Happy ending（美满结局）。

我答应下来，点头说好，但其实我知道，我只是……

突然发现我还是好想他。

章述反复看了几遍，落款处的时间正好处在他们断联的那几年，他吐了一口气，试图让自己的大脑恢复运转。

他一直觉得，人不应该执着于在爱里分出高低，去计较到底是“ta更爱我”还是“我更爱ta”。研究生毕业之后，为了逃避可能发生的事情，他不愿意回国生活，他害怕某天在道城的某个角落，碰见温叶和别人亲昵地走在一起。

但他不知道的是，原来当时她也在受着同等的折磨。

章述很难准确形容自己当下的感受，就像是沉入海底，他不知道该怎么接下温叶的这一份爱意。

温叶偷偷望向他，过去了好久，他还是没有开口说话。

她决定打破僵局，上前拉住他的手：“好了，你别看了。”

在濒死之前终于获得一口空气，他用力地把温叶拉进怀里，低声问她：“为什么？你当时为什么不联系我？”

“因为我害怕。”她说。

他告诉她：“我也害怕。”

温叶很好奇：“但你最后还是回国了。”

章述把头搭在她的肩膀上：“因为我很想见到你，无论你的情感状况如何，是单身还是正在恋爱，我都想要见到你。”

温叶想到重逢时他并不友善的语气，说：“你在北流公园里碰见我和陈天浩的时候，是不是很难受？”

“是啊。”他点了点头，“其实那天我还有别的工作，要到甲方的公司跟人讨论方案，虽然孙青和早就给我寄来双日票，但我原本并不打算去现场。”

温叶问：“然后呢？”

他继续说：“那天午休的时候，我在吴子衿的朋友圈里看到了你们的合照，背景我很眼熟，犹豫了一会儿，等我回过神来，就已经在公园里头了。”

温叶揉乱他的头发：“章述，你之前好不坦诚哦。”

“明明你也是。”章述抓住她的手，“现在我突然开始后怕，假如当时我没有这么冲动，是不是就永远失去你了？”

“不会的，我迟早也会去找你。”温叶趁机在他手心里挠了挠，凑到他耳边说，“好想明天就跟你去民政局登记结婚。”

听她讲完，章述抿着唇，双手撑在床上，一瞬不瞬地望着她。在沉默中，温叶攀上他的后颈，扬起头去亲了亲：“章述。”

她又亲了第二下：“章述，我们今后都坦诚一点。”

章述答应下来，伸手拿了一个枕头放到她脑后，俯身亲吻她。他们冬季用的润唇膏都是彼此喜欢的柑橘味道，不过她的那支比他的香味更浓郁一些。

2

门外忽然传来敲门声，让他们下楼吃饭。温叶的眼底还混着雾气，意识却逐渐清明，她小声告诉他，他可能需要换上一件高领毛衣。

章述点头说他知道了。

温叶打开房门，抱起地板上的 Nono：“章述，你的干女儿又来找你了。”

之前温叶爸爸向温叶了解过章述的口味，特地为他做了椒麻鸡和柠檬鲈鱼，Nono 咬着饭碗坐到章述旁边，章述起身为它舀来狗粮。

温奶奶笑说：“从来没见过 Nono 跟人这么亲近。”

温叶不服气：“明明它跟我的关系也还不错。”

温叶妈妈往她碗里夹了两只基围虾：“你怎么连这个醋都要吃啊？”

“我说的是事实。”温叶不喜欢剥壳，偷偷把碗挪到章述的面前。

看到她的小动作，章述戴上手套，帮她剥了几只：“你还要吗？”

温叶把最后一只基围虾塞进嘴里，摇了摇头：“不要了。”

温叶妈妈为章述抱不平：“你就会欺负人家。”

“我真没有。”温叶觉得冤枉，也帮他剥了两只。

饭菜很可口，温叶爸爸对菜谱进行了创新，在鲈鱼的肚子里塞入了香茅和小青桔，蒸煮后的鱼肉，肉质嫩滑，酱汁也酸辣开胃。跟章述吃饭，他总会包下扫尾工作，今天也不例外，捧场地吃了很多。

饭后，长辈们想打几圈麻将，问他们要不要一起。

章述说好，跑到温叶身边坐下。

知州与道城的麻将玩法有些许不同，但章述还是很快地掌握了规则。大姑连续放炮两轮之后，拜托他手下留情，又问到他们打算什么时候结婚。

温叶指着一张牌，小声问章述："出这个吗？"

"不，出五筒。"他说，"我们打算等这个假期结束，年初七就去登记。"

大姑点了点头："我昨天看皇历，初七是个好日子。"

三舅问："听说你们是大学同学？"

"也不完全是。"温叶告诉他，"章述是我同学院的学长，比我大了三届。"

"所以说，你们是工作之后才认识的？"

"很早之前就认识了，"温叶顿了下，"不过那时候我们还只是很好的朋友。"

章述在她身后伸手选走一张"幺鸡"打出，凑近她耳朵说："别走神，你听牌了。"

室外雪渐渐停了，风声也小了很多，小辈们在一旁打闹，有人拉开窗帘，大喊着要下楼放烟花。

麻将的这一轮以温叶自摸结束，奶奶让他们也跟着出门玩玩，别总是闷在家里。

章述戴好围巾在门口等她，偶然瞥见鞋柜里的旱冰鞋。

他笑了笑，想起下午温叶妈妈给他分享的故事。

温叶初学旱冰鞋的时候还不会下坡，却大胆地在轮椅坡道上一跃而下，当时她重重地摔到地上，还徒手压死了一条毛毛虫。

温叶很警觉："我妈不会把那件事都告诉你了吧？"

章述装傻："哪件事？"

温叶跳到他的背上："别装了，你肯定知道了。"

章述伸手托着她："我真的不知道。"

她质疑："真的吗？"

"真的。"章述语气真诚，"不过我觉得毛毛虫确实挺恶心的。"

"我就知道你在骗我。"温叶跳下来，双手捧起他的脸，"现在我把它们全都抹你脸上了。"

章述忽然低下头，蹭了蹭她："那么你也是。"

温叶推开他，气得往前走。

章述快步跟上她："我们要去哪儿？"

温叶往他的口袋里塞了两张暖宝宝："我想带你去广场看看。"

他问："是鸽舍广场？"

"嗯。"她说，"不过鸽舍已经搬迁了。"

路上没有什么行人，表妹跑到他们面前，向章述借走了打火机。

地面还残留着积雪，质地很松软，章述见他们的使用动作不够熟练，火被风吹灭了几次，又主动过去，帮忙把所有烟花点燃。

雪地将焰火衬得漂亮，像是星星在闪闪发光，章述走回来，递给她一支仙女棒："不去放烟花吗？"

看着仙女棒上的那簇焰火，她牵过他的手："我们前年一起放过了啊，况且我现在更想跟你单独待在一起。"

章述将手指伸进她的指缝，与她十指紧扣："其实下午我听到那件事的时候，只觉得特别可爱。"

"你还提……"温叶嘟囔道，"这有什么可爱的。"

"可能因为对象是你吧。"他又再补充，"哪怕她有点笨拙，有点倒霉，还压死了一条毛毛虫。"

温叶伸手捂住他的嘴："后面半句你可以不用讲出来！"

广场旁有一段很长的下坡路，温叶牵起章述的手，朝坡下跑去。

温叶指向广场中心的草坪："那里原来是一片喷泉，我和朋友们都很喜欢穿着旱冰鞋在水柱间穿梭，每一轮进去又再出来，身上被淋湿得最少的人就是赢家。"

章述好奇："赢了的人可以获得什么奖励吗？"

温叶抬头看向他：“可以获得限定一日的‘冰上公主’或者‘冰上王子’的称号。”

章述揉了揉她的脑袋，看着她被冻得通红的鼻子，没有说话。

“你别觉得幼稚，这在当时可是最高级别的赞赏。”温叶拉住他的手，跑到草坪的边缘，“后来，广场改建，鸽舍跟喷泉一起被拆掉，我还难受了好久。”

章述把她搂入怀里：“原来我们小温这么多愁善感。”

“是啊，”温叶承认了下来，“所以你今后可得保护好我，不能再让我难过。”

章述笑着说：“你好霸道哦。”

她也笑起来：“章述，现在后悔已经来不及咯。”

“温叶，我是不会后悔的。”

说完，章述低下头，亲了亲她的鼻尖，动作轻得像是落下了一片雪。

温叶贴着他的胸口，感受他的呼吸和心脏跳动。

她不清楚这个世界上到底存不存在平行时空，她只觉得很幸运，他们不用费尽心思去寻找，在乎的人就能待在身边。
